KB263772

해동의 새벽

해동의 새벽

1936

1936

또 다른 차별

경상남도 진주 지수면.

점심시간을 10분여 앞둔 4교시 국어(당시 보통학교 교과과정 중에 국어는 일본어를 일컬음) 시간, 창가 쪽 맨 뒷자리에 앉은 대만의 귀에는 일본인 교사 아소 선생의 수업 내용이 전혀 들리지 않는다. 창밖 화단 오밀조밀 심겨 있는 조경수 사이로 매일 달리 보이던 푸른 하늘과 흰 구름조차 오늘은 조금도 아름다워 보이지 않는다. 곧 오전 수업이 끝나고 점심 휴식 시간이 시작되면, 아침에 약속한 결투를 위해 학교 담벼락 구석에 있는 쓰레기 소각장으로 가야 하는데, 지금 이 순간 대만은 그 싸움이 죽기보다도 싫다.

제1교시, 제2교시 때만 해도 걱정은 없었고, 오히려 평소에 얄미운 짓을 자주 해 왔던 6학년 선배 와타나베를 흠씬 두들겨 패줄 생각에 살짝 흥분되기도 했었는데, 시간이 흘러가면서 점점 그 결투의 결과에 대한 여러 경우가 머릿속을 어지럽히고 있다.

와타나베는 정말 밥맛없는 인간이다. 방과 후 매일 치르는 동군(東軍)·서군(西軍) 대항 축구 시합과 야구 시합에서 와타나베가 동군 쪽 주장을 맡고 있는데, 얼굴에 철면피를 깔고 있는 듯, 시합에서마다 수시로 억지를 부리고, 반칙을 일삼으면서, 반칙으로 승리한 시합 결과를 두고도 부끄러운 줄 모르고 계속 놀려대고는 해왔다. 만약 질 때는 같은 팀 후배들을 괴롭히고, 심지어는 대만이 속해 있는 서군 쪽 선수들을 불러 세워두고 괜한 시비를 걸며 뺨을 때리는 등의 비열한 짓들을 계속해 왔다.

대만이 이 학교에 입학한 때부터 3년간 계속 이어진 와타나베의 이런 못된 짓 때문에 하루에도 열두 번씩 그를 때려주고 싶은 마음이 울컥울컥 치밀어 올랐지만, 어찌 된 일인지 와타나베가 4학년일 때부터 그보다 나이가 많고 덩치가 큰 다른 상급생 선배들도 와타나베의 이런 만행에 이의를 제기하지 못하고 꼬리를 내리는 모습들을 보면서, 자연 하급생이었던 대만도 그런 분위기에 동화되어 서서히 자존감을 포기하게 되고, 와타나베에게 당하는 당사자가 나만 아니면 된다 식의 비겁한 마음을 갖게 되었다.

축구 시합 때에는, 분명히 와타나베 측 동군 선수의 손에 공이 맞았음에도 '맞지 않았다' '어깨에 맞은 거다' '일부러 손을 갖다 댄 게 아니다' 식으로 우겨대고, 야구 시합 때에는, 분명히 와타나베 측 타자 주자가 1루 베이스에 도착하기 전에 유격수가 공을 잡아 1루수에게 송구했음에도 베이스를 먼저 지났다고 와타나베가 우기기 시작하면, 대만이 속한 서군 측 선수들은 말도 꺼내 보지 못하고 다음 타자와의 경기를 계속해야 했다.

그런 와타나베의 만행이 수년간 계속되고 있음에도 불구하고 매일 벌어지는 야구 시합과 축구 시합이 대만을 비롯한 학생들에게는 너무도 즐거운 일이었기에, 적당한 우김과 적당한 반칙에는 대만도 한쪽 눈을 질끈 감고 애써 싸움거리나 시빗거리를 만들지 않았다. 3년간 그렇게 참고 지내 오다 오늘 아침 드디어 대만이 폭발하게 되는 일이 일어났는데, 내용은 이랬다.

곧 방학이 시작인데, 오늘 하루는 동군과 서군과의 자웅을 확실히 겨루기 위해 평소보다 30분 일찍 등교하여 아침 수업 시간 전에 축구 시합 전반전을 치르고, 방과 후 30분간 후반전을 치른 후에, 곧바로 야구 시합을 이어서 하자고 약속을 했었다. 평소에는 사내아이들의 공놀이에 큰 관심을 두지 않던 여학생들마저 오늘 시합 때는 응원단까지 꾸려서 응원하겠노라는 약속까지 있었기에 그 열기가 더했었다. 양 팀 동군과 서군을 나누는 기준점이 학교 교문이었는데, 교문을 기준으로 동쪽 마을에 속한 학생들은 동군으로, 서쪽 마을에 속한 학생들은 서군으로 편입되어 있었다. 오늘 시합에서의 응원 역시도 여학생들 각각이 속해 있는 마을에 따라 응원단을 꾸리기로 했는데, 서군 쪽 응원단에는 대만이 마음속으로 좋아하는 방앗간 집 선영 누나가 속해 있었다.

방앗간 집 선영 누나는 삼봉리에 살고 있다. 삼봉리는 대만의 어미가 장사하는 삼봉 나루터 주막과 학교 사이에 있는 마을이어서 매일 등하교 때마다 선영 누나와 마주칠 수밖에 없는데, 매일 등하교하면서 반갑게 알은 척을 하는 방앗간 집 선영 누나의 눈웃음을 볼 때마다 대만의 가슴은 요동을 쳤다.

이런 그의 마음을 선영 누나가 알아채기라도 할까 봐 대만은 매번 선영 누나와 마주칠 때마다 시선을 피하면서 힐긋힐긋 눈치만 보고 지내왔었다. 그런데, 오늘 아침 이른 등굣길에 선영 누나가 대만에 다가와서, "오늘 시합 반드시 이겨줘! 대만이 네가 서군 쪽 스타플레이어라던데…… 기대가 커!"라고 얘길 해줬고, 대만은 흥분과 당황에 자신도 모르게 고개를 끄덕이며 귓불까지 빨개졌었다. 그리고 기어들어 가는 목소리로 "누님요. 스타플레이어가 무신 뜻이요?"라고 물었고, 선영은 웃으면서 "비행기 조종사 안창남, 자전거 선수 엄복동, 마라톤 선수 손기정, 남승용, 이런 사람들이 스타플레이어지!"라며 대만의 머리를 쓰다듬어 주었다.

보통학교 3학년생이라고는 하지만 다른 동급생보다 네 살이나 많은 대만은 벌써 코밑 솜털이 조금씩 검어지기 시작했고 거웃이 듬성듬성 자라고 있었다. 그런 대만에, 마음속으로 연모하던 선영 누나의 손길이 몸에 닿는 순간, 대만은 다리에 힘이 풀리고 눈앞이 하얗게 흐려지면서, 아무것도 보이지 않는 묘한 흥분상태를 경험했다. 사실, 따지고 보면 선영 누나는 대만보다 한 살 어린 셈이다. 그러나 굳이 그런 사실을 가지고 누나·동생 사이의 서열을 뒤집을 생각은 전혀 없다.

설레고 부푼 가슴을 안고 교정에 들어서는 순간, 갑자기 나타난 와타나베 선배가 대만을 불러세웠다.

"어이! 천대만!"

"예! 와타나베 선배."

"내가 너한테 시킬 일이 있다!"

"말씀해 보십시오. 와타나베 선배."

이죽거리며 대만을 향해 말을 걸어오는 와타나베 선배를 보며 뭔가 불안한 예감이 들었는지 대만의 목소리는 작게 떨리기 시작했고, 함께 교문을 들어섰던 선영 누나도 두 사람의 대화가 궁금한지 멈춰 섰다.

"선배가 무슨 일을 시키겠다고 하면 영광스럽다 생각하고 간단하게 '예'라고 대답하는 게 예의 아닌가? 말씀해 보라는 말은 시키는 일을 하지 않을 수도 있다는 말인가?"

이건 또 무슨 심술인가 싶은 마음에 아무 대답 없이 와타나베를 쳐다보고 있는데, 이때 선영 누나가 대만의 등 뒤에 서 있다가 앞으로 나서며 와타나베에게 쏘아붙였다. 그들은 동급생이다.

"와타나베! 여기 천대만도 생각이 있는 사람이고 독립된 인격체잖아! 와타나베가 아무런 권한 없이 무작정 뭔가를 시킨다고 해서 무턱대고 시키는 대로 따라야 하는 건 아니잖아?"

순간 와타나베가 곧바로 얼굴을 심하게 찡그리며 선영에게 빈정거렸다.

"아니! 이거! 어디서 마늘 냄새가 코를 찌르는 것 같았는데 여기서 나오는 냄새였구먼! 선영이 너, 아침에 기무치 먹고 왔나?"

와타나베가 허리를 한껏 곧추세운 채 손가락으로 선영이의 입을 가리키며 큰 목소리로 모욕을 주자, 순식간에 짙은 속눈썹과 두꺼운 쌍꺼풀, 왕방울처럼 커다란 선영의 눈동자엔 눈물이 맺히기 시작했다.

"지저분한 조센징 계집과 수준 낮은 대화를 하기 싫으니 어서 꺼져라!”

아무리 보통학교 학생인 어린 선영이었지만, 그래도 13세의 여성이었다. 자신에게서 김치 냄새가 난다는 놀림을 당하자 순간 강한 수치심이 들기 시작했다. 여성에게 있어 수치심은 이성을 넘어 상황의 본질을 덮어버리는 위력을 보인다.

순간, 할 말을 잃은 선영의 눈에선 눈물이 도르륵 흘러내렸고, 대만을 보호하기 위해 대화에 끼어들었던 그녀, 외려 보호를 받아야 할 상황이 되어버렸다. 대만이 화를 억누르고 침착한 목소리로 와타나베에게 물었다.

“와타나베 선배! 저에게 시키실 일이 무슨 일입니까? 제가 할 수 있는 일이면 시키는 대로 해드리겠습니다.”

“그래, 그래야지! 이 위대한 와타나베가 하급생에게 뭔가를 지시하는 것 자체만으로도 조센징 대만 자네에겐 영광이야. 알겠나?”

“말씀 계속하십시오.”

이때, 방앗간 집 선영이 운동장 한가운데 선 채 눈물을 흘리고 있고, 와타나베와 대만이 팽팽한 긴장 상태에서 대화하는 모습을 보며 등교 중인 학생들이 주위에 하나둘 모여들기 시작했다.

“너도 알다시피 우리 동군과 그쪽 아랫마을 조무래기들

집합소인 서군이 오늘 아침부터 시합하기로 했는데, 주전 선수로 뛰어야 할 나를 대신해 네가 제1교시 수업 때 제출할 나의 숙제를 대신 해줘야겠다! 6학년 숙제라서 어려울 것 같지만 그렇지 않다. 국어 교과서 다섯 페이지를 공책에 필사해서 제출해야 하는데, 너도 알다시피 내가 오늘 시합 준비를 위해서 얼마나 바쁘게 지내왔냐? 그래서 내가 너에게 공책과 연필, 그것도 일본 내지에서 가져온 최고급품으로 줄 테니, 어서 필사해서 아홉 시 오 분 전까지 내 교실, 내 책상 위에 올려놔라! 아! 그리고, 연필은 네가 가져라! 내 하사품이니 소중하게 사용하도록!"

너무나도 어이없는 말이지만 대만은 표정 하나 변하지 않고 차분한 목소리로 와타나베에게 물었다.

"와타나베 선배! 저 역시도 서군 쪽에 속한 주전 선수입니다. 그렇다면 아침 전반전 축구 시합은 오후로 미루어지는 겁니까?"

"아니다! 너는 오늘 시합에서 빠진다. 어차피 서군은 오합지졸들이 모인 팀인데 오합지졸 중에서 오합지졸인 너 한 명 빠진다고 해서 경기력엔 영향이 없을 것이다! 그런데 천대만! 난 네가 일본말을 너무 잘해서 처음엔 조센징인지 몰랐던 걸 아는가? 그런데 오늘, 너는 역시 조센징이구나 싶다. 말귀를 못 알아들으니 말이야! 내가 분명히 오늘 아침 시합에서 이 몸이 동군 주장으로, 주전 선수로 뛰어야 한다고 말했었는데, 내 말이 우스운 거냐? 아니면 귀 청소를 오랫동안 안 해서 귀가 막힌 거냐? 대가리가 나빠서 일본말을 아직 반도 못 배운 거냐? 하기는, 조센징의 머릿속엔 온통 똥만 들어차 있으니……."

온갖 모욕적인 표현을 한데 모아 대만을 분기탱천하게 했지만, 대만의 표정은 변함이 없었다.

"와타나베 선배! 제가 그 숙제, 해드리지요!"

침착하고 낮은 목소리로 시키는 대로 하겠다는 대답에 잠시 당황한 듯 와타나베의 표정이 굳어졌다가, 이내 환하게 웃는다. 선영이도 예상 밖의 전개에 놀라 울음을 그치고 눈물을 닦는다.

"그래! 그래야지! 대 와타나베 선배가 일을 시키는 것은 영광된 사명을 내려주는 것과 같아. 깊은 사명감으로 필사를 하도록! 우리 대만이, 보기보다 똑똑하구먼!"

"그런데 선배! 한 가지 조건이 있습니다. 저와 결투를 벌여 이기시면 다 해드리겠습니다."

꼿꼿하게 선 채로, 침착한 표정과 낮은 목소리로 도발적인 제안을 하는 대만에 당사자인 와타나베는 물론 구경하는 아이들 모두가 놀랐는지 숨죽이고 눈을 떼지 못한다. 몇몇 아이는 마른침을 꼴딱 삼킨다.

　　　　　　　　　　　　해동의 새벽

잠시 정적이 흐르고, 와타나베는 할 말을 잃은 듯 대만과 선영, 그리고 빙 둘러서서 구경하는 학생들 무리를 한 번씩 훑어보았다. 그리고 갑자기 자신이 마치 호방한 남자이기라도 한 듯 크게 웃음을 터뜨리며 너스레를 떨었다.

"하! 하! 이 녀석 천대만! 남자로구먼, 남자야! 이것 봐 천대만! 지금까지는 농담이었다. 시합 전에 상대방 선수에게 신경전을 벌이는 고도의 작전이었어! 숙제는 안 해도 된다. 그리고 10분 뒤에 시합이 시작될 테니 어서 준비하고 나와라!"

"아닙니다, 선배! 저는 농담이 아닌 진심입니다. 저와 결투해 이기시면 숙제도 다 해드리고, 축구와 야구 시합에 출전하지 않겠습니다. 그리고 가랑이 사이를 기어서 지나가라고 해도 그리할 것이고 바닥에 침을 뱉고 그걸 핥아먹으라고 시키셔도 하겠습니다."

계속해서 낮은 목소리로 천천히 이야기하는 대만의 말 한마디 한마디를 놓치지 않기 위해, 구경하는 아이들은 숨을 죽였다. 이때 와타나베가 붉으락푸르락해진 얼굴로 하늘을 한 번 올려다보고서는 곧바로 대만의 뺨을 손바닥으로 후려쳤다. 이들을 지켜보던 몇몇 아이들이 비명을 질렀다.

"빠가야로! 선배가 농담했으면 농담으로 받아들여야지! 지금 나한테, 대 와타나베에게 시비를 거는 것인가? 어린놈이 버릇이 없구먼!"

느닷없이 날아오는 와타나베의 손찌검에도 눈 하나 깜빡이지 않고 대만이 다시 얘기했다.

"와타나베 선배! 제가 선배보다 나이가 적지 않습니다. 사정이 있어서 호적에 늦게 올랐고, 학교도 늦게 입학을 했지만 제 나이가 열넷입니다. 그리고 결투를 요구하는 상대방에게 예고 없는 손찌검은 비신사적입니다. 지금의 손찌검은 저와 싸움을 시작했다고 간주해도 되겠습니까? 아니면 방과 후까지 결투를 기다려 드릴까요? 선배 편하신 대로 하십시오. 선배는 농담으로 제게 숙제를 대신하라고 시키셨다고 해도, 그리고 시합에 빠지라고 말씀하셨더라도, 저의 결투 요청은 농담이 아닌 진심입니다. 여기 증인들이 모두 있으니 지금까지의 비신사적 행위를 덮고 싶으시면 저와 결투를 하셔야 합니다. 그리고, 만약 제가 선배님과 싸워서 이긴다면 여기에 서 있는 선영 누님에게 사과해 주십시오."

구경꾼들이 웅성거렸다. 평소 와타나베를 고깝게 보아오던 일본인 여학생들마저도 연신 '스테키' '칵코이!'라는 감탄사를 쏟아 낸다. 몇몇 조선인 여학생들은 두 손을 가슴께에 모으고 대만을 향해 애정 어린 눈길을 보냈다.

당황한 표정으로 안절부절못하던 와타나베가 주위의 반응을 살피고 나서 큰소리로 대답했다.

"좋다! 결투를 받아들인다! 점심시간, 운동장 끝 변소 옆에 있는 쓰레기 소각장에서 만난다! 그리고 오늘 축구와 야구 시합은 다음 날로 미룬다!"

와타나베의 승낙에 모두 재미난 구경거리가 생겼다는 듯 함박웃음으로 반가워하고, 곧이어 나타난 체육 교사는 수업 시간이 다 되었음을 알리며 학생들을 흩어놓았다.

대만은 와타나베의 승낙을 듣자마자 아무 말 없이 돌아서서 교실로 향했다. 홀로 교실을 향해 걸어가는 대만을 바라보며 몇몇 학생이 계속해서 멋있다며 감탄사를 연발했다.

그렇게 도착한 교실에서, 대만은 1·2교시까지 싸움에서 이기는 상상을 하며 묘한 설렘을 즐겼고, 3교시 내내 상대방을 제압할 기술들을 상상 속에서 짜 맞추기 시작했다. 그렇게 시간이 흐르고, 오전 수업의 마지막인 4교시 직전, 휴식 시간에 와타나베가 느닷없이 그를 찾아왔다.

"어이! 천대만. 네 아비가 당국의 허가 없이 소금을 팔러 다닌다며? 허가증 없이 소금을 파는 행위는 범죄인지 아니냐 모르느냐?"

"……."

아비 천 서방의 생업이 허가가 필요한 일인지 아닌지 알 턱이 없는 대만은 순간 말문이 막혀버렸다.

“네 어미도 면허 없이 술을 제조해 팔아먹고 있다며? 이런 범죄자 가족들!”

저주의 말을 쏟아내고 휙 돌아선 와타나베의 뒷모습을 바라보던 대만의 머릿속이 순간 복잡해졌다. 이어 찾아온 4교시 수업 내내 예전 갑산마을에 살 때 김 군수댁 손자 영하를 때렸다가 하마터면 가족 전체가 치도곤을 먹을 뻔했던 일이 생각이 났다. 당시는 가족이라 봤자 제 어미 갑년과 대만, 이렇게 두 사람이 전부였지만, 섣부른 폭력 이후에 찾아오게 되는 크나큰 책임의 무게를 이미 경험했기에 어찌 보면 당시의 김 군수댁 못지않은 위세를 부리는 와타나베 집안 아이를 흠씬 패주고 나면, 곧이어 찾아올 가족을 향한 핍박을 감당할 자신이 없어졌다.

시간은 야속하게 계속 흐르고, 4교시 마지막을 알리는 종소리가 나자마자 교실 앞 교사 출입문이 와락 열리며 한 손에 지휘봉을 든 이 학교 교감 선생이 성큼 들어선다.

“여기, 천대만이 누구야!”

교감 선생의 일갈에 수업 중인 교사와 학생들 모두 놀란 눈으로 교감 선생과 대만을 번갈아 쳐다본다. 이때 대만이 자리에서 일어나 손을 들며 본인이 천대만임을 알린다.

“네가 천대만인가?”

“예! 제가 천대만입니다!”

대만의 대답을 듣자마자 교감 선생이 성큼성큼 다가와 대만의 뺨을 세게 후려치고, 이어서 왼손에 들었던 지휘봉을 오른손으로 옮겨 대만의 정수리를 내려친다.

"이런 악질 조선 놈! 조선 놈하고 개새끼는 맞아야 정신을 차린다더니. 이런 괘씸한 놈은 죽을 때까지 맞아야 해!"

여러 차례 정수리를 얻어맞자, 아픔을 견디지 못한 대만이 자기 머리를 팔로 감싼다. 교감 선생은 이에 아랑곳하지 않고 계속해서 지휘봉으로 대만의 손등과 손가락 위를 내리친다. 그렇게 수십 번을 넘게 때리고도 분이 안 풀렸는지 대만의 정강이를 걷어찬 후 멱살을 잡아끌고 교실을 나간다. 교감 선생에게 끌려 나가는 대만을 보며 아이들 모두 안쓰러운 표정을 짓는다. 복도에서 창을 넘어다보며 구경하던 아이들은 교감 선생과 대만의 뒤를 쫓아 교감실 앞까지 우르르 몰려간다.

잠시 뒤 다른 교사가 달려와 아이들을 모두 쫓아 보내 보려 하지만, 호기심 충만한 아이들을 흩어놓는 일은 쉬운 게 아니다. 곧이어 교감실 안에서 매질하는 소리와 교감 선생의 욕설이 들려 나온다.

교감실 안에는 이미 와타나베와 그의 부친이 와 있었다. 와타나베는 아침 등굣길에 대만과 기 싸움을 하다가 얼떨결에 결투 신청을 받아들이긴 했지만, 3년 아래 하급생과 주먹싸움에서 이겨봤자 본전이었고, 만약에라도 지게 되면 큰 망신살이라는 생각이 들었다. 평소 축구 시합과 야구 시합, 그리고 가끔 있었던 남강 변 모래사장에서의 씨름 시합을 보면서, 대만의 뛰어난 운동신경과 타고난 힘을 알고 있는 터라 슬며시 겁이 나기도 했다. 그렇게 1교시 시작부터 3교시 끝날 때까지 고민하다가 기껏 생각해 낸 묘수라는 게 자기 부친을 불러오는 것이었다.

학교 정문에서 500m 떨어진 와타나베 부친이 운영하는 철공소까지 달려가 한다는 말이, 주막집 천대만이 껄렁패 불량배들을 불러다 오늘 점심시간에 자기를 린치하려는 계획이 있고, 예전부터 툭하면 와타나베 자신을 위협해서 돈을 빼앗아 갔다고 거짓 고자질을 했다. 6학년인 아들이 3학년 하급생인 대만에 수시로 금품을 갈취당해 왔다는 말을 믿을 수 없었지만, 금지옥엽으로 길렀던 외동아들이 수업 시간에 헐레벌떡 달려와 울며불며 하소연하는데 가만히 있을 수 없었던 그의 부친이 교장실을 찾았다. 그런데 마침 교장 선생은 경상남도 전체 보통학교 교장 회의를 위해 부산으로 출장을 간 상태였고, 온화한 성격에 합리적 이성을 가진 교장에 비해 평소 조선인에 대한 혐오감을 노골적으로 드러내며 학생들을 차별해 왔던 교감이 이 내용을 듣고서는 대만의 교실을 찾아와 그에게 매질부터 했다. 조선인을 혐오하는 이 교감, 그 역시 조선인이었다.

와타나베의 부친은 지수면 소재지에서 철공소를 운영하고 있는데, 이 일대의 일반 실업인들과는 신분이 다른 사람이었다. 겉으로는 철공소만 운영하는 것으로 알려졌지만, 사실 그는 서부 경남 일대 금광 개발권을 모두 독점하고 있었다. 그리고 근처 함안군·의령군에 새로 부임해 오는 군수와 경찰서장은 제일 먼저 와타나베의 부친을 찾아와 부임 인사를 하고 금품을 내어놓고 가는 관례가 있었는데, 그 이유가 와타나베의 외가 친척 중 한 사람이 경성에 있는 조선총독부의 정무총감을 지냈기 때문이었다. 비록 10년 전 정무총감 자리에 있다가 지금은 내지(일본)로 부임 받아 총리 비서실에 근무하고 있지만, 와타나베 외가 어른의 조선에 대한 영향력은 최근까지도 상당했다.

전직 조선총독부 정무총감이자 현직 총리실 막료의 매제뻘 되는 자가 시골 학교 교장실을 찾아와 아들의 신변 안전에 대해 추궁하고 있는데, 감히 어느 간 큰 교사가 주막집 아들 대만의 변명을 들어주겠는가. 평소 와타나베의 부친에게 확실한 눈도장이라도 찍힐 심산이던 조선인 교감 선생은 옳다구나 대만을 끌고 교감실에 들어서자마자 다짜고짜 매질을 시작했었다. 한껏 매질하던 교감이 잠시 거친 숨을 고르는 동안, 대만의 예상치 못한 돌발행동으로 교감실에 있던 이들이 놀라게 된다.

아무도 사과를 요구하지 않았지만, 대만이 제 아비 옆에 앉아 비열한 웃음을 짓고 있는 와타나베의 발아래에 곧바로 무릎을 꿇었다. 교감 선생도 있었고 와타나베의 부친도 있었지만, 이 문제의 종결 권한은 결국 와타나베에게 있다고 본능적으로 직감했기 때문이다. 잘잘못을 따지기도 전에 갑자기 와타나베 앞에서 무릎을 꿇고 앉아, 이마가 바닥에 닿을 정도로 몸을 숙이고 "제가 잘못했습니다. 선배!"를 외치는 대만에 교감은 더 이상 매질을 할 수 없었다.

3년 전 갑산마을에서 겪었던 것과 같이, 이곳에서도 있을지 모를 가족을 향한 핍박을 피할 수 있다면, 자신의 자존심은 얼마든지 버릴 각오가 순식간 대만의 의식을 파고들어 와 자리를 잡은 것이다. 와타나베의 부친이 어떤 사람인지 알 수는 없었지만, 교감 선생과 와타나베 부친과의 사이에 흐르는 묘한 기류를 파악하고 납작 엎드린 대만의 선택은 꽤나 효과적이었다.

순식간에 승자와 패자의 지위가 확고하게 정해지고, 본인이 완전한 승리를 하였음을 자각한 와타나베가 본인과는 어울리지 않는 승자의 관용을 멋들어지게 베풀고 싶어졌는지, 엎드려 사죄하는 대만의 어깨 치를 발끝으로 툭툭 치며 인제 그만 일어나라고 한다.

　　　　　　　　　　　　　　　　　　　　해동의 새벽

"대만! 그만 일어서! 잘못을 알았으니 나 와타나베는 관용을 베풀 계획이다. 물론 처음 계획대로 너와 힘으로 대결했으면 더 좋았을 테지만 그리되면 너는 분명 병신이 될 정도로 많이 다쳤을 거야! 그래서 결국 현명하신 어른들께 중재를 요청했고, 이젠 어른들로 인하여 네 잘못을 깨우쳤으니 내가 용서하겠다. 앞으로 우리 잘 지내자!"

이 무슨 비겁한 자의 논리인지 알 수 없지만, 여기서 다시 말의 바르고 그름을 따져봤자 무조건 대만의 손해임을 이 자리에 있는 사람 모두가 알고 있다. 이쯤에서 아들의 체면과 안전이 확보되었음을 확신한 와타나베의 부친이 교감 선생에게 선처를 당부하고, 교감의 처지에서도 와타나베 부자의 만족스러운 표정과 말투에 뿌듯함을 느꼈는지 온화한 목소리로 대만에 타이른다.

"대만 군! 앞으로 와타나베 군에게 하급생으로서 정성을 다해 예의를 갖추며 지내도록 하여라. 알겠나?"

교감 선생의 타이르는 말에 대만은 엎드린 상태에서 머리를 수차례 숙이며 "감사합니다. 그렇게 하겠습니다"라고 되뇐다.

열네 살의 천대만은 벌써 시정잡배의 가랑이 밑을 기어가는 수모를 참아낸 한신장군의 인내를 깨우쳤고, 오다 노부

나가와 도요토미 히데요시 막하에서 살아남았던 도쿠가와 이에야스, 그리고 공손찬, 여포, 조조의 막하에서 입술을 깨물며 힘을 기르고 때를 기다렸던 유비의 처세를 체득했다. 교감실에 끌려 들어가던 순간의 찰나에, 대만은 많은 경우의 수에 대한 정리를 이미 끝마친 상태였다.

삼 년 전의 대만은, 미래가 전혀 보이지 않던, 심지어 언제 맞아 죽거나 굶어 죽을지 모르는 천한 무당년 갑년의 아비 없는 자식이었다. 지금도 비록 보잘것없는 주막집 아들 천대만이지만, 그는 지금 그때와는 완전히 다른 처지인 어엿한 보통학교 학생 신분이 되어 있다. 그에게 지난 몇 년간의 학생 신분은 과거에는 상상도 할 수 없었던 달콤한 삶의 전부였다. 하지만 그 달콤한 삶마저도 작은 바람에 쉽게 날아가 버릴 수도 있음을 교감 선생의 1차 매질 때 이미 알아챘다. 그리고 무조건 엎드려야 하는 상황임을 자각했다. 이 사건으로 말미암아 인내심을 동반한 묵직한 처세술이 열네 살 어린 천대만의 몸에 조금씩 자리 잡아가고 있다. 그에 더해 식민지에 만연한 조선인에 대한 차별에 분개하기보다는, 실력을 길러 훗날 일본인들을 반드시 이기고야 말겠다는 강한 극일 감정이 싹트기 시작한다.

심각한 교감실의 분위기와는 아무 상관 없이, 운동장에

서 마냥 즐겁게 뛰어노는 아이들의 재잘대는 소리가 교정을 가득 채운다. 학교 앞 초가집 마당에 놓아기르던 작은 백구 한 마리가 운동장에 난입해 아이들이 차고 노는 공을 꼬리를 마구 흔들어대며 쫓아다닌다.

조선인 대지주의 비애

만주국 대련(大連, 다롄).

중국 요동(遼東, 랴오둥)반도 최대 항구도시인 대련. 현대 도시계획공학의 정수(精髓)로 꼽히는 이 도시 전체의 설계와 건설은 이곳에 주둔 중인 일본 관동군 사령부와 일본 최대의 주식회사인 만철(정식 명칭은 남만주철도주식회사)이 주도적으로 이끌었다. 이 도시 중앙에 조성된 대련 대광장은 사람들에게 이곳이 마치 유럽의 유서 깊은 도시 중 하나가 아니냐는 착각에 빠져들게 한다.

현재 김익현과 민지영이 투숙하고 있는, 대광장 가장자리에 있는 르네상스 양식의 고풍스러운 외관을 갖춘 야마토(大和) 호텔은 이곳을 대표하는 건축물 중 하나이다. 5층 스위트룸 거실 창밖으로 공원 대광장 전체가 보이고, 원형의 광장 녹지공원 건너편엔 유럽풍으로 지어진 요코하마쇼킨은행(橫浜正金銀行) 대련지점 사옥이 그 위용을 자랑하고 있다.

일본이 1905년 러일전쟁에서 승리하면서, 러시아로부터 이곳을 빼앗은 그들은 이듬해 11월에 중국 북동부 지역 전체를 아우르는 철도회사 '만철'을 설립하였다. 만철은 그들 주도하에 대련 항을 건설한 뒤 상당량의 화석연료가 매장된 무순(푸순) 탄광을 부활시켰으며, 화려한 외형을 지닌 야마토 호텔을 지어 직접 경영하였다. 그리고 막강한 힘을 가진 관동군과 손발을 계속 맞춰가며 철도선 인근 권역의 정비와 근대화를 이루었는데, 대련 근처 도시에 뤼순 공과대학과 만주 의과대학, 다롄 병원 등을 설립함으로써, 일본의 대륙진출을 위해 새로 조성한 인근 지역의 교육과 의료시설을 근대화했다.

하루 전 김익현과 민지영이 만철 측의 안내를 받아 견학했던 대련 항은 만주의 현관 역할을 톡톡히 하고 있었다. 그곳에 마련된 여객선 대합실은 승객 5천 명을 동시 수용할 능력을 갖추었고, 효과적으로 설계된 부두 하역시설은 여러 대의 거대한 여객선과 화물선이 동시에 드나들 수 있게 만들어져 1년 365일 분주하게 돌아가고 있었다. 항만에 붙어 있는 드넓은 야적장에는 각종 광물과 석탄 등이 산더미처럼 쌓여 있었고, 이 주위로 대형 트럭들이 줄을 이어 오가며 짐을 싣고 부리기를 계속하고 있었다. 비옥하고 광활한 만주에서 생산된 각종 곡물을 유럽이나 일본, 미국 등으로 수출하기 위하여 자루에 담아, 이를 화물선에 싣고자 부두 노동자들이 일렬로 잔교(棧橋)를 밟고 옮기는 모습은 마치 수만 마리의 개미 떼가 겨우내 먹을 음식을 자신들의 집으로 옮겨가는 모습과 흡사했다.

오전 아홉 시가 조금 지난 시각, 김익현이 스위트룸 거실 소파에 앉아 만철 산하기관인 경제조사회가 발행한 〈만주경제연보〉를 유심히 읽고 있다. 그러다 문득 떠오른 생각이 있었는지 큰 목소리로 부인 민지영을 부른다.

"부인!"

"네."

"우리, 예전 부의 황제[1]가 머물렀다고 알려진 탕강자 온천에 다녀오는 게 어떻겠소? 온천물이 좋기로 유명하다던데, 만약 원한다면 그곳 대취각의 영빈관을 우리 부부에게 내어 준다고 하니 이번 기회에 청나라 황제가 묵었던 곳에 우리도 한 번 묵어 보는 귀한 경험을 해봅시다!"

머리 손질을 마치고 거실로 나오는 검정색 양장 차림의 민지영이 웃음을 지으며 반갑게 대답한다.

"저야 어딘들 좋지 않을까요? 올해는 연초부터 동경유람에 오사카, 만주까지 유람하니 너무 호강하는 게 아닌가 싶은 정도인걸요. 영하가 자꾸 눈에 밟히지만 그래도 함안 댁과 소희가 있으니 큰 걱정은 없고……, 이틀 정도 여정을 늘려도 서방님께 큰 차질이 없으시다면 저는 좋답니다.”

“그렇다면 다녀옵시다!”

이때 객실의 초인종이 울린다. 김익현이 출입문 앞으로 가 큰 소리로 묻는다.

“오시카와 이치로 군이오?”

“예, 선생님! 저 오시카와 이치로입니다!”

김익현이 출입문 잠금장치를 풀고 오시카와 이치로(押川一郎) 만철 총무부 주임을 맞이한다.

“실례하겠습니다. 약속 시각에서 약 2분 늦게 왔습니다마는 그럼에도 두 분 시간을 방해한 것은 아닌지 모르겠습니다.”

일본인 특유의 겸손한 몸짓과 말투로 김익현·민지영 부부의 사적 공간 방문에 다소 조신(操身)함을 보인다.

“아니요! 어서 들어오시오! 기다리고 있었소.”

“예, 그럼 실례하겠습니다.”

연신 고개를 숙이며 두 손을 앞으로 모은 채 객실로 들어오는 그를 김익현이 거실 소파로 이끈다. 민지영이 테이블 위 포트에 담긴 커피를 김익현과 손님의 잔에 각각 따라주

　　　　　　　　　　　　　해동의 새벽

고, 자신은 홀로 창가에 따로 마련된 작은 의자에 두 손을 모으고 앉는다. 상황에 따라 두 사람의 다과 시중을 들기 위함인 듯하다.

"숙소는 마음에 드셨습니까?"

"예, 덕분에. 아주 훌륭한 객실에 훌륭한 식사, 그리고 어제는 호텔 지배인까지 객실로 직접 찾아와 인사를 하고 갔소. 세심한 배려에 감사하오."

"저희 만철의 주주이신데 소홀하게 대접할 수 없지요. 게다가 실업부 사무관인 다카스 히코지 상의 각별한 당부도 있었기에…… 지내시는 동안 불편함이 없으신지, 혹여 있으시면 제게 알려 주시기 바랍니다."

"불편한 점은 하나도 없소! 오히려 과분한 환대에 몸 둘 바를 모르겠소. 다카스 히코지 사무관에게도 신경 써주셔서 감사하다는 인사말을 전해 주시면 고맙겠소. 사실 나는 그분의 부친과 인연이 있을 뿐 당사자와는 일면식도 없기에 군에게 실례를 무릅쓰고 인사를 전해 주십사 부탁을 드리는 거요."

"예! 반드시 전해드리겠습니다."

김익현은 남만주철도주식회사의 주주이다. 주식의 최초 공개모집은 1906년 9월에 있었고 그 후 여러 차례 증자가 있었으나 조선인들에게는 청약의 기회가 주어지지 않았다. 만철은 회사가 최초 설립되고 십여 년 동안은 호황을 누렸지만, 제1차 세계대전이 종료되고 러시아 혁명이 있었던 직후부터 만주 지역의 경기가 상당 기간 침체해 있었기에 그 여파로 1920년대 중·후반에는 만철의 주식 가격이 폭락한 상태였다.

이때 일본 철도성 고위 관료가 잘못된 빚보증으로 인해 몇몇 지인들을 통하여 암암리에 주식의 매도를 의뢰하였는데, 평소 친분이 있던 경상남도 도지사로부터 그 사연을 전해 들은 김익현이 즉시 그 주식을 시세보다 고가에 매입해 주었다. 당시 그 고위 관료가 현재 일본 철도성 국장으로 있는 다카스 쇼이치(高津正一)였고, 그의 아들이 바로 만주국 실업부 사무관인 다카스 히코지(高津彦次)였다.

김익현이 당시 만철의 주요 주주가 보유했던 비교적 다량의 주식을 단박에 매입하기로 한 이유는 과거 그가 부산항 대합실에서 겪었던 작은 경험 때문이었다.

일본 시모노세키와 부산을 왕복하는 관부연락선 대합실에서는 일본 헌병대의 불심검문이 수시로 있었는데, 당시 그곳이 일등석 이용 승객의 승선대기 대합실이었음에도 불구하고 일본 헌병들의 조선인에 대한 불손함은 극에 달해 있었다. 그들은 승객들의 소지품을 검사하면서 수색을 빙자하

 해동의 새벽

여 아녀자의 몸도 함부로 더듬고 만지기를 서슴지 않았다. 그러던 중 헌병들이 일본 육군성 장교와 대장성 관료, 만철 주식회사 간부들에게는 눈에 띄게 조심스럽게 행동하는 모습을 보면서 만철의 일본 점령지에서의 위상을 체감할 수 있었다. 만철 주식에 대한 매입 의사 타진이 왔을 때, 평소 조선인에 대한 극심한 차별에 맘이 상해 있던 김익현은 일본 최대 주식회사인 만철의 주요 주주라는 배경이 민간인이자 조선인이 비교적 손쉽게 얻을 수 있는 귀한 신분 증서가 될 수도 있다는 걸 기대하게 되었고, 제안을 듣자마자 가격 흥정조차 하지 않고 즉시 매입을 결정했었다.

총독부의 지배에 협조하는 각종 기부금 헌납 등 친일의 대열에 굳이 서지 않더라도, 식민지 시대에 천대받지 않는 조선인이 되기 위해서는 다소의 비용이 들더라도 만철의 주요 주주라는 신분상 배경이 필요하다 그는 느꼈다. 그에 더하여 불경기 탓에 만철의 주식 가격이 오랜 기간 낮게 형성되어 있었기에, 향후 경기가 되살아날 경우를 염두에 둔 재산의 증식 효과도 노려볼 만했었고, 거래를 소개해 준 경남 도지사, 거래 상대방인 일본 철도성 간부와의 인간적 유대관계도 돈독히 할 수 있었으니 김익현의 처지에서는 망설일 이유가 없었다.

실제 이번 특급열차 '아시아[2]'의 시승 행사에 만철 총재의 초대장을 받아 들고 다니는 여정 내내 그는 그동안 한 번도 경험하지 못했던 일본인들로부터의 극진한 대접을 받을 수 있었다. 경성역에서 '히카리'를 타고 만주 펑톈까지 가는 동안 여러 차례 검문검색을 받게 되었는데, 처음에는 고압적 자세로 여행 목적을 묻던 헌병과 기관원들이 그가 만철 총재의 초대장을 제시하자마자 갑자기 친절한 안내자로 돌변하는 촌극도 경험하였다.

그 과정에서 그는 멸시에서 존대 사이를 극과 극으로 오가는 의전의 달콤함을 경험하며 국권 침탈 직후 일본을 향한 강한 적대감을 느끼고 있던 조선의 명문가 출신 인사들도, 그리고 굳이 친일하여 자산 축재를 할 필요가 없는 전통적 조선인 부호들조차도, 그와 같이 부지불식간에 점점 친일로 비치는 길로 행동이 기울어 가는 경우가 많아지고 있다는 걸 피부로 느끼는 계기가 되기도 했다.

그에 더하여, 운이 좋았던지 만철의 최근 주식 시세는 매입 당시보다 무려 열 배 가까이 오른 상태이기에 그때의 결정에 후회가 없다.

"그나저나 오늘은 어떤 시설들에 대해 견학을 시켜 주실 계획인지 궁금하오."

김익현이 부드러운 미소를 지으며 두 부부의 안내를 맡은

    해동의 새벽

오시카와 이치로에게 묻는다.

"오전에는 만철구락부를 방문하셔서 만철구락부 실업 야구팀의 훈련 모습을 직접 관람하시고 테니스, 농구, 승마 선수들의 훈련 모습도 보실 예정입니다. 그리고 점심 오찬장에서 오찬 겸 남만주철도주식회사의 사업 현황 보고가 있을 예정입니다. 오찬 장소 역시 만철구락부 외빈 식당에서 있을 것입니다."

"허허! 유명한 만철구락부 야구팀을, 그것도 연습 장면을 직접 보게 된다니, 큰 영광이오!"

김익현의 말대로 당시 만철구락부(클럽) 야구팀은 동아시아 일대에서 그 유명세가 상당하였다. 1927년 8월 도쿄에서 열린 제1회 도시대항 야구대회에서 나고야, 오사카, 경성 등 12개의 실업팀과 겨루어 우승을 차지하였고, 2년 뒤에 또다시 우승함으로써 이후 각종 대회의 우승 후보 1순위 팀이 되었다. 스포츠 경기에서 좋은 성적은 많은 열성 팬들을 몰고 다니는 법이다. 그 때문에 이 지역 또 다른 명문 팀인 다롄 실업팀과 만철구락부팀의 지역 라이벌 대항전이 있는 날이면 1만여 명이 넘는 관중이 야구장 일대로 몰려들어 열광적인 응원을 펼치기도 했다.

명문으로 부상한 용산 철도부 야구팀을 보유한 조선에서도 야구 열기가 대단했는데, 김익현 역시도 야구에 관한 관심이 상당한 편이어서, 이번 만철구락부 야구팀 연습 장면 관람에 큰 기대를 하게 된다.

"사업 현황 보고 이후에는 근처 사허카우에 있는 철도차량 공장을 방문하실 예정입니다."

"철도차량도 내지에 있는 다른 기업이 아닌 우리 만철에서 직접 만드는 거요?"

여기서 김익현이 말하는 내지(內地)는 일본 열도를 말한다.

"예! 한동안 미쓰이(三井) 물산을 통하여 기관차나 객차를 미국에서 수입하였습니다만, 최근에는 만주에서 운행하는 객차는 대부분 만철의 사허카우 공장에서 우리 힘으로 생산하기 시작했습니다."

"고무적인 일이구먼, 대단해!"

"나중에 가보시면 아시겠지만 사허카우 철도공장은 능률 향상을 위한 끊임없는 연구 속에 운영되고 있습니다. 노무관리, 기구점검, 재료정리 등의 기본적인 노력 이외에 근로자의 인체구조에 따른 동작연구, 시간연구, 그리고 심지어 작업 외적인 근로자의 위생관리 역시도 생산능률에 도움이 되고 있다는 연구결과를 직접 보실 수 있을 것입니다."

"견학하며 눈여겨보겠소! 미리 말씀해 주셔서 고맙소이다. 그냥 대충 눈으로 훑어보는 것보다 이렇게 사전 설명을 해주시면 보는 사람 입장에서 무엇에 주안점을 두고 견학을

　　　　　　　　　　　　　　　　　　해동의 새벽

해야 하는지 제대로 알고 학습이 될 테니……."

다롄 서쪽 교외에 차려진 사허카우(沙河口) 철도공장은 만철의 선진 경영기법, 능률 제고 연구를 위한 과감한 임상실험을 적극적으로 받아들이기로 유명한 사업체였다.

당시 만철은 철도를 이용한 교통수단에서 생기는 이윤만 추구했던 것이 아니라, 수많은 자회사를 거느리며 만주 지역 일본계 기업의 산업 발전을 위한 투자를 계속해 나갔다. 예컨대, 전기의 생산과 배전을 위한 전력회사, 그리고 제철소, 조선소, 신탁거래소, 심지어 세탁공장과 신문사까지도 운영하며 만철 산하 기업 집단을 이루었다.

호텔에서 간단한 다과를 겸하여 하루의 일정을 미리 안내받은 김익현·민지영 부부와 주요 주주 일행은 만철에서 제공한 차량을 이용해 테니스장, 농구코트, 실내수영장, 승마 코스, 호텔, 대중목욕탕이 완비된 다롄의 만철사원구락부 시설을 구경하고, 이어서 다롄 중앙공원 안에 만들어진 만철구락부 전용 야구장을 돌아보았다. 그곳에는 천연잔디를 식재한 구장 바닥과 수천 명이 동시에 관람할 수 있게 만들어 놓은 계단식 관람석이 그 위용을 뽐내고 있었다.

놀라운 일은 만주의 겨울이 북유럽과 비슷한 기후를 갖고 있음을 고려해 이곳에 동계 스포츠의 꽃이기도 한 스케이트

링크를 만들어 놓은 것이었다. 일행은 만철구락부의 시설과 야구팀의 연습경기를 간단히 구경한 후, 만철사원구락부 내에 마련된 영빈관 연회실에서 진행하는 사업 현황 보고에 참석한다. 서양식 오찬을 겸한 사업 현황 보고에서 김익현과 민지영은, 만철이라는 거대 조직이 법률상 형태는 주식회사였지만 그 실상은 '부속지'라는 이름의 영토를 가진 하나의 국가와 같다는 사실을 실감했다. 실제로 만철 왕국은 근대 식민지 제국 중에서 유례를 찾아볼 수 없을 정도의 전략적 생각을 하고 영토를 확장했고, 어찌 보면 한낱 부속지 경비만을 책임지는 관동군과 손을 잡아 놀라운 시너지를 일으켜 일본 제국의 팽창을 가속할 수 있게 이끌었다.

이들의 팽창 과정을 동북아시아 전체에서 보자면, 일본이 부설한 조선의 철도와 압록강 철교의 부설을 계기로 조선과 만주, 그리고 더 나아가 유럽까지 육상교통로가 직접 연결될 수 있었다. 조선총독부는 만주국 수립 후 늘어난 물동량 수요와 여객 수요에 대응하여 1934년 11월부터 특급열차들을 운행했다. '히카리'는 부산-펑톈-신징 간을 운행했는데, 일본 도쿄에서 도카이도선을 타고 나고야와 오사카를 거쳐 히로시마를 지나 시모노세키에서 해상운송을 통해 부산, 경성, 신의주를 거쳐 만주국의 수도인 신징까지 가는 데 55시간이면 충분한 교통로를 건설했다. 기차 시간표에 따르면, 도쿄에서 만주까지 이틀, 만주에서 모스크바까지 11일이 걸리고, 12일째는 바르샤바, 13일째에 베를린, 14일째면 파리까지 갈 수 있는 유라시아 교통편을 개척했다.

우리가 그렇게도 자랑스럽게 여겨 왔던 역사적 인물 광개토대왕이 약 천오백 년 전에 정복했다던 광활한 영토보다 훨씬 넓은 지역을 지금은 일본이 장악하고 있다. 심지어 청 왕조의 수도였던 베이징까지 일본의 영향력 아래에 있음을 실감하며 느낀 씁쓸한 기분 때문에, 주최 측에서 제공하는 고급요리는 물론, 디저트로 나온 초콜릿과 아이스크림마저 씁쓸하게 느껴진다.

우리가 수천 년간 왜구로 지칭하며 야만인으로 대했던 일본이 불과 60여 년 전부터 서구의 선진문물을 재빠르게 받아들여 비약적 발전을 이루었고, 조선을 병탄한 후 중국을 포함한 대륙의 동북부를 완전히 장악하는 동안, 과연 우리는 무엇을 하고 있었는가 하는 자괴와 함께, 국력이 없으면 결국 남의 나라에 국권을 빼앗기고 국민은 노예로 전락해 버린다는 불변의 진실을 다시 한번 상기하게 된다.

이처럼 놀랍고도 눈부신 만철의 성장과 일본 제국의 힘을 눈앞에서 실감하며 김익현은 가슴 시린 비감을 느끼게 된다. 테이블 아래 움켜쥔 양 주먹의 떨림을 민지영이 감지하고 속삭이듯 그에게 묻는다.

"어디 불편하셔요?"

"아니, 부럽고 서러운데 더해 그저 저 자식들이 얄미울 뿐이오!"

"어머!"

민지영은 평소 남편이 사용하지 않던 그의 거친 어휘에 적잖게 당황한다. 부부간의 조선어 대화에 일인 한두 명이 이들을 흘깃 본다.

일본 제국의 팽창 속도와 크기에 반비례하여, 조선 민족의 독립과 광복의 가능성은 점점 희박해지는 것 같아서 김익현은 슬프다. 아니, 지금 이 순간만큼은 빼앗긴 나라에서 나라 잃은 설움을 가진 민족으로 살면서도, 이렇게 호의호식을 즐기며 지내고 있는 자신에 대한 부끄러움이 마음을 아프게 하고 있다. 제국의 번영으로 인하여 만주철도의 주식 가격이 크게 올라 김익현의 재산이 늘어났어도, 이들의 마음이 마냥 즐겁지만은 않다.

순간, 김익현은 가슴속 깊은 곳에서 작은 울림을 느낀다. 그리고 다짐한다.

'힘을 기르자! 권력이든 자본력이든, 내 선에서 기를 수 있는 모든 힘을 길러 차세대 조선인을 위한 초석이 되어야 한다. 지금까지의 맥 빠진 내 삶을 정리하고, 선구자의 길을 모색하자. 미래를 위하여 준비하다 보면 우리 민족을 위한

일을 할 기회가 반드시 오게 되어 있다!'

김익현이 마음속 굳은 결기, 그의 아내 민지영도 함께 느끼고 있다. 근처 동물원으로부터 우리에 갇힌 아시아코끼리의 "우~ 우~ 우-욱!" 길고 구슬픈 울부짖음이 들려온다.

독립자금 모금?

경성 본정(本町) 경찰서.

일인(日人)들이 모여 사는 본정통 한복판에 있는 경찰서 건물 지하실. 취조실 나무 의자에 앉은 이민성이 멍하니 벽면의 누런 얼룩 자국만 바라보고 있다. 순사도 신문관도 없이 혼자서 오후 내내 이렇게 앉아 있다. 오전에도 이런 식으로 세 시간을 보냈다. 사흘 전 갑자기 붙들려 와서 매일 이런 상황이 반복되고 있는데, 긴 시간 내내 홀로 앉아서 취조실 벽면만 바라보고 있자니 미쳐 죽을 노릇이다. 하루 두 번 개밥 같은 끼니를 나눠 주러 오는 젊은 사환의 말에 의하면 자신은 현재 가족들과의 면회도 금지된 신분이라고 한다. 봄이 온 지 오래건만 이놈의 경찰서 콘크리트 벽면과 바닥에선 차가운 냉기가 계속 뿜어져 나온다.

그날 순사들이 느닷없이 찾아와 아들자식 이태준의 행방을 물으며 자신을 체포해 왔는데, 그놈이 뭘 잘못한 게 있으면 그놈의 혐의점과 행방에 대한 취조만 하면 될 것을, 경찰이 무슨 이유로 자신을 이렇게 오래 붙잡아 두고 있는지, 이민성은 이해가 가질 않는다. 그런 와중에 오랜 시간 홀로 감금이 되어 있으니, 생각에 생각이 꼬리를 물고, 어찌 생각해 보면 살아오면서 자신 또한 너무 많은 죄를 짓고 지내온 것 같기도 하다.

제일 먼저, 근본도 모르는 불 상놈 주제에 아들놈 하나에 며느리를 셋이나 들인 죄, 비록 아들놈이 저지른 중혼(重婚)이지만 손주 욕심에 눈을 질끈 감고 받아들였으니 이것도 죄가 된다! 그래서 경찰이 자신을 잡으러 왔을 때 '네놈 아들이 이태준이지?' 물었을 테다. 그리고 양반도 아니면서 명문 연안 이씨 성을 사용하며 양반을 사칭한 죄, 이 죄는 예전 같은 시절이면 관아에 끌려가 숨이 끊길 때까지 몽둥이로 맞아 죽을 죄였다. 그에 더해, 채솟값과 쌀값을 떼어먹으려 드는 양반을 일본 경찰에 고소하려 했던 죄, 이것도 상놈이 양반을 소추했으니 예전 같으면 골이 터지고 창자가 끊어질 만큼 맞아야 할, 강상(綱常)을 깨뜨린 죄다.

살아오며 저지른 이런저런 잘못한 일을 반추하다 보니, 경찰서에 이렇게 끌려올 만도 한 삶을 살아온 것 같다. 생각이

생각을 낳고, 반성이 반성을 부르는 동안 의기소침해진 이
민성이 고개를 들어 천정을 바라보며 한숨을 내쉰다.

긴 한숨을 두어 차례 내쉬는 순간, 취조실 문이 열리고 사
내 하나가 들어온다. 유치장 감방에서 여러 차례 이민성을
데리고 왔다가 다시 데려다주던 젊은 순사가 아닌, 다부진
체격에 짧은 머리, 우악스럽게 생긴 중년 사내가 취조실에
들어오자마자 눈을 부라린다. 그가 이민성의 얼굴을 관찰하
듯 빤히 쳐다보며 큰 소리로 묻는다.
　"이름!"
　"예?"
　"이름! 이름 없어?"
　"이민성입니다요! 그런데 연안 이가 성은요, 거짓부렁
으로 쓰는 성씨이고요…… 사실은 어디 이씨인지는 모르
는…… 제가 사실은, 남의 성씨를 가져다 쓰고 있는데 원래
상놈이라…….
　사내의 윽박지르는 듯한 질문 한 마디에 일단 남의 성씨를
가져다 쓰고 있는 죄부터 실토한다.
　"이거, 이거, 완전히 악질 놈이구먼! 누가 함부로 남의 성
씨를 가져다 쓰라고 했나?"
　"아이고, 잘못했습니다요! 살려주십시오! 이제부터는 연

안 이씨라고 거짓부렁 하지 않을 테니 살려만 주신다면 제
가…….”

“그거 말고! 또 죄지은 거 있지?”

“그러믄 입쇼, 많이 있습니다요. 물어보시면 다 대답하겠
습니다요.”

의자에 앉은 채 연신 고개를 숙이고 잘못을 빌며 어쩔 줄
몰라 하는 이민성을 노려보고 있던, 자신을 다나베 경부라
칭하던 사내가 손에 들고 있던 갱지 한 뭉치와 연필 서너 자
루를 책상 위에 던지듯 올려놓는다.

무슨 서류인가 힐긋 눈길을 주는 이민성에게 사내가 윽박
지르듯 다시 질문한다.

“나이!”

“예?”

“나이 몰라? 나이! 몇 살 먹었어!”

“예…… 나리. 제가 올해 예순둘입니다요. 아무 한 것도
없이 나이만 많이 처먹었습니다요. 죄송합니다요, 나리!”

“흠…….”

“정말입니다요! 나이는 거짓부렁 아닙니다요!”

“글은 쓸 줄 아나?”

“언문은 조금 쓸 줄 압니다요. 일본말은 제가 잘 모르구
요…… 그래서 우리 가게에 정군이라고 그놈이 글깨나 읽고

　　　　　　　　　　　　　　　　　해동의 새벽

쓸 줄 알아서 일본말이나 한문은 정군한테 맡기는데요……
죄송합니다요. 저는 배운 게 없는 놈이라, 죄송합니다요. 더
듬더듬 언문 몇 자는 적을 줄 압니다요. 예, 예…….”

연신 고개를 숙이며 최대한 고분고분한 모습을 보인다. 이
런 이민성을 실눈을 뜨고 의심 어린 눈빛으로 바라보던 사
내가 이민성에게 윽박지른다.

“여기 자술서 용지에, 영감이 태어나서 지금까지 있었던
일을 모조리 적어!”

“예?”

이건 또 무슨 얘기인지 알아채지 못한 이민성이 놀란 눈을
치켜뜨며 사내에게 되묻는다.

“살면서 있었던 일 모두 말씀입니까요?”

“그래 이 영감탱이야! 거짓말이 하나라도 있으면 아주 혼
쭐이 날 줄 알아!”

“아이구, 예! 예! 어느 안전이라고 제가 거짓부렁을……
예, 예…… 적겠습니다요.”

“어서 적어!”

윽박지르듯 이민성에게 지시하고 휙 돌아서 취조실을 나
간다. 사내가 나간 문을 한동안 쳐다보던 이민성이 자술서
용지를 펼치고 연필을 잡고서는 어디서부터 어떻게 써야 할
지 난감한 표정을 짓는다. 살면서 있었던 일 전부를 쓰자니

받아 둔 한 묶음의 종이 가지고는 어림없이 모자를 듯도 하고, 막상 쓰려고 하니 쓸 내용이 하나도 없다. 대략난감이란 말이 이럴 때 쓰는 말인 듯하다.

한참 동안 고민을 하던 이민성이 연필 끝에 침을 묻혀 글을 쓰기 시작하자 조금 전에 그에게 자술서를 요구했던 사내가 다시 들어온다. 이민성 앞에 놓인 갱지를 선 채로 내려다보고는 냅다 의자 다리를 걷어차고 다짜고짜 이민성의 꼭뒤를 후려친다.

"이 영감이 내 말이 말 같지 않은가? 왜 게으름을 피우는가? 지금 이 영감탱이가 대일본제국 경찰, 경부에게 반항하는 건가?"

느닷없이 뒤통수를 세게 얻어맞은 이민성은 정신을 차릴 수가 없다. 뭐라고 대답을 해야 할지 머릿속이 하얗게 비어 있는데, 또다시 눈앞에 불꽃이 튄다. 다나베 경부가 재차 뒤통수를 후려갈겼기 때문이다. '어이쿠' 하는 비명과 함께 이민성이 책상 위로 얼굴을 파묻고 두 팔로 자기 머리를 감싼다.

"이것 봐 영감탱이! 내 말이 우스운가?"

"아이고…… 아닙니다요! 지금 막 쓰기 시작했습니다요. 그런데 저는 나리께서 무슨 일 때문에 제게 자술서를 쓰라고 하시는 건지 도통 알 수가 없어서……."

"조금 전에 영감탱이가 죄를 지은 게 많다고 나한테 실토하지 않았나? 내 조선말이 서툴러 보인다고 해서 내가 알아듣지도 못했을 거로 생각하나? 어찌 조선 놈들은 조금 전에 했던 말도 금세 뒤바꾸는 짓을 밥 먹듯이 하는지……. 한 번만 더 이따위 수작을 부린다면 저기 저거 보이나? 저 대들보에 거꾸로 매달아 놓고 신문을 할 테니 알아서 해!"

다나베 경부가 손으로 가리키는 것은 벽과 벽 사이를 가로질러 설치한 거대한 대들보와 거기에 걸려 있는 쇠사슬, 그리고 각종 고문기구로 보이는 쇠갈고리들이다.

모골이 송연해진 이민성이 질린 표정으로 두 손을 모아 싹싹 빌며 다나베 경부에게 사정한다.

"예, 예! 알겠습니다요, 모두 적겠습니다요. 예…… 예. 살려만 주십시요. 제가 나이가 많아서 저기 저 물건에 매달리는 순간 저는 이 세상과 작별해야 합니다요. 제가 없으면 우리 마누라, 손자 손녀들, 며느리와 아들은 굶어 죽습니다! 아들놈 하나 있는 것이 제 밥값도 못하는 터라 제가 이렇게 병신이 되거나 죽어버리면 우리 집안은 풍비박산이 날 겁니다요! 제발 나리께서……."

"아들? 하나뿐인 아들?"

순간 이민성의 읍소에 귀가 솔깃해진 건지, 하나뿐인 아들이라는 말에 다나베 경부가 관심을 보인다.

"예, 예. 그놈이 글쎄…… 아무것도 할 줄 모르는 천하에 모자란 놈입니다요. 그놈 하나 믿고는 제가 이 세상 하직을 할 수는 없습니다요. 예, 예."

"흠…… 흠. 그 자술서에 아들놈 이야기도 자세히 쓰도록. 알겠나 영감!"

"예, 예. 나리…… 제가 후딱 적겠습니다요, 예, 예."

연신 손바닥을 비벼대고 고개를 숙여가며 고분고분하게 구는 이민성을 그대로 앉혀 두고 다나베 경부가 취조실을 나간다.

다나베가 취조실을 나가자마자 이민성은 곧바로 의자와 책상을 정돈한 후 열심히 자술서를 작성하기 시작한다. 연필심에 연신 침을 바르고, 손가락과 손목이 저리기 시작하면 다시 손을 풀었다가 연필을 새로 잡아가며 부지런히 지난날을 기억해 낸다.

황화방에서 살던 어린 시절, 여덟 살에 형과 아버지를 잃은 일, 열한 살에 어머니를 잃었던 일, 왕십리로 주거지를 옮기고 미나리꽝에서 미나리 농사와 채소를 판매하던 일, 신당동에 양곡상을 차린 일 등등 손가락을 세어가며 하나하나 자술서를 써 내려간 지 약 세 시간이 지나고, 갑자기 취조실 문이 와락 열리며 다나베가 성큼 들어온다. 다나베를 따라서 젊은 순사 한 명이 더 들어오는데, 이민성은 순간 두려움과 반가움이 함께 교차한다. 약 세 시간 전 꼭뒤를 내리치고 의자를 걷어차는 등 위협을 가했던 다나베를 보는 순간 반사적으로 간이 콩알만 해졌고, 사흘 동안 자신을 유치장에서 데리고 왔다가 다시 데려다줬던 젊은 순사는 이민성에게 비교적 친절하게 대해 왔기에 반가웠다.

만약 다나베가 이민성에게 패악이라도 부리게 되면 아마도 저 젊은 친구가 말려줄 것 같은 막연한 기대까지 하게 된다. 물론, 그 기대에는 아무런 근거도 없다. 다나베 경부가 눈을 부릅뜨고 그에게 묻는다.

"다 적었나?"

"예…… 이게…… 제가요…… 글재주가 없어서 사실 절반도 못 적었습니다요."

이민성이 자라목을 한 채 기어들어 가는 말로 대꾸를 한다.

이민성의 변명을 듣자 곧바로 다나베의 손찌검이 두어 차례 날아오고, 이어서 다나베가 책상 위에 놓인 갱지 여러 장을 집어 들어 읽는다.

언제 또 손찌검이 날아올지 모르는 상황이라 이민성은 두렵다. 두 손을 부들부들 떨며 다나베를 힐긋거리며 훔쳐본다. 다나베가 진술서를 대충 읽어본 후 책상 위에 툭 던지듯이 놓는다. 그러고는 함께 들어온 순사에게 눈짓과 함께 짧게 지시한다.

"가져다줘!"

"네!"

젊은 순사가 복도로 나가 작은 보퉁이 하나를 들고 들어온다. 그 보퉁이를 책상 위에 올려놓자마자 다나베 경부가 이민성에게 조금 전과는 다르게 차분한 목소리로 얘길 한다.

"집에서 옷가지와 벤또를 보내왔다! 밥은 먹어야 하니 일단 여기서 밥을 먹고 옷도 갈아입고 싶으면 갈아입어라!"

사흘 만에 처음으로 바깥과의 연결고리를 만나게 된 이민성이 순간 눈시울을 붉힌다. 작은 보퉁이 하나에 마누라며 며느리며 손자, 손녀가 다 들어있는 것 같다. 이 보퉁이 안에 지금의 서글픔도 들어 있고 가족의 포근함에 대한 그리움도 들어 있다. 갑자기 왈칵 눈물이 쏟아진다. 별 볼 일 없는 작은 보퉁이지만 이 순간 이민성에게는 이 보퉁이가 그가 가진 모든 것들에 대한 상징물이다.

봄이라고는 하지만 낮에는 아직 더위가 남아 있는 계절이라 체포되어 올 때는 입고 있던 가벼운 옷차림으로 이곳엘 끌려왔는데, 이곳에 끌려오고부터 조석의 한기와 수사기관 특유의 음침한 공기에서 비롯된 오싹함 때문에 이민성은 사흘 내내 몸을 떨며 지내왔다.

다나베 경부의 허락을 얻고 짐 보퉁이를 풀자 두툼한 겉

 해동의 새벽

옷과 바지, 그리고 양철 도시락통이 들어 있다. 먼저 옷들을 주섬주섬 껴입고 도시락 뚜껑을 열자 하얀 쌀밥에 계란찜, 쇠고기 장조림이 이민성의 침샘을 자극한다.

"어서 먹고 계속 자술서를 써라. 자술서 작성을 마치지 못하면 잠은 다 잔줄 알아라. 알겠나?"

"예! 나리⋯⋯."

다나베 경부와 젊은 순사가 취조실에서 나가자 이민성이 숟가락을 든다. 손을 심하게 떨며 밥 덩이를 책상 위로 흘린다. 혼잣말로 '아이고 내가 왜 이러나?' 하며 손 떨림을 막아보려 안간힘을 써보지만 한번 떨리기 시작한 손은 멈추질 않는다. 갑자기 서글픔이 몰려오는지 또 한 번 주르륵 눈물을 쏟는다. 이상한 일인 것이, 눈물이 터지자 손 떨림은 진정이 된다. 눈물과 콧물이 계속 흐르고, 이민성은 눈물 콧물이 뒤범벅된 식사를 시작한다.

식사를 마치고, 자정 가까운 시간까지 스무 장이 넘는 분량의 자술서 작성을 마친 이민성을 젊은 순사가 다시 유치장 감방에 가둔다. 감방을 걸어 잠그는 젊은 순사에게 이민성이 묻는다.

"저기 순사 나리⋯⋯ 저는 언제쯤 풀어 주실 겁니까요?"

질문을 받는 젊은 순사가 아무 반응 없이 자물쇠를 채우던 손놀림을 계속한다. 잠시 뒤에 이민성에게 눈길을 주지 않은 채 대답한다.

"글쎄요…… 그리 간단한 사건이 아닌 것 같아요. 경기경찰부 사무관이 내일 찾아온다고 하니 그때 물어보십시오. 그것 외에는 영감님 사건은 말단 순사들이 알 수가 없네요. 나도 조선 사람인데…… 나한테 서류 열람을 못 하게 하는 걸 보면 간단한 형사사건은 아닌 게 확실합니다. 일단 잠이라도 푹 자두세요."

"아니 도대체……."

"죄송합니다. 더 해드릴 말이 없습니다. 저한테 더 이상의 질문은 곤란합니다."

계속되는 질문이 두려운 건지 젊은 순사가 이민성의 말을 자르고 유치장에서 얼른 돌아 나간다.

밤새워 뒤척이다 막 잠이 든 새벽, 감방문이 열리며 누군가가 이민성을 불러낸다. 처음 보는 얼굴이다. 유치장에서 나오자마자 수갑과 족쇄를 채우고 머리에는 짚으로 엮어 만든 큰 용수를 씌워 앞을 보지 못하게 한 뒤, 차량에 이민성을 싣고 한참을 달려간다. 짚으로 엮은 고깔. 이민성이 어디서 분명히 본 듯한 물건이다. 이 물건을 어디서 보았을까? 한참 동안 기억을 더듬는다.

시간이 지나고 차량이 멈추자 번개같이 기억이 살아난다.

이민성이 어린 시절, 조선 군인들이 사형수를 공개 처형할 때 씌웠던 흉측하게 생긴 그 고깔이다. 동무들과 서대문 바깥 작은 야산에서 칡뿌리를 캐다가, 근처 작은 공터에서 우연히 봤던 사형수들의 총살 장면을 기억해 낸 것이다. 총을 맞고 푹 고꾸라지던 사형수들의 머리에 뒤집어씌웠던, 짚으로 만든 고깔을 지금 자신이 쓰고 있다. 의식 깊숙한 곳에 들어 있던 무시무시한 기억이 자신의 처지와 연결이 되자 순간 감당하지 못할 공포가 스멀스멀 올라온다.

용산에 있는 경기경찰부 앞에 멈춘 차량에서 끌어내려지는 순간 이민성의 다리가 풀리고, 소변이 쏟아지듯 흐른다. 잠시 뒤에는 항문의 괄약근까지 의지대로 조절이 되지 않는지, 연신 묽은 똥이 새어 나온다.

이민성의 양쪽에서 팔을 붙잡고 건물로 들어서던 순사 두 사람이 그의 바짓단 아래로 똥과 오줌이 줄줄 흐르는 걸 보자 코를 붙잡고 기겁을 하며 물러선다.

"나니! 빠가야로! 뭐야 이거!"

"아이고! 나리들…… 살려주십시오! 저는 지금 죽으면 안 됩니다요. 살 만큼 살기는 했지만, 아직 우리 손주들이 너무 어리구요, 자식놈을 아직 사람으로 만들어 놓지 못했습니다요!"

두 팔을 붙들던 순사들이 물러나자 이민성이 풀썩 무릎을 꿇고 앉아 허리를 연신 숙여 가며 애원을 한다.

계호를 맡았던 순사들이 어이없다는 표정으로 이민성을 바라보다가 똥과 오줌이 튈까 조심스레 이민성의 수갑과 족쇄를 풀고 고깔을 벗겨낸다.

자신이 끌려온 곳이 사형장과는 사뭇 다른 분위기의 시설임을 알게 된 이민성은 우선은 한시름 놓게 되고, 잠시 뒤에 너른 공터 한복판에서 순사들이 가져온 물통에 가득 담긴 물로 몸에 묻은 똥과 오줌을 씻고 옷가지를 헹군다.

잠시 뒤, 경기경찰부에서 제공한 넝마 같은 옷으로 갈아입고 취조실 책상에 앉은 이민성에게 자신의 이름이 마쓰모도(松本)라고 밝힌 경기경찰부 사무관이 다가와 맞은 편에 앉는다.

"이민성!"

"예 나리…… 제가 이민성입니다요."

"너무 걱정 마세요. 나는 이름만 일본식이고, 실은 나도 조선인이오. 이민성 씨를 어떻게 하려고 하는 게 아닙니다. 몇 가지 물어볼 게 있으니 성실하게 대답해 주시죠."

지금까지의 대우와는 사뭇 다른 부드러운 말투의 경찰 간부를 보니 이민성은 지옥에서 부처님이라도 만난 것처럼 반갑다. 게다가 이 경찰 간부는 너무도 반갑게도, 조선인이란다.

"예! 여부가 있겠습니까요, 나리! 하문하시면 아는 건 아는 대로, 모르는 건 모르는 대로, 짐작이 가는 건 짐작 간다고 다 말씀드리겠습니다요! 예, 예."

이민성의 모든 걸 내려놓은 듯한 맥없는 표정과 몸짓을 보고 마쓰모토 사무관이 부드럽게 묻는다.

"이민성 씨 재산이 얼마나 되나요?"

"예?"

뜻밖의 질문에 이민성이 놀란 눈을 뜨고 되묻는다. 대일본제국의 경찰 간부가 작은 미곡상 주인의 재산을 궁금해하는 것이 이해가 가질 않는다.

"이민성 씨 재산이 얼마나 되냐는 말이오!"

"예…… 그게…… 왕십리 집하고 신당동 점포하고…… 정미소 지분에다가 예금증서에…… 논 조금 하고 밭뙈기 조금 해서…… 글쎄요…… 이만 원 정도 되지 않을까 싶습니다요."

당시 경성 근교 논 한 마지기에 백 원 정도 했으니, 서민치고는 상당한 재산이다. 마쓰모토 사무관이 앉은 자세를 고치며 다시 묻는다.

"그동안 세금 낸 걸 역산해 보니 재산이 적어도 오만 원은 될 것 같은데…… 지금 거짓말하는 거 아니오?"

마쓰모토의 질문에 이민성이 손사래를 치며 대답한다.

"아이고, 나리. 말씀 마십시요! 저한테 아들놈이 하나 있는데요, 글쎄 그놈 밑으로 들어간 돈만 어림잡아 오만 원입니다요. 글쎄 그놈이, 공부하라고 고등보통학교를 보내 놨더니 세상 못된 짓이란 못된 짓은 다 배워서 말입니다요. 그놈이 속 썩인 걸 말씀드리자면 사흘 밤낮을 떠들어도 모자랍니다요. 예, 나리. 예……."

"그럼, 이민성 씨 아들 이태준이한테 오만 원을 줬다는 거요?"

"예! 셈으로 치자면 말입니다요! 오만 원이 뭡니까요! 더 될 겁니다요! 얼마 전에는 글쎄…… 아! 그런데 우리 아들놈 이름은 어떻게 아시고 저한테……. 나리님들은 모르는 게 없으시겠지만서두…… 그러니까 이 높은 자리에…… 정말 대단하십니다요. 오만 원 넘지요! 예! 넘고 말구요!"

이민성의 횡설수설 대답하는 모습을 찬찬히 바라보던 마쓰모토가 눈빛을 바꿔 노려보며 지금까지와는 다른 목소리로 묻는다.

"그래서! 이태준이의 독립운동 자금으로 영감이 오만 원 이상을 지원해 줬다는 말인가?"

독립운동이라니! 순간 얼어붙은 이민성이 말문이 막힌 듯 멍하니 마쓰모토를 쳐다보고, 마쓰모토도 다시 확인하려는 듯 이민성에게 재차 묻는다.

　　　　　　　　　　　　　　해동의 새벽

"영감 아들 이태준이 독립군 자금을 모으러 다녔다고 하는데, 영감이 그중 오만 원 넘는 돈을 지원해 줬다는 말 아닌가! 지금, 솔직히 대답하면 살려줄 테니 바른말 하는 게 좋을 거야!"

독립운동을, 이태준이, 사고뭉치 외동아들 이태준이, 독립운동이라니! 이런 황당무계한 질문과 지금 이 상황이 이민성에겐 믿어지지 않는다.

"아이고! 아닙니다요! 독립운동이라니요! 천부당만부당입니다! 그놈 집을 나간 지 일곱 달도 넘었습니다요. 마누라, 자식새끼 내버려 두고 지난봄에 사라졌는데, 그 후로 지금까지 코빼기도 보이지 않고 있습니다요. 도박에 손을 대고 아편에 손을 대고 오만 가지 못된 짓을 찾아가며 하던 놈이 무슨 뚱딴지같은 독립운동을…… 아닙니다요. 믿어 주십시요! 절대 아닙니다요!"

펄쩍 뛰며 부인하고 있는 이민성을 말없이 바라보며 옅은 미소마저 짓고 있던 마쓰모토가 이민성에게 얼굴을 가까이 대고 나지막하게 얘길 한다.

"이것 보시오. 이민성 씨! 당신 아들이 만주 마적단[3] 똘마니 행세를 하면서 독립군 자금을 모은답시고 지난봄부터 경성 시내 여러 인사들을 상대로 강도질을 해 왔었소. 우리가 이태준이를 신의주 넘어 만주국 안둥에서 체포해 데리고 왔으니 그놈이 단순 강도범인지 치안유지법 위반자인지 곧 사실이 밝혀질 것이오. 당신도 오만 원이라는 거금을 아들에게 줬다고 하니 독립운동 사실을 계속 부인하면 결국 부자지간 모두 치안유지법 위반죄의 공범으로 강하게 처벌 될 거요. 감방 안에서 잘 생각해 보면서, 기다리시오!”

마쓰모토가 부하들에게 이민성을 유치장에 가두라고 지시하고, 그 부하들이 이민성의 팔과 다리에 쇠고랑을 채우고 유치장으로 데려간다. 이민성이 끌려가던 복도 맞은편에서 온몸이 만신창이가 되도록 매를 맞은 듯한 몰골로 끌려오는 아들 이태준과 마주친다. 순간 제 아비를 알아본 이태준이 쉰 목소리로 “아버지! 아버지!”를 반복해 부른다. 목이 얼마나 쉬었는지 온몸을 비틀어 가며 제 아비를 부르지만, 목소리는 모기 우는소리보다 작게 나온다. 이민성도 안쓰러운 마음과 착잡한 심경이 복잡하게 뒤엉켜 왈칵 눈물을 쏟는다. 두려운 마음에 자신을 부르는 아들에게 대답도, 아는 체도 제대로 하지 못한다. 순사들에게 이끌려 가는 이민성은 지금, 차라리 죽고 싶은 심정이다. 조금 전, 몇십 분 전, 살려달라고 애원했던 자신이 부끄러워진다.

잠시 뒤, 이태준이 끌려 들어간 취조실에서 살려달라는 애원과 함께 참혹한 비명이 계속 터져 나온다. 이민성은 그 소리에 치를 떨며, 찬 바닥에 웅크리고 누워 눈물 콧물을 줄줄

                                                          해동의 새벽

쏟는다. 남산 아래 경기경찰부 건물 담장 밖 나무 전봇대 위
에서 까마귀 여러 마리가 요란스레 울어댄다.

인간의 신념

중국 산시성 시안(西安).

　도심 한복판 시장 거리. 구름 한 점 없는 하늘에서 내리쬐
는 햇볕에 더해 바닥에서 올라오는 습한 열기가 숨통을 조
여오는 듯하다. 땀에 전 누런 윗옷을 가슴께까지 걷어 올린
채 길가에서 호객행위를 하는 상인들의 불룩 튀어나온 배와
반들반들 넓은 이마엔 하나같이 걸쭉한 개기름이 맺혀 있
다. 고개를 한껏 젖히고 입을 크게 벌린 채 왁자지껄 떠들어
대는 상인들의 목소리와 길 구석구석에서 스멀스멀 흘러나
오는 야릇한 악취가 가쁜 숨을 헐떡이며 잰걸음을 걷는 민
상국의 비위를 계속 자극한다.
　베이지색 점퍼 차림의 민상국이 걸음을 멈추고, 주위를 빙
둘러보고는 작고 낡은 건물의 좁은 계단을 뛰듯 걸어 올라
간다. 건물 2층에 다다르자 계단과 복도를 지키고 있던 건장
한 사내들과 맞닥뜨린 민상국, 그들과 간단한 수암호(手暗號)

를 나눈 뒤 한 사내를 따라 3층 사무실로 들어선다.

약 스무 평 남짓의 작은 사무실 천장에는 대형 선풍기가 매달려 천천히 돌아가고 있다. 책상과 의자 등 집기가 듬성듬성 자리를 잡은 사무공간의 바깥 창으로 '송씨무역(宋氏貿易)'이라는 간판이 노출되어 있다.

작은 무역회사 사무실로 위장한 이 사무실은 군통(軍統)이 운영하는 비밀 사무실이다. 군통의 정식 명칭은 '국민정부 군사위원회 조사통계국'인데, 이 조직은 훗날 서방 세계로부터 중국의 하인리히 히믈러[4]라고 불리게 되는 대립(戴笠, 다이리)이 운영책임을 맡은 국민당 정부의 군 정보기관이다.

민상국이 사무실에 들어서자 맨 안쪽 책상에 앉아 있던 베이지색 양장차림을 한 미모의 한 여성이 곧바로 그를 알아보고는 자리에서 일어나 반갑게 맞이한다.

"왕성호 선생님! 반갑습니다. 선생께서 어제 이곳 시안에 도착하셨다는 말씀은 들었습니다만, 어제는 제가 다른 급한 용무 때문에 자리를 비워서 인사드릴 기회가 없었습니다. 제 이름은 주명입니다."

"반갑소! 왕성호요!"

주명(周明, 저우밍)은 국민당 정부 각 기관의 주요 정보를 다루는 요원들 사이에서는 꽤 이름이 나 있는 여성이다. 익명성과 비밀이 중요한 이쪽 분야에서 남들 입에 오르는 것

                              해동의 새벽

이 하나 좋을 일이 없지만, 빼어난 미모와 실력 때문에 그녀는 이미 유명 인사가 된 지 오래다. 민상국도 단순 호기심 차원에서 이 여성과의 만남을 내심 기대해 왔다. 그녀는 명문 상하이 대학 중문과를 졸업하고 모스크바 대학에 유학까지 다녀온 엘리트라고 알려져 있다. 이곳 군통 시안지부를 지휘하며, 대립을 직접 만나 수시로 정보 보고를 하는 요원인데, 빼어난 미모 탓에 대립의 정부(情婦)라는 소문이 있었으나, 이는 사실이 아니다.

"자! 저를 따라오시죠."

주명의 안내로 사무실 구석으로 나 있는 작은 문을 통해 건물 뒤편 노출 계단을 따라 1층으로 내려간 민상국, 그녀와 함께 작고 더러운 골목 건너편 푸줏간으로 들어선다. 푸줏간 뒷문을 지나 건너편 쪽문을 열자 반바지 차림에 웃통을 벗고 서 있던 키가 작고 다부지게 생긴 사내 둘이 이들에게 허리 숙여 인사한 후 주명과 민상국을 안내한다. 이들 중 한 명은 이마에 수건을 질끈 동여매고 있다.

시멘트 바닥에는 도살된 가축에서 적출되어 나온 듯한 내장들이 이곳저곳에 어지럽게 널브러져 있고, 깨지고 패인 바닥 작은 구덩이들에는 핏물이 섞인 더러운 오수가 고여 있다. 공간 전체를 가득 채운 비릿한 냄새가 민상국의 비위를 자극한다. 메스꺼움을 참느라 안간힘을 쓰는 민상국, 사내들을 따라 육중한 철문 하나를 통과한 그가 마지막에 다다른 곳은 창문이 없는 작은 격실이었다. 바깥의 무더운 날씨와는 달리 격실 내부는 으스스 서늘한 느낌마저 든다. 낮은 조도의 백열등 아래 발가벗겨진 사내 둘이 서로 마주 보며 양쪽 벽에 기댄 채 기진맥진 앉아 있다. 두 사람은 연안(延安, 옌안)[5]의 공산 진영 지도자 중 한 명인 주은래를 이곳 시안에서 암살하려다 아이러니하게도 주은래를 미행하던 국민당 소속 군통 요원들에게 그 계획이 발각되어 체포된 암살자들이다.

두 암살자 모두 앉은자리에서 족쇄가 채워져 있는데, 특이한 점은 발목에 채운 족쇄가 몸에서 먼 쪽 바닥에 고정되어 있어서 무릎을 구부릴 수 없게 만들어져 있다. 그에 더해서 정강이, 무릎, 허벅지 쪽도 바닥의 고정핀과 가죽끈이 하체 전체를 단단히 묶고 있다. 두 팔은 천정을 향해 매달려 있어서 두 암살자 모두 강제로 알파벳 L자 형태로 벽에 기대 다리를 편 채 앉아 있을 수밖에 없는 상황이다.

얼굴이 심하게 상한 채로 묶여 있는 두 사람의 상태를 자세히 살펴본 주명이 이들의 신문을 맡은 두 요원에게 카랑카랑한 목소리로 묻는다.

"뭐 나온 게 없나?"

가녀린 외모와 어울리지 않는 차가운 목소리, 묘한 카리스

마가 느껴진다. 그녀의 질문에 다부진 체격의 두 요원 중 한 명이 난처한 표정을 지으며 대답한다.

"아예 입을 열지 않습니다. 처음부터 지금까지 저 두 놈 중 한 놈은 욕설만 뱉어대고 다른 한 놈은 입을 다물고 있습니다. 공산주의에 젖어 있는 빨갱이 놈들은 아무래도 다들 악질들 같습니다."

"불로 지져도 말을 안 하고, 전기로 튀겨도 욕설만 하고, 결국 이렇게 만두 공장에 데리고 올 수밖에 없었습니다."

다른 한 명의 요원이 말을 덧붙인다. 이때, 묶여 있던 암살자 중 머리가 벗겨진 암살자 하나가 주명을 보고 소리친다.

"이 더러운 장개석의 암캐년! 너희들이 여기서 확인하고 알아낼 수 있는 사실이라고는 네년은 개년이고, 인민들에게 너희들은 공공의 적이라는 사실뿐이다!"

온몸의 힘을 끌어모아 소리치는 그 악다구니가 처절해 보인다. 목구멍 깊숙한 곳에서 끌어당긴 가래침을 주명을 향해 뱉어 보지만, 이미 말라버린 입이라 겨우 두세 방울 크기의 마른침과 피 섞인 가래가 멀리 날아가지 못하고 사내 자신의 턱과 가슴팍에 떨어질 뿐이다.

주명과 함께 서 있는 민상국은 아무 표정이 없고, 욕설을 들은 주명은 옅은 미소를 짓는다. 가녀린 외모의 동양 여성이 이런 험악한 상황에서 짓는 미소는 사람을 더욱 소름 끼치게 만든다. 주명이 차분한 목소리로 묻는다.

"같은 공산주의자인 네놈들이 너희 쪽 지도자 중 한 명인 주은래를 왜 암살하려 했지? 누구의 지령을 받았나?"

"주은래는 우리의 지도자가 아니다!"

"그럼, 누군가? 누가 그를 암살하라고 시켰나? 모택동? 아님 주덕?"

"……."

"왜 말을 못 하나? 기왕 실패했으니 속 시원하게 배후를 밝히고 새 삶을 사는 건 어떤가? 협조하면 새로운 삶을 약속하겠다."

"더러운 자본가의 개년! 자본가와 결탁해 인민민주주의를 배신하려는 주은래는 진정한 공산주의자가 아니다! 네년이 그놈을 보호하고 우리의 거사를 방해하는 이유, 그것이 바로 우리가 그 쓰레기를 죽이려는 이유다!"

"배후가 누군가?"

"없다! 온전히 우리 두 사람의 판단과 계획이었다!"

"옌안에서 왔나?"

1936년 6월까지 공산당 지도부는 연안시 외곽 와요보(瓦窯堡, 와야오바오)에 있었다. 6월 이후부터 현재까지는 장개석이 보낸 육군 제86사단이 그곳을 불완전하게 점령하고 있으나 사람들은 공산당 지도부를 여전히 '옌안'이라 부른다.

"……."

"장국도[6]가 보냈나?"

장국도는 공산당 내부에서 모택동과 치열한 권력 암투를
벌여 왔던 현 지도세력의 강력한 정적이다.

"……."

1925년 3월 12일 중화민국의 국부(國父) 손문이 사망하고
1년 남짓의 시간이 지난 1926년 6월 5일, 장개석은 국민당
군대인 국민혁명군을 장악하고 무력을 손에 쥔 다음 손문의
정치적 후계자였던 왕정위(汪精衛, 왕징웨이)[7]를 상대로 벌인
내부의 권력다툼에서 승리했다. 그 후 1년이 넘는 기간 동안
국민혁명군은 각 지역 군벌들과의 소위 북벌 전쟁을 통하
여 중국 중부, 동부 지역 대부분을 차지하였다. 당시 국민혁
명군은 소련의 지원을 받았고, 공산주의자들과도 손을 잡고
북벌을 진행했다.

공산주의자들과 손을 잡고 북벌을 성공한 직후 장개석은
하루아침에 공산당을 배신한다. 그의 배신으로 중국공산당
은 1927년 강소성 농촌지대로 도피를 했고, 그때부터 그들
은 그곳에 해방구를 건설했다. 그곳에서 조용히 세력을 키
워 오던 공산당은 마침내 독자 생존이 가능해 보였으나 일
본과의 평화협정을 계기로 한숨 돌리게 된 장개석이 곧바로

공산군을 상대로 한 위초 원정을 대대적으로 벌이게 되면서 위기를 맞게 된다. 장개석의 대대적인 공세에 그들의 소비에트 해방구를 지킬 수 없게 된 중국공산당은 약 1년 만에 강소성을 포기하게 된다. 이때 민상국도 그 작전과 관련하여 일본과 공산 진영 내부를 상대로 공작을 벌여 홍군 압박에 공을 세운 바 있다.

곤란에 처한 공산 진영은 1934년 6월, 이른바 대장정(大長征)이라는 고난의 행군을 하게 됐고, 강소성 남창에서 출발한 지 1년 4개월이 지난 1935년 10월, 지칠 대로 지친 상태로 먼지가 흩날리는 섬서성(陝西省) 작은 도시 연안(옌안, 延安) 인근에 도착했다. 그 이후로 옌안은 제2차 세계대전 종전까지 중국공산당의 근거지가 된다. 그간의 복잡다단했던 중국공산당 재건 과정에서 그들 내부의 권력다툼이 있었음은 그리 놀라운 일이 아니다.

"옌안에서 왔는지 묻지 않나? 옌안에서 왔나? 주은래가 시안으로 온 사실을 어떻게 알았나?"

주명의 신문하는 목소리 톤이 높아지고, 대머리의 암살자는 입을 다문 채 그녀의 얼굴을 똑바로 쏘아보며 눈을 부릅뜬다. 옌안에서 왔다면, 이는 분명 공산당 지도부 내부의 본격적인 권력다툼 현상이라고 할 수 있다.

"더러운 년! 주은래와 너희들이 무슨 협잡을 벌이려고 하는지 우리는 다 알고 있다. 모택동도 썩었고, 주덕도 썩었고, 임표도 썩었다! 나는 전 세계 공산주의 혁명을 지지하는 청년들을 대표해 배신자 주은래를 처단하기 위해 이곳 시안으로 왔다! 그러나 너무나도 억울하게 이번 거사에 실패했으니 이제는 할 말도 후회도 없다. 어서 나를 죽여라!"

대머리 사내의 악다구니에 얼굴을 찡그리고 있던 주명이 이들을 고문했던 이마에 수건을 동여맨 요원에게 돌아서 나지막이 묻는다.

"저쪽에 묶여 있는 놈은 어떤가?"

"저놈은 더 악질입니다. 벙어리 흉내인지, 비명 말고는 아무 반응을 내놓지 않고 있습니다."

도대체 인간에게 사상과 신념이라는 게 무엇인지, 단 하나뿐인 생명마저 쉽게 포기할 정도의 값어치가 있는 것인지, 이 상황을 지켜보는 민상국의 심경이 복잡해진다.

주명이 나지막한 목소리로 다부진 체격의 사내들에게 지시한다.

"작업 시작해!"

"누구부터 할까요?"

"벙어리는 비밀을 알아도 말을 못 하잖아? 벙어리 흉내를 내는 놈부터 해치우자. 벙어리 놈 죽는 꼴을 보고 무서우면 저 자식이 바른말을 하겠지. 어서 시작해!"

주명의 지시가 떨어지자, 이마에 수건을 묶어둔 요원 하나
가 자신의 이마에 묶인 수건을 풀어 그 수건을 둘로 찢는다.
그리고 묶여 있는 대머리 암살자와 심문 시 침묵으로 일관
했던 사내의 입을 작은 막대기를 이용해 강제로 벌리고 그
수건을 욱여넣는다. 고문에 못 이겨 혀를 깨물고 자살하지
못하게 입안 가득 수건으로 재갈을 물리는 것이다. 주명이
다시 두 명의 암살자에게 조용히 말한다.

"생각이 바뀌거나 할 말이 있으면 고개를 세차게 끄덕여
라! 그러면 살려 준다!"

주명의 말에 두 암살자는 아무 반응을 보이지 않는다. 잠
시 뒤, 작은 수레에 고문 기구를 잔뜩 담아온 고문 기술자들
이 고문을 시작한다. 최초의 고문은 대형 해머로 무릎을 내
려치는 것으로 시작된다. 마디마디 뼈를 부숴놓기 시작한
다. 해머로 하반신을 뭉개고, 작은 손도끼로 발끝부터 잘게
다지고 토막 낸다. 잘게 다져진 다리 부분의 살점들은 동맥
에서 쏟아지는 피의 분출력 때문인지, 내버려 두어도 피와
함께 주변으로 흩어지듯 튄다. 이어서, 과다출혈로 인한 쇼
크사를 방지하기 위해 허벅지에 감아둔 가죽끈을 세게 동여
맨다. 그리고 약 30cm 길이의 얇은 철심으로 처절하게 신음
을 내는 사내의 명치 부분을 천천히 찌른다. 동료의 처참한
모습을 보고 혼절해 버린 대머리 암살자를 물을 끼얹어 깨

  해동의 새벽

운다.

고문의 시작을 지켜보던 민상국이 주명에게 귓속말로 묻는다.

"내가 굳이 이 장면을 지켜볼 필요가 있을까요? 신문은 끝이 났고, 이젠 처형 단계인데……."

잠시 침묵하던 주명이 민상국에게 미소를 보이며 말한다. 그녀의 싸늘한 미소, 더 잔인해 보인다.

"지켜보기 불편하시면 사무실로 가시죠. 오셨던 길로 다시 돌아가지 말고 큰길을 통해서 처음 우리 사무실을 방문하셨던 동선으로…… 나가는 문은 저쪽에서 오른 방향입니다. 저는 두 시간 뒤에 사무실로 가겠습니다."

고통을 견디기 위해 온몸을 비틀어 가며 신음하는 암살자들을 뒤로하고 민상국이 자리를 뜬다.

바깥으로 나와 무작정 걷기 시작한 민상국은 갑자기 구토감과 함께 격한 허기를 느낀다. 당장 눈에 보이는 길가 식당으로 들어가 볶음국수 요리를 주문하고, 음식이 나오자마자 허겁지겁 먹어 치운다.

아직도 귓가에 생생한 암살자들의 비명 소리와 살점과 피가 튀며 풍기었던 피비린내, 민상국은 극한 매스꺼움을 음식을 목구멍으로 밀어 넣는 것으로 제어하려 한다. 국수와 채소를 우걱대며 그 잔상들을 희석했고, 입가심으로 차가운

맥주 한 잔.

식사를 마친 민상국이 찜통 같은 거리로 나와 천천히 걸으며 생각한다. 인간이 어디까지 잔인할 수 있을까. 같은 인간끼리 언제까지 이런 무의미한 살육을 계속 해야 하는가. 쌉쌀한 맥주의 뒷맛이 섞인 침을 꿀꺽 삼킨 민상국, 곧이어 군통 조직의 무자비함에 의식이 멈추며 치를 떤다.

군통은 국민당 정부에 소속된 엄연한 정부 기관이었지만 그 당시 대부분 국가의 정보기관이 그랬듯이 익명성을 무기 삼아 합법과 불법 사이를 오가며 집권자의 사조직처럼 운영되었다. 정부 예산으로 운영되는 일부의 업무영역 외에, 군통은 중국 내 여러 가지 이권에도 직·간접적으로 개입하면서 준조세에 해당하는 상납으로 운영되기도 했다. 그 과정에서 군통의 고문과 납치는 일상이 되어 있었다. 무자비함은 당장 성과를 불러내는 데 매우 효과적이다. 이들의 주요 인물들에 대한 사찰 활동과 정보 수집 활동은 타의 추종을 불허할 정도여서, 미국과 영국의 정보기관에서조차도 군통의 수장 대립으로부터 나오는 고급 정보에 대한 의존도가 상당했다.

두어 시간 정처 없는 발길에 따라 산책을 마친 민상국이 다시 군통 시안지부 사무실로 돌아왔을 때, 주명은 빨간색

치파오로 갈아입고, 파란색의 긴 공작 깃털 장식이 달린 만 년필을 든 채 책상에 앉아 차분히 보고서를 작성하고 있었 다. 조금 전까지만 해도 고문을 지휘하며 냉혈 마녀의 전형 을 보여주었던 주명이 지금은 청순 매력을 발산하며 민상국 을 환한 웃음으로 맞이한다.

"산책이라도 하고 오셨나요?"

"예. 간단하게 면 요리 한 그릇 해치우고 왔습니다. 갑자 기 허기가 져서요."

힘 있는 말로 애써 자신의 심리상태를 숨긴다.

"잘하셨습니다. 저는 곧 주은래와 우리 측 인사, 그리고 스탈린이 보낸 특사와의 비밀회의가 있을 장소로 가봐야 할 것 같습니다."

주명이 밝은 목소리로 얘길 한다. 민상국이 다른 곳에 시 선을 두고 툭 던지듯 질문한다.

"교외에 있는 성당 말씀이신가요?"

"아니! 어떻게 장소까지……."

흠칫 놀란 주명이 대꾸를 겸한 질문을 하고, 민상국이 무 표정으로 그녀에게 답한다.

"저희 쪽 정보계통에서도 진작에 보고가 들어왔었습니다."

"네…… 에……."

"그나저나 그놈들한테서 뭐라도 나온 게 있습니까?"

주명이 표정을 찡그리며 고개를 흔든다.

"숨이 끊어지는 순간까지도 발악만 했습니다. 다른 한 놈은 자살해 버렸습니다. 정말 지독한 놈들입니다."

주명과 그녀의 일행은 한마디의 말도 하지 않던 사내의 하반신을 해머로 짓이겨 놓고, 도살용 소형도끼를 이용해 발끝부터 골반까지 산채로 토막을 내고, 죽지도 못하게 지혈하면서 신경이 집중된 신체기관을 긴 철심으로 한 시간 가까이 찌르고 비틀어 가며 고문을 했다. 통상 그쯤 되면 다음 차례를 기다리는 다른 고문 대상자는 참혹함을 보다 못해 모든 걸 털어놓기 마련이다.

그런데 이 사내들은 달랐다고 한다. 한 사람은 자신의 하반신이 토막토막 뜯겨 나가는 걸 보면서도 이를 악물고 신음과 비명조차 지르지 않으려 노력했고, 이윽고 서서히 숨이 끊어져 갔다고 한다. 이를 지켜보며 공포에 떨던 나머지 사내는 입에 물려 있던 수건을 안간힘을 써가며 목구멍으로 흡입해 질식사했다고 한다. 통상적인 허파의 흡인력을 뛰어넘는, 상상도 하기 힘든 어려운 자살 방법을 고안해 사용한 것이다.

지친 몸을 이끌고 숙소로 돌아온 민상국이 침대에 누워 천정의 선풍기를 바라보며 긴 독백을 한다.

"공산주의자. 죽음을 두려워 않는 자들. 신념으로 무장된 저 사람들은 광야의 이름 모를 풀처럼, 세상이 끝날 때까지 절대 사라지지 않을 것이야!"

침대 아래에서 엄지손톱 크기의 바퀴벌레 한 마리가 긴 더듬이를 상하좌우로 저어가며 슬금슬금 기어 나온다. 창 아래 벽에 다다른 바퀴벌레, 순식간 날개를 펼쳐 창밖으로 보이는 달빛을 향해 날아간다.

시절담론(時節談論)

경성(京城), 요정(料亭) 청풍.

갖가지 형형색색의 단풍과 바위들이 어우러져 장관을 이루고 있는 북악산 아래에 지어진 고급요정 청풍. 으리으리 높은 담과 큰 대문이 외려 찾는 이를 으쓱하게 만든다. 김익현과 그의 큰 처남 민경국이 이 집 대문을 성큼 들어선다.

마당 한쪽에서 낙엽을 태우고 있던 남자 종업원 중 하나가 민경국을 알아보고는 총총걸음으로 달려와 인사를 한다. 그리고 이 두 사람을 정갈하게 정돈된 방으로 안내한다. 통상적 영업시간 시작까지는 약 두어 시간이 남아 있으나, 곧

이어 이 집 행수기생(行首妓生)인 단화(丹花)가 방으로 들어와 인사하고, 일찌감치 간단한 단장을 끝낸 듯한 앳된 어린 기생 하나가 작은 소반에 다과를 챙겨 들어온다.

조심스레 다과상을 손님 앞에 내어놓고는 슬며시 뒷걸음질로 방 문턱 앞으로 물러나 무릎을 꿇고 앉아 손님들의 시중을 들 준비를 한다. 민경국이 어린 기생을 힐끗 보고는 단화에게 별 뜻 없이 툭 던진다.

"저 아이는 처음 보는구나."

"아직 권번[8]에 입적도 못 한 아이랍니다. 아직 어려요. 다른 아이들은 몸단장을 아직 못했기에 잔심부름이라도 시키려고 데려왔습니다."

"고 녀석! 얼마 지나지 않아 경성 남자들깨나 울리겠구나. 예쁘게 생겼어!"

민경국이 툭 던지는 농담에 어린 기생이 얼굴을 붉히며 고개를 살짝 돌린다. 귀밑머리 아래 솜털이 아직 보송보송하다.

오늘따라 평소와는 다르게 어린 기생에게 관심을 두는 민경국에게 단화가 웃으며 농담을 던진다.

"민 선생님께서 우리 꼬마 아이 머리라도 올려 주시려는가 봐요? 호호."

"내가? 허허. 못 할 것도 없지! 허허."

   해동의 새벽

"어머! 오늘은 저녁달이 서쪽에서 뜨려나 봅니다. 호호."

방안이 웃음소리로 가득 찬다. 방문 옆에 앉아 고개를 숙이고 있는 어린 기생은 사람들의 주목에 민망한지 귓불까지 빨개지며 어쩔 줄 몰라 한다.

이때 문밖에서 종업원의 목소리가 들린다.

"동천 선생님을 찾는 손님이 오셨습니다!"

동천(東川)은 민경국의 호(號)다. 문이 열리고 거구의 사내가 성큼 방으로 들어선다. 큰 풍채만큼 목소리도 우렁차게 힘이 실려 있다.

"갑산 처사 김익현이 경성에 나타났다고 해서 이 몸이 한걸음에 달려왔소! 안녕하십니까, 형님! 그리고 익현이, 그동안 잘 지냈는가!"

자리에 앉아 수정과에 곁들인 양과자를 먹고 있던 민경국과 김익현이 반갑게 일어나 조태호를 맞이한다. 여기서 처사(處士)는 벼슬을 하지 않고 초야에 묻혀 지내는 선비를 일컫는 말인데, '갑산 처사'는 갑산마을에 터 잡고 살아가는 김익현을 흉금을 터놓고 지내는 오랜 친구들이 부르는 최근의 별명이다.

조태호 역시 조선 말기 고관대작을 여럿 배출한 명문가의 자제였다. 하지만 서출로 태어났기에 다소 의기소침한 유년 시절을 보냈었다. 갑오경장 이후로 법과 제도에서 반상(班

常)의 구분과 적서(嫡庶)의 차별이 철폐되었으나, 시중에서는 계속해서 출신의 구분이 유지됐고, 심지어 일인(日人)들 역시 조선 사람을 대할 때 양반 가문 출신과 상인(常人)을 대할 때가 분명히 달랐다.

조태호는 워낙 두뇌가 명석한 데다가 기골마저 장대했기에, 열세 살이 넘어서면서부터 세상에 두각을 나타내기 시작했다. 경성고보를 수석 입학, 수석 졸업한 후, 일본 메이지대학에 장학생으로 입학하여 2년간 수학하던 중, 더 큰 꿈을 가지고 미국의 예일대학으로 유학했다. 예일에서 학사 학위를 받은 뒤 곧바로 중국 상하이에서 무역업으로 큰돈을 벌어, 다시 조선으로 돌아와서는 그 돈을 종잣돈 삼아 전국 각지에 여러 광산을 운영하고 있다.

김익현이 반가움으로 상기된 얼굴로 조태호를 얼싸안는다.

"정말 오랜만일세! 난 갑산 처사 신세가 되었고, 자넨 경성 갑부가 되었다는 이야기를 이곳저곳에서 듣고 있었네! 어디 몸 불편한 곳은 없고, 잘 지내고 있는가?"

"그럼! 이 경성 바닥에서 나보다 잘 지내는 사람이 또 있겠나? 적당히 왜놈들 치켜세워 줬다가, 또 겁을 줬다가, 어르고 달래고 하면서 그놈들 이용해 가며 돈도 벌고 사람도 키우며 살고 있다네!"

76

"돈을 번다는 말은 알아듣겠네만, 사람을 키운다는 건 또 무슨 말인가? 민영휘 흉내라도 내보려는 건가?"

휘문의숙을 세웠던 민영휘를 비꼬며 던진 김익현의 질문에 민경국이 나서서 조태호의 칭찬을 해준다.

"아! 이 친구. 매년 적지 않은 숫자의 젊은 친구들을 미국으로 유학 보내고 있다네! 벌써 조태호의 후원을 받고 미국 명문대학에 입학한 조선인 숫자가 쉰 명도 더 된다네!"

민경국이 조태호의 칭찬을 마치 자기 자랑이라도 하듯 이야기한다. 민경국의 이런 칭찬에 조태호가 큰 소리로 덧붙인다.

"아이고 형님! 쉰 명이 뭡니까? 일흔 명을 넘겼습니다! 하하!"

분명한 자기 자랑이지만 밉살맞지 않고, 오히려 당당해 보이고 호방해 보인다. 모두 자리에 앉고, 김익현이 주제를 바꾸지 않고 이어서 조태호에게 묻는다.

"아니! 일본 유학도 있고, 중국 유학도 있고, 유럽도 있는데 왜 하필이면 비용이 많이 드는 미국인가? 미국은 유럽이나 중국과 달리 열차로도 갈 수 없고 배를 타고 한 달씩 걸려야 갈 수 있는 곳인데 말이야!"

"아 이 친구야! 내가 미국에서 공부하지 않았나? 그리고 내 생각엔 말이야, 앞으로 왜놈들 깨부숴 놓을 나라는 미국

밖에 없을 거야! 동양에서는 죽었다 깨어나도 지금의 왜놈들을 추월할 세력은 등장할 기미가 없고, 유럽 놈들은 지금 자기 코가 석 자인 데다가 죄다 왜놈들과 한통속이야. 그런데 지금, 일본 경제는 미국에 불알이 잡혀 있네. 몇 년 전, 미국의 대공황 때 일본이 혼쭐이 났던 사실 기억 안 나는가? 미국이 기침을 한 번 더 하면, 일본은 얼어 죽을 거야. 일본의 불알을 잡은 미국과 친한 조선인이 늘어갈수록 우리 조선인의 위상이 높아질걸세. 예전에 왜놈들이 러시아를 깨부술 때 미국의 도움이 없었으면 어림도 없었지 않았나? 그런데 요즘 들어 미국과 일본의 관계가 심상치 않아. 내 개인적 생각이네만…… 미국인과 우리 조선인은 어떤 식으로든 인연을 만들어 두어야 하네. 내가 이 나이에 미국 사람들과 교분할 시간과 노력을 더 할애할 수 없으니 후학이라도 길러야지. 미국과 친한 인사들을 키워야 해! 아직은 내 예일대학 동창들이 뉴잉글랜드(New England)[9] 지역에 많이들 있으니 막 그곳에 도착한 조선인 후배들이 그들로부터 도움받기가 수월하다네. 이렇게 인맥을 확장 시키고 나중에 미국 사람들 도움도 받아야 꿈꾸던 독립을 현실화시킬 수 있지 않겠나!"

"어머!"

이때 단화가 조태호의 말끝에 화들짝 놀라며 입을 틀어막

 해동의 새벽

는다. 그런 단화를 보고 조태호가 웃으며 묻는다.

"이보게 단화! 내가 못 할 말을 했나?"

"아니요. 그게 아니라, 세 분이 너무 절친하신 건 알겠는데…… 이런 술자리에서 독립이란 단어가 너무 쉽게 나와서요. 게다가 조태호 사장님 입에서 그런 말씀이 나오리라고는 생각조차 못 했는데……. 워낙 점잖고 진중하신 분께서 갑자기…… 어머, 죄송합니다. 제가 말이 쓸데없이…… 죄송합니다."

자신의 허언에 민망하여 어쩔 줄 몰라 하는 단화를 보며 조태호가 크게 웃으며 안심을 시킨다.

"이것 보게 단화! 사람들이 이 몸 조태호를 보고 총독부 식산 국장 호즈미[10]의 개라고 욕하는 것 다 알고 있네. 그러나 여기 계신 우리 동천 선생이나 갑산 처사 김익현 앞에서는 내가 못 할 말이 없다네. 오랜만에 일인들을 왜놈이라 부르며 기분도 내고, 험한 말 한두 마디로 기분 전환을 해도 된다네. 그리고 자네의 반응이 그리 놀라운 일도 아니고 하니 너무 신경 쓰지 말게나. 그나저나 다소 이른 감이 없진 않지만, 저녁 식사를 준비해야 하지 않겠나? 낮에 점심을 너무 부실하게 먹어서 말이야."

"네, 지금 준비하고 있답니다. 세 분이 드실 건가요?"

"아닐세. 한 분 더 오실 테니 4인분의 저녁 식사를 준비해 주시게.”

일인들이 독점하다시피 하는 광산업을, 조선인 신분인 조태호가 운영하는 동안 그가 사람들 사이에서 친일 부역자라고 욕을 먹으며 사는 게 무리는 아니다.

당시 조선의 거의 모든 산업은 총독부 식산국에서 관리했다. 그리고 전국에 산재하여 있는 금·은·석탄·철광석 등의 채굴권과 광업권은 때에 따라서 황금알을 낳는 거위였다. 이 황금알을 낳는 광산업과 관련한 각종 인허가권도 광산국과 식산국에 있었는데, 식산 국장 호즈미는 스물네 살 때부터 20년 동안 조선총독부에 근무하며 현장에서 잔뼈가 굵었기에 조선의 실정을 누구보다 잘 아는 일본 관료였다. 이런 호즈미와 항상 친밀한 관계를 유지해 나가며 광산사업을 성장시킨 조태호는 남의 말 하기를 좋아하는 호사가들의 입에 오르내릴 때마다 ‘식산국 호즈미의 개’라고 불렸다.

게다가, 조태호는 서출이었기에 그의 성공을 고깝게 생각하는 사람들의 질투심 역시 그러한 악명을 만들어 내는 데 일조를 하였다.

식사 준비를 위해 단화가 바깥으로 나간 사이, 또 한 번 문밖에서 손님이 도착했음을 알린다.

“매일신보[11]의 한덕수 기자님께서 동천 선생님을 찾아오셨습니다요!”

종업원의 알림에 모두 반갑게 한덕수를 맞이한다. 한덕수
도 마찬가지 김익현·조태호·민경국과 경성고보 동문 선후
배 사이이다. 사교의 폭이 그다지 넓지 못했고 내성적 성격
이던 김익현과는 학창 시절에는 딱히 친밀함은 없었으나 조
태호를 매개로 말을 튼 뒤, 김익현이 경성에 올 때마다 만나
서 술잔을 기울이는 절친한 친구 사이가 되어 있다. 한덕수
가 자리에 앉으며 사람들에게 묻는다.

"동아일보 이덕만이도 같이 오기로 했는데, 아직 도착하
지 않았습니까? 혼마치(本町)에서 같이 인력거를 탔기에 나
보다 먼저 도착한 줄 알았는데."

"이덕만 기자도 불렀나?"

민경국이 조태호에게 묻고, 한덕수가 대답을 대신한다.

"같은 경성고보 동문인데다가 여기 계신 분 모두와 구면
이기에 오후에 우연히 만났을 때 오늘 만찬 이야기를 했었
습니다. 허물없이 지내는 사이라 짐작하고 제가 임의로 합
석하자고 제안했는데 괜찮으신지……."

한덕수의 이 말에 행여 오해라도 할까 봐 모두 과장된 몸
짓과 표정으로 환영의 의사를 밝히고, 그사이에 늦게 도착
한 이덕만 동아일보 기자도 방으로 들어선다. 두 명의 언론
인 모두 각자의 신문사에서 부장급 보직을 맡고 있으나 으
레 기자로 불린다.

"안녕들 하십니까? 동천 형님! 익현이도 오랜만이네!"

이덕만이 방문을 들어서며 인사를 건넨다.

"어서 오시게 덕만이! 자네, 회사가 문을 닫는 바람에 졸지에 백수건달 신세가 됐으니 시간도 많을 테고, 오늘은 실컷 먹고 마시자고! 아 요릿집 술값은 자네의 갑부 친구가 치르지 않겠나."

민경국이 이덕만을 반기며 농담을 던진다. 얼마 전 베를린 올림픽 금메달리스트 손기정 선수의 일장기 말소 사건으로 동아일보사가 정간(停刊) 처분을 받은 일을 웃으며 능치는 것이다.

당시 동아일보는 손기정 선수의 마라톤 올림픽 금메달 소식을 전하면서 가슴에 달고 있던 일장기를 고의로 지워버리고 사진을 게재했는데, 육군 출신 정치인으로 평소에도 강경노선의 식민지 정책을 주장해 왔던 미나미 지로(南次郞) 총독이 조선에 새로 부임한 지 2개월 만에 벌어졌던 일이라 이 사건으로 조선총독부는 벌집을 쑤셔놓은 듯 소란스러웠다. 더불어 이 사건으로 인해 조선총독부는 물론 일본 내각의 대신들도 노발대발하며 난리가 났었다. 결국 편집국장 설의식이 사건에 대한 책임을 지고 동아일보를 퇴사했고, 신문사는 무기한 정간을 당했다. 그와 함께 평소 총독부에 눈엣가시와도 같은 존재였던 김준연 주필 역시도 자리에서 물러나게 된다.

오랜만에 만난 사람들이 정겹게 인사를 하는 동안 저녁상이 들어온다. 요리와 함께 청풍 소속 기생들이 방으로 들어와 이들의 식사 시중을 든다. 식사에 겸하여 마신 반주(飯酒)에 흥이 났는지 민경국이 단화에게 정가(正歌) 한 곡조 듣기를 청한다. 잠시 후 예기 하나가 멋들어진 정가 소리를 뽑아내고, 내친김에 가야금 명인과 남도 명창도 불러들인다. 한바탕 향연을 즐기고, 악사들이 방에서 물러난 후 분위기가 차분해지자 민경국이 자신의 매제인 김익현에게 묻는다.

"이보게 김 서방! 지난여름 만주를 다녀왔다는데 어찌 그때는 오며 가며 경성에 들르지 않았나?"

"아! 예. 그렇지 않아도 그 점이 맘에 걸렸습니다. 저는 만주에서 오자마자 곧바로 용무가 있어 동경을 다녀왔었습니다. 그리고 안사람은 그때 영하가 자꾸 신경이 쓰였는지. 다음에 따로 경성 나들이를 하겠다고 해서 그리 하라고 했고요. 내년 모내기 철 끝나고 안사람을 한 번 친정에 보내도록 하겠습니다."

김익현이 점잖게 대답하고, 처남 매부 간의 대화를 듣던 동아일보 이덕만이 김익현에게 묻는다.

"이보게 익현이! 만주는 어떻던가? 지난봄에 건국 4주년 행사가 대대적으로 있었던 것으로 아는데, 만주국 이곳저곳이 어느 정도 일본식으로 정비가 되었던가? 사진으로 봐서도 대단해 보이던데 말일세."

"천지가 개벽한 것 같았네! 신징[12]은 오히려 일본 동경보다 정비가 잘 되어 있는 듯했고, 중국 난징과는 비교도 되지 않더구먼. 그리고 다롄의 항만이며, 푸순 탄광의 규모, 쉴 새 없이 쇠를 쏟아 내는 쇼와제철소는 엄청난 규모였다네. 게다가 객실 전체에 에어컨이 설치된 특급열차 아시아를 타본 순간, 일본의 기술력이 비약적으로 발전했음을 알겠더군!"

"아니, 열차 객실 전체에 에어컨이 설치되어 있다는 게 사실인가?"

동아일보 이덕만이 놀라 다시 묻는다. 그동안 여러 사람을 통해 여행담을 듣기는 했지만 다녀온 사람 모두 만주에 대해서는 유난히 허풍 섞인 말들을 많이 쏟아 내는지라 신뢰할 수가 없었다. 옆에서 듣고 있던 매일신보 한덕수가 대화에 참여한다.

"작년에 우리 매일신보 기자들한테도 견학의 기회가 있었는데, 난 거기에 끼질 못했어. 그리고 그때는 아시아 특급열차를 탈 기회가 없었다는구먼. 덕만이 자네 회사 관계회사인 경성방직[13]이 만주에 대규모 투자를 할 계획이라던데, 그리되면 동아일보 기자들에게 단체 견학 기회가 곧 있지 않겠나?"

해동의 새벽

"글쎄…… 과연 경방에서 만주에 대규모 투자를 할까? 난 아직도 우리 회사 사주들의 생각을 알 수가 없다네. 노선이 분명치가 않아! 자본가는 분명한데 공산주의자 같기도 하고, 이번 일장기 말소 사건을 보면 극렬한 민족주의자 같지만 총독부 놈들과의 관계 유지를 보면 친일의 길을 가는 것 같기도 하고 말일세. 이번 일도 그렇지, 일장기 말소 사건도 주필과 편집국장의 책임으로 마무리 짓고, 그들의 퇴진으로 정리가 대충 됐지만 이런 중차대한 결정을 주필과 편집국장이 독단적으로 했을 리가 만무하지. 한 몸과도 같은 두 사람, 송진우 선생과 김성수 선생의 의중이 아예 반영되지 않았다고는 절대 볼 수 없다네."

동아일보의 사주인 인촌 김성수와 사장인 고하 송진우는 전라남도 담양군에 있는 창흥의숙에서 함께 공부하며 평생 동지의 연을 맺게 된 사이다. 그곳에서 의기투합한 두 사람은 일본으로 함께 유학하였고, 귀국 후 동아일보, 중앙고등보통학교, 보성전문학교 등을 한 몸처럼 운영하였다. 민족주의자 송진우는 1919년 3·1운동으로 옥고를 치렀고, 1921년부터 동아일보에서 사장·주필·고문 등을 역임했는데, 신문사의 부침에 따라 개인적으로 적지 않은 고통과 수난을 감내해야 했다. 그는 3차 공산당의 책임비서를 맡고 있던 김준연을 동아일보 편집국장으로 채용하고 가까이 지냈다는 이유로 1928년 2월에 있었던 조선 공산당 검거 열풍에 휘말려 옥고를 치른 적이 있었다. 상당한 고난을 겪은 그가 그 사건을 계기로 김준연과의 인연을 정리할 만도 했을 텐데 오히려 조선공산당 사건으로 인하여 김준연이 6여 년의 형기를 복역하고 출소한 직후에 그를 다시 동아일보의 주필로 앉히기까지 했었다. 김준연은, 자신을 끝까지 신뢰해 준 송진우에게 감동했는지 훗날 우익 민족주의자로 전향한 것은 물론 극렬한 반공의 길로 나서기도 한다.

김익현의 만주 여행으로 시작됐던 대화의 화제가 비약적인 일본의 기술력 발전으로, 뒤이어 우익 자본가이자 지일(智日)파로 알려진 인촌 김성수와 고하 송진우의 이념에 대한 평가로 흘러가고 있다.

민경국이 화제를 돌려 김익현에게 묻는다.

"김 서방! 자네 올해에만 일본을 두 차례 방문했고 만주도 다녀왔다고 들었는데, 뭐 좋은 정보나 소식이 있으면 알려 주시게. 지난번 나남개발계획 발표 당시에 여기 경성에서도 그 정보를 미리 알아낸 사람들 여럿이 하루아침에 벼락부자가 됐었는데 나는 투자 기회를 잡지 못해서 아쉬웠네. 나름으로 시중의 소식에 빠른 편이라 자부했던 나도 나남토지개발계획을 전혀 몰랐었다네."

만주국 건국 이후, 일본에서 조선을 거쳐 만주로 오가는 동북아시아 지역 물동량이 기하급수적으로 늘어났다. 그러나 기존 조선의 주요 도시에 조성된 각종 기반시설 가지고는 급속한 시장의 확대와 늘어나는 물동량 수요를 감당할 수 없었다. 그런 이유로 조선총독부는 일본의 대장성, 그리고 만주의 산업을 총괄하는 만주 산업국, 그리고 외형상 민간 회사인 만철의 임시산업조사국과 함께 조사단을 꾸려, 조선 청진에서 약 10km 떨어진 나남 지역에 신도시를 건설하는 나남 신도시 종합개발 계획을 발표하게 된다. 당시 청진항은 일본 도쿄에서 니가타항을 거쳐 만주국 수도 신징까지 가는 최단거리 교통로의 중간 기착지였고, 소련의 블라디보스토크, 일본 남단의 시모노세키 사이에서도 많은 물동량을 소화하는 항구였지만 급작스럽게 늘어난 물동량을 감당하고 대규모 항만을 원활하게 운영할 수 있는 배후 단지가 없었다.

결국, 청진 외곽에 새롭게 배후 도시를 건설하기로 하고 나남 일대에 대규모 개발을 시작했는데, 이재에 밝은 몇몇 경성의 인사들은 황무지에 불과했던 나남 지역의 토지와 야산을 헐값에 매입한 후 되팔아, 어떤 사람은 무려 100배 이상의 매매 차익을 얻기도 했다.

"지난 2월에 동경에 갔던 이유는 지극히 개인적 신상과 관련한 이유였습니다. 그리고 이번의 만주 방문은 솔직히 말씀드리자면 투자처에 대한 사전 조사차의 방문이었습니다. 만주국과 관련한 상당한 변수가 일본과 조선에 있을 것 같아서 말입니다."

김익현은 지난 2월 하순에 고하세 사부로를 만난 사실, 그리고 그를 통하여 알게 된 작은 처남 민상국의 소식을 민상국의 친형인 민경국에게는 비밀에 부치기로 했다. 아주 민감한 내용이 많았기 때문이다. 때로는, 가족 간에도 소식을 모르는 것이 약이 되는 경우가 있다.

"일본 놈들이 또 대륙을 상대로 뭔가 큰일을 벌이려고 하는 모양이지?"

두 사람의 대화를 유심히 듣고 있던 동아일보 이덕만이 일본에 대한 못마땅한 표정으로 김익현에게 질문을 툭 던지고, 항상 고급정보에 메말라 있던 매일신보의 한덕수, 사업가 조태호 역시 큰 기대를 걸고 김익현의 대답을 기다린다.

"다들, 지난 3년 전에 있었던 일본의 열하성 침공을 기억하고 계실 겁니다. 동북3성을 만주국의 토대로 삼고, 이어서 열하성을 만주국의 영토로 새롭게 편입을 시켰지요. 그리고서 5월에 탕구협정을 일본과 중국이 맺음으로써 대륙에서의 화약 냄새는 어느 정도 사라졌습니다마는. 문제는 일

　　　　　　　　　　　　　　　해동의 새벽

본이 평화를 유지할 수 있는 처지가 아니란 겁니다. 이번에 제가 만주에 갔던 이유는 처음에는 단순히 만철 시설의 견학에 그 목적이 있었습니다만 견학을 하면서 놀라운 사실을 감지해 냈습니다. 최초, 남만주 철도의 보호를 명분으로 만주 지역에 편성되었던 관동군 1만 병력이 지금은 12만 병력으로 불어나 있다는 사실을 감지하고부터는 제 머릿속의 생각은 온통 '전쟁이 임박했다'에 매몰되었습니다.”

“일본 군부 놈들도 이젠 그만할 때가 되지 않았나? 그리고 중국에 대한 무력침공은 예전과 다름없이 국지전으로 끝나지 않을까?”

무던한 성격의 민경국이 그리 대수롭지 않은 듯 말을 하고, 그에 반해 김익현은 심각한 표정으로 이야기를 계속 이어간다.

“이번엔 최근까지 있었던 몇몇 사변 정도의 규모로 끝나지는 않을 것 같습니다. 중국도 이젠 가만히 당하고만 있지 않고, 전면전을 택할 것이라고 확신합니다.”

“글쎄…… 전면전이라. 만주국이라는 인구 3천만의 국가가 새로 건국이 되었으니 그 일대에서 10만이 넘는 병력을 관동군에서 보유하고 있는 게 무슨 큰 대수겠나. 넓은 영토와 인구에 비례해서 군 병력을 보유하는 건 당연한 일이 아니겠나? 그리고 아직 중국은 일본과 싸울 여력이 없을 거야. 전면전이 가능할까?”

매일신보의 한덕수가 다른 의견을 제기한다. 아무래도 총독부 기관지 성격의 신문사 소속 언론인이라 그런지, 한덕수는 일본 측의 주장과 일맥상통하는 생각과 의견을 가진 듯하다. 한덕수의 의견에 김익현이 조심스럽게 자신의 관점을 내놓는다.

“나도 처음엔 그렇게 생각했었네. 그런데 일본 괴뢰 만주국에는 엄연히 만주군이 편제되어 있고, 소련과는 불가침조약을 맺어 놓은 상태인 데다가, 설령 호전적인 소련을 믿지 못한다손 치더라도 소련은 지금 유럽의 긴장 상황에 온 신경이 곤두서있는데 그 많은 군 병력이 치안유지에 필요했겠나. 만주국 영토 내의 만주군에, 일본의 관동군 12만 명에 더해서, 내가 주목하는 건 엄연한 중국의 영토이자 청나라 수도였던 북경 코앞에 주둔한 일본의 북지나(北支那)군이라네.”

지나(支那)라는 지명은 일본이 중국을 얕잡아 부르는 멸칭이다. 김익현의 말이 계속된다.

“북경 근처에 주둔한 북지나군의 병영과 중국군 병영이 같은 지역에서 어깨를 맞대고 있는데, 단순히 중국 내 일본인 보호를 위한 임시 주둔군이라기엔 그 규모가 갑자기 커졌고, 수시로 실탄훈련을 시행한다고 하니 아무런 사고가

　　　　　　　　　　　　　　　　　해동의 새벽

나지 않는 게 오히려 이상한 일이야. 남의 영토 한복판에서 총질해 댈 터이니 말일세. 그리고 중국 각지에서 일어나는 반일 시위가 무시할 수준을 넘어서고 있으니. 반드시, 곧 있어 상당 수준의 무력 충돌이 일어날 것 같네.”

“어맛! 엄마야!!!”

김익현의 심각한 어조 가운데, 갑자기 기생 하나가 비명과 함께 기겁하며 몸을 들썩인다. 술상이 크게 흔들리고, 주전자와 술잔, 그릇들이 넘어지며 순간 술자리가 난장판이 된다.

“하! 고년 놀라기는.”

조태호가 장난기 섞인 말로 옆자리 기생을 나무란다.

“조 사장님! 너무하셔요. 놀랐잖아요?”

뜨거운 찻주전자에 손을 한껏 달군 조태호가 옆자리에 앉은 기생의 치마 속 음부에 손을 쓱 집어넣으면서 일어난 사건이었다.

“이년아! 요정에서 기생 속곳 만지는 게 뭐 대수라고 이 야단법석이냐? 내친김에 네년 젖꼭지나 한번 만져 보자꾸나.”

이미 편안하게 자신의 바지춤 단추까지 풀어 놓고 있던 조태호가 과장된 몸짓으로 기생의 앞섶을 헤집으려 든다.

“어머! 사장님, 안 돼요!!!”

기생은 몸을 꼬며 필사적으로 반항을 한다.

"이 친구. 이거 또 시작이구먼!"

한덕수가 껄껄대며 친구를 나무라고, 방안은 한순간 웃음으로 가득 찬다. 경성 한량들과 기생 너나 할 것 없이 모두 고개를 젖히며 웃어 댄다. 자칫 심심하고 지루할 수도 있는 시국 대담 속에서 조태호의 장난기가 매운 양념 역할을 톡톡히 한다.

폭소와 조롱이 한 순배 돌고 나서, 소동의 주인공이었던 조태호가 언제 그랬냐는 듯 정색하며 김익현의 이어질 말을 재촉한다.

"그래서, 투자처 사전 조사라는 게 어디에 어떻게 투자할 심산으로 일본을 다녀왔다는 건가? 어서 보따리를 풀어 보시게! 여기서는 못할 말이 없지 않은가? 친구 좋다는 게 뭔가? 좋은 정보 허물없이 나누는 게 친구 아닌가?"

조금 전의 장난기와는 사뭇 다른 저음의 묵직한 톤에다가, 새로운 정보에 안달이 난 감정이 그대로 전달되는 조태호의 진지한 목소리에 다들 고개를 끄덕이며 김익현을 주목한다. 심지어 조금 전까지 술 시중을 들며 새살 거리던 기생들마저 눈을 초롱초롱하게 뜨고 이들의 대화에 호기심을 보이는데, 이들 역시 시중의 자산가들과 이런저런 베갯머리에서의 사연들이 많은 여인이라 돈 되는 사업과 관련한 정보에 무신경할 수가 없다.

   해동의 새벽

일행들의 과한 관심에 김익현이 부담을 느꼈는지 따라놓은 청주 잔을 입으로 가져다 댄다. 그리고 기대의 수위를 낮춰 달라는 듯 크게 웃으며 입을 연다.

"하하. 뭐 대단한 정보도 아니라네! 사실 자네도 알다시피 만주사변 이후 5년간 만주는 기록적인 호황을 누려 왔지 않은가. 그런데 이젠 경기 변화에 무작정 기댄 채 주먹구구식으로 만주국 경영과 만철 경영을 계속할 수 없다고 당국에서는 느끼고 있다고 하는데, 문제는 경영 능력이 검증된 일본 내지의 기업 집단이 만주로 진출을 꺼리고 있다는 걸세. 그런데 이번 만주 여행에서 만주국 산업부 차장인 기시 노부스케[14]가 아이카와 요시스케[15]와 큰 거래를 진행 중이란 사실을 알게 되었다네. 그래서 아이카와가 운영 중인 닛폰산교(日本産業)라는 지주회사를 눈여겨보고자 동경을 찾았고, 마침 연이 닿았기에 아이카와를 만날 수 있었다네. 그게 전부일세. 닛폰산교(닛산)와 나 같은 소규모 투자자가 만주의 산업개발계획에 참여할 수 있는 연결고리를 찾아내는 일이었지."

조태호가 김익현의 말을 듣고는 조용한 목소리로 다시 묻는다.

"그래, 그래서 투자 참여가 가능한 적절한 연결고리는 찾았는가?"

"글쎄…… 아직은 번쩍하는 묘수가 나오지 않고 있는데, 틈나는 대로 만주를 자주 다녀야 할 것 같아. 그래서 다음 주에는 신징을 다시 방문해서 기시 노부스케 산업부 차장을 만나 보려 하네. 이미 닛산의 사주 아이카와 상의 소개장을 받아 들고 있으니 한 번 만나 볼 생각이네. 만나서 내가 이미 여러 차례 실패와 성공을 거듭해 봤던 농지정리 사업과 또 그와 일맥이 상통하는 군수품 생산 기반시설을 위한 산업단지 조성사업에 대한 구상도 가져가 보고, 대규모 농장의 운영에 관한 의견도 개진해 볼 생각이야."

김익현의 이야기가 끝나자 조태호가 큰 웃음소리와 함께 김익현에게 손가락질하며 소리친다.

"이 친구 이거, 경상도 산골 마을에 은둔하고 있는 처사인 줄 알았는데 그게 아니었어! 몸을 낮추고 때를 기다리며 끊임없이 준비하고 있었구먼! 이보게 익현이. 자네가 무슨 결심이 드는 순간, 꼭 이 조태호를 찾아 주게! 나도 힘을 보탤 기회를 한 번 주시게나."

조태호가 호방하게 웃으며 김익현에게 당부하자 술자리 참석자 모두 너나 할 것 없이 김익현에게 '나도 좀 봐줘야 한다'며 농담 반 진담 반의 과장된 부탁을 한다.

암울한 시절, 조선인으로 태어나 살아가면서 식민지 시대의 한복판을 가로질러 치열한 삶을 개척하기 위해 애쓰는

    해동의 새벽

이 땅의 사내들 모습이 대견하다. 그러다가도 한 편, 안쓰러워 보이기까지.

통치 권력을 가진 자가 '민족의 적'으로 간주되는 세상에 살면서, 그 권력자의 힘을 빌어야 하는 사업가와 그 권력자를 비판해야 하는 민족지 언론인, 그리고 그 권력자가 대중을 향해 전할 메시지를 효과적으로 전달할 방법을 끊임없이 연구해야 하는 어용 기관지의 기자, 모두 서글픈 삶을 살면서 나름의 타협점을 찾아가며 한데 어울려야 하는 시절이다. 후세 사람들이 여기 모인 각각의 인물들을 역사적으로 어떻게 평가할지 지금은 그 누구도 알 수 없다.

이들의 담론과 함께 경성의 밤은 깊어간다. 가을바람에 후드득, 북악산 기슭 무성했던 나뭇잎이 떨어지는 소리가 들려온다. 먼 숲속에서 들려오는 소쩍새의 구슬픈 울음소리가 이들의 귓전에 맴돈다.

제국에 대한 인식

만주국 신징(新京).

만주국의 수도 신경에 새로 들어선 일본 제국의 관동군 사령부. 이 건물은 언뜻 보기에 군 시설의 전형인 투박한 직선 형태의 모습이지만, 한 발 멀찍이 떨어져서 보았을 땐 유럽풍의 창문 배열과 오사카성의 지붕과 처마를 연상케 하는 유려한 곡선미를 자랑한다.

화강암으로 치장된 사령부 건물 내부에서 조태호가 성큼성큼 걸어 나오고, 주차장에서 그를 기다리던 검은색 포드 승용차가 그를 태우기 위해 현관 앞으로 다가간다. 조태호를 배웅하러 나온 영관급 고급장교가 멈춰 선 차량의 뒷문을 열어 준다. 그의 옷깃엔 중좌 계급장이 붙어 있다. 뒷문을 잡아 주던 육군 중좌와 굳센 악수를 하고 차에 올라탄 조태호가 운전기사에게 신징역으로 차를 몰라 지시한다.

조태호의 만주 방문은 급작스레 이뤄졌다. 2주 전, 요릿집 청풍에서 김익현의 정세 판단에 대한 의견을 듣고 '만주에 분명 큰일이 생기긴 생길 것이다'라는 확신이 섰다.

그가 소년 시절부터 알고 지내왔던 김익현은 사람들 앞에서 절대 허투루 말을 하는 친구가 아니다. 입학과 졸업 성적은 조태호가 한 수 위였지만, 교과목 이외의 다른 분야에서는 아무도 김익현을 따라잡을 수가 없었다. 수백 구절의 당시(唐詩)를 줄줄이 외고 다녔고, 덧셈과 뺄셈은 기본이고 곱셈과 나눗셈의 머릿속 암산 속도와 정확함은 타의 추종을 불허할 정도였다. 부친을 비롯한 가족 전체를 잃은 참사를 계기로 경상도 갑산에 은거하며 긴 세월 자중하고 있을 거라 짐작되었던 김익현이 동경과 오사카, 만주, 상하이 등지를 돌아다니며 식견을 높여가는 동안, 자신은 명색이 미국 최고 명문대학인 예일대를 졸업한, 국제도시 상하이에서 이름을 꽤 날리던 사업가였는데, 한동안 조선 땅 안에서 아무 생각 없이 땅만 파먹는 광산 일에만 매달려 지내며 아무 발전이 없었음을 자각했다.

물론 그 수익금으로 수많은 조선인 학생들을 후원해 왔지만, 정작 자신의 실력을 키우는 데에는 소홀했다는 생각이 들었다. 이번 여행에서 그는 신의주 인근에 자신이 운영 중인 금광을 둘러보고, 국경을 넘어 다롄과 펑톈, 안산의 일본 자본으로 설립된 산업시설을 방문했고, 만주국 수도 신징에 들러 실질적인 만주국의 지배권을 행사하고 있는 관동군 사령부 고급장교들을 만나 각종 정보를 취합하였다. 지금은 신징발 열차를 이용하여 지린(吉林)을 거쳐, 자신이 운영 중인 함경도 무산의 철광석 광산과 원산 인근 텅스텐 채굴 현장을 둘러보고 다시 경성으로 돌아갈 예정이다.

신징역을 향해 달려가는 차 안에서 깊은 생각에 잠겨 있던 조태호가 다급한 목소리로 운전기사에게 차를 세우라고 지시한다. 당황한 운전기사가 묻는다.

“여기 말입니까?”

“아니! 저기 저 뒤, 조금 전 지나친 저 객잔으로 가세!”

길 건너편에 제법 규모가 커 보이는 객잔을 가리키고, 운전기사는 차량의 방향을 되돌려 조태호가 지시했던 그 객잔 정문에 차를 세운다. 조태호가 차에서 내리며 운전기사에게 말한다.

“자동차 엔진을 끄고 자네도 들어오게.”

영문도 모르고 길가에 차를 세워 둔 채 운전기사가 조태호를 뒤따라 들어간다.

넓은 내부에는 보기보단 손님이 많지 않아 두어 개의 작은 난로에만 불이 지펴져 있다. 10월 말이지만 신징의 겨울은 일찍 찾아온다. 조태호가 점원에게 주인을 불러 달라고 부탁을 하고, 테이블에 앉아 운전기사와 차를 마시며 객잔의 주인을 기다린다.

잠시 뒤, 양복 차림에 나비넥타이를 한 객잔 주인이 조태호가 앉아 있는 테이블로 다가와 조심스레 묻는다.

“무슨 일로 저를 찾으셨는지요?”

조태호가 자리에서 일어서 투박한 광둥어로 주인장에게 묻는다.

“이 객잔 주인이시오?”

주인장이 고개를 갸우뚱한다. 다시 조태호가 부러 더듬거리는 말투로 북경어를 구사한다. 사실, 조태호는 광둥어보다 북경어가 더 유창하다.

"광둥어를 모르시는 모양이오? 나는 북경어가 서툰데, 지금 내가 하는 말 알아들으시겠소?"

중국은 지역별 방언이 심해서 같은 대륙 사람들끼리도 전혀 서로의 말을 이해하지 못하는 경우가 많다. 사실, 조태호가 먼저 광둥어를 구사했던 이유는 자신이 조선 사람인 것을 숨기려는 이유도 있다. 주인장이 대답한다.

"문제없소. 알아들을 수 있겠소이다."

"여기서 장사를 하신 지 오래됐소?"

"20년이 넘었지요. 그런데 왜 그런 질문을 하시오?"

"나는 광저우에서 당신과 마찬가지로 객잔을 운영하는 저우용이라고 하오. 이곳 신징이 요즘 장사가 잘된다고 소문이 났길래 이쪽에 와서 장사를 한 번 해볼까 하고 찾아왔는데, 조언을 부탁드리오."

"……."

주인장이 말이 없다. 속으로는 '이놈 봐라!' 싶다. 뜬금없이 찾아와서 초면인 사람에게 영업과 관련된 의견을 묻는 이런 식의 무례를 어떻게 받아들여야 할지, 기분이 많이 상한 듯하다. 잠시 뜸을 들였다가 불쾌한 표정으로 조태호에게 얘길 한다.

"광둥 사람들은 아무나 붙잡고 처음 보는 사람한테 영업 비밀이나 장사 수완을 알려 달라고 졸라대는 모양이오? 우리 동북 사람들은 먼저 예를 갖춘 후에 양해를 구하고 조심스럽게 사람을 대하는 게 당연하다 알고 있소. 당신 같은 사람과는 대화를 나누고 싶지 않으니 여기서 나가 주시오!"

주인장의 말에 조태호가 호방하게 웃으며 대답한다.

"아! 미안하오. 정말 미안하오. 사실은 신징역에서 출발하는 네 시 기차를 타야 하는데, 지나는 길에 이 객잔을 보니 아주 오래된 건물 같았지만 관리가 너무 깨끗하게 잘 되어 있기에, 주인어른이 분명 훌륭한 사람인 듯하여 갑자기 찾아오게 되었소. 지금이 세 시 삼십 분이니, 시간도 없고 경황도 없어서 이렇게 실례를 한 것 같소이다. 내가 큰 잘못을 했으니 사과를 드리고, 지금 당장 열차 예약을 취소하고 이틀간 이곳에 머물면서, 허락해 주신다면 주인장과 많은 이야기를 나눌까 하오. 무례를 용서해 주시오!"

곧바로 함께 온 운전기사에게 열차 예약을 취소하고 이틀 뒤 출발하는 열차 편을 예약하라고 시킨다. 지시를 받은 운전기사가 총총걸음으로 객잔을 나서고, 조태호는 이 객잔에서 가장 비싼 객실을 사용하기로 하고 숙박비까지 미리 치른다.

　자신의 질책 한 마디에 진심 어린 사과를 하고, 열차 예매 시간도 이틀을 미루기까지 하는 조태호를 보고 역정을 금세 푼 주인장이 '굳이 이틀씩이나'라는 혼잣말을 한 후에 자신의 행동에 대해서도 사과를 한다.

　"아니올시다. 사람은 각자 자기의 사정이 있을 텐데, 내가 선생의 사정을 고려치 않고 먼저 화를 내게 되어 미안하오. 지금이라도 간단히 내 의견을 알려 드릴 테니, 이틀씩이나 여행을 미루는 수고는 하지 마시고 서둘러 기차를 타시지요."

　외려 정중한 사과와 인간적인 표정과 말투에 조태호는 한 번 더 이 집 주인에게 호감을 느낀다.

　"아닙니다! 제가 분명 실례를 했고, 이렇게 잠시 말씀을 나누어 보니 이틀의 일정이 아니라 한 달의 일정을 포기하더라도 주인장 어른의 고견을 듣고 삶의 지혜를 배울 기회를 얻게 되는 것을 영광으로 받아들이겠습니다. 부디 제가 이틀간 이곳에 머무는 동안 많은 가르침을 부탁드리겠습니다."

　인간관계에 있어 첫인상이 무엇보다 중요하다고들 한다. 그러나 어쩌다가 상대방에 대한 첫인상이 나빴어도, 자신이 상대방의 실체를 오해했다는 걸 인정하는 순간, 외려 급속도로 마음을 여는 경우가 남자들 사이에서는 허다한 일이다. 지금 이 순간 객잔의 주인장과 조태호는 대화 중 서로의 인성을 확인한다.

곧이어 주인장이 이 객잔에서 솜씨를 자랑할 만한 가장 맛있는 음식과 귀한 술을 특실에 거나하게 차려 낸다. 이어서 지배인을 불러, 술자리를 방해하지 말고, 오늘은 종업원들끼리 영업을 하라고 당부한다.

이 객잔의 주인 장밍타(張明擇)는 조태호의 호방한 성격과 친화력에 금세 반한 듯하다. 대화가 시작된 후 다섯 시간 내내 웃음소리가 그치지 않고, 계속해서 화기애애한 분위기가 이어진다. 한 자리에서 20년이 넘도록 술장사를 해온 장밍타의 사람 보는 눈이 흐리멍덩하지는 않을 테고, 경성의 명문 중학인 경성고보의 수석졸업자, 메이지대학을 거쳐 미국 명문 예일대를 졸업하고 10년 넘게 중국과 조선에서 사업을 번창시켜 온 조태호의 사람 보는 눈 역시 보통은 넘는 수준이니, 다섯 시간 넘게 술잔을 주고받으며 웃음꽃을 피웠다는 건 두 사람의 성향이 서로 잘 맞는다는 걸 의미하는 것일 테다.

두 사람의 시끌벅적한 대화가 잠시 소강상태에 접어들고, 조태호가 장밍타에게 낮은 목소리로 조심스레 말을 꺼낸다.

"사실 형님! 제가 처음부터 형님께 속인 게 하나 있습니다."

"말씀해 보시게. 아니 내가 맞춰 보지! 자네 광저우에서 온 저우용이 아닌, 조선인 아닌가?"

 해동의 새벽

"아니! 어떻게……."

조금 전까지 불쾌했던 낯빛이 창백해진 조태호가 놀란 듯 묻는다. 지금까지의 대화에서 자신이 조선인이라는 걸 짐작하게끔 하는 실마리를 제공한 적이 없었는데, 어디서 그런 생각이 들게 행동하고 말을 했었는지, 지난 다섯 시간여 동안 있었던 대화들과 자신의 행동들을 복기해 본다.

"이보게 아우! 내가 여기 이 장소에서만 20년간 장사를 해 왔네! 자네와 마주 앉아 술잔을 주고받은 지 십 분 만에 자네가 조선 사람이란 걸 알아챘다네. 내가 그동안 고용했던 수많은 사람 중에도 조선 사람이 상당수 있었지. 자네한테서는 광둥성을 포함한 강동지방 장사치의 약삭빠름을 전혀 찾아볼 수가 없었네. 오히려 선비의 먹물 냄새가 더 어울리는 격을 자네는 가지고 있다네. 내 말이 틀리는가? 자네는 비록 큰 풍채에 값비싼 모직 코트와 모피 장식으로 몸을 감싸 정체를 숨겼지만, 그 내면에서는 성리학을 공부한 조선 선비 특유의 풍모가 느껴진다네."

조태호로서는 실로 놀라운 일이 아닐 수가 없었다. 그래서, 같은 직업을 오랜 기간 해왔던 사람의 연조(年條)는 절대로 무시할 수 없다는 말이 있는 것이다. 접객업을 20년 넘게 운영해 오면서 발달한 이 사람의 직관력은 단편적으로 설명할 수 없는 신기의 영역에 속하는 것이다.

"형님! 참으로 부끄럽습니다. 사실, 5년 전 이 근처에서 벌어졌던 완바오산 사건 때문에, 이곳 신징 사람들이 조선인에 대한 좋지 않은 감정들이 있다고 들었습니다. 그래서 부득이 제 출신을 속이게 됐습니다. 용서하십시오."

"아닐세! 완바오산 사건이 어디 조선인들 잘못이었겠나? 일본인들이 전략적으로 조선인과 우리 중국인을 이간하려 했던 음모였다는 사실을 이 일대 사람들은 다들 알고 있다네. 다만 아직도 그 내용을 잘 모르는 조선 사람과 중국 사람 상당수가 서로에게 악감정을 가지고 있다고 들었는데, 참으로 안타까운 일이야."

1931년 여름, 농업 이민으로 만주 지역에 유입돼 정착하던 약 300명의 조선인 농민들이 신징 근처 완바오산(萬宝山)에서 농지 개간을 하면서 황무지를 논으로 만들기 위한 수로 공사를 시작했었다. 그런데 이 공사를 중국인 관리와 지주들이 반대했었고, 중국인 농민 수백 명이 조선 농민을 공격하고 시설물을 파괴하였는데, 이때 일본은 조선인을 자신들의 국민으로 간주했기에 일본 경찰과 군인들이 무장한 채 조선인을 보호하였다. 이에 격분한 중국 측 무장군인(정규군이 아닌 만주 지역 군벌 소속 군인)이 일본 측과 서로 발포함으로써 사건이 걷잡을 수 없이 확대됐었다. 문제는 일본 언론

 해동의 새벽

의 고의적 오보였다. 사망자가 발생하지 않았음에도 조선인이 살해되었다고 보도를 하고, 그 보도 내용을 그대로 옮겨 보도했던 조선의 신문 기사를 읽은 많은 조선인이 조선 내에 정착한 화교들을 공격하는 일까지 벌어졌다. 그 후로 상당 기간 서로의 보복 행동이 계속되면서 평양 서문통에서는 화교 배척 시위가 확대되어 도시 전체가 폭동 수준의 소요 사태를 겪기도 하였다.

미안해서 어쩔 줄 모르는 조태호를 향해 인자한 미소를 지으며 장밍타가 묻는다.

"그래! 이제. 자네의 속을 한 번 뒤집어 보여주시게나. 뭐가 궁금해서 내게 왔는지, 자네의 실제 이름과 직업도 알려주시게!"

"예, 제 이름은 조태호입니다. 경성에서 왔습니다. 광산업을 하고 있는데, 적당히 돈이 모였다 싶으니 이젠 대륙으로 진출해 공장을 설립하고 싶어서 만주를 찾게 되었습니다. 제가 궁금한 것은 아주 간단합니다. 이곳이 일본에 의해 국가가 세워지고 주로 일본 사람에 의해 통치가 되고 있는데, 이곳 만주 사람들은 일본인의 통치방식에 대해 어떤 감정을 가지고 있는지가 제일 궁금한 사항입니다."

제법 진지한 표정으로, 지금까지와는 사뭇 다른 유창한 북경 표준 중국어로 질문을 하는 조태호를 바라보며 잠시 침묵하던 장밍타가 퉁명스럽게 대답한다.

"여긴 100년 가까운 기간 동안 통치세력이 매일 바뀌어 왔다네. 매년이 아닌 매일이었어! 통치의 개념이 뭔가. 사람들로부터 세금을 거두고 그 세금을 가지고 지역을 운영하는 게 통치 아니겠나? 그런데, 이곳 만주 지역은 세금을 거두는 주체가 매일매일 바뀌었고, 어떤 시절엔 같은 날 심지어 세 군데 세력에서 통치권을 주장하며 세금을 걷으러 와서 행패를 부린 적도 있었지. 청 황제에게 세금을 바치던 이곳에 홍수전이 난을 일으키면서 군벌이 생겨나고, 이홍장의 북양군이, 그다음엔 위안스카이가, 또 러시아가 지배하며 걷어 가고, 다시 일본이 세금을 걷다가, 다시 봉천의 장작림이 걷어 가고, 장작림이 일본에 의해 살해되고 나서는 또다시 그의 아들 장학량이, 그리고 지금은 사람들이 만주국에 세금을 바치고 있는데, 참고로 글을 읽을 줄 아는 나조차도 세금 징수의 주체가 헷갈리는데, 문맹률이 80%가 넘는 이 지역 사람들은 세금이란 걸 내면서 누가 왜 거두어 가는지 알지도 못하면서 내놓는 경우가 더 많았다네. 총칼을 들고 와서 내놓으라면 어쩔 수 없이 내놓아야 했고, 심지어는 인물 반반한 마누라와 딸년을 빼앗기는 일도 허다했지. 이곳에서는 약탈도 세금의 한 종류였네. 이곳 사람에게는 통치세력이 곧 마적이고 비적이고 강도였던 거야. 그런데 아

                                      해동의 새벽

주 중요한 사실이 하나 있네. 일본 관동군이 이 지역 군벌 장학량을 쫓아내고 만주국을 건국하고부터는 길거리를 배회하며 사람들을 위협하고 금품을 빼앗던 강도나 마적들은 연기처럼 사라졌다는 거야. 아주 가끔 불량배들이 상점들을 찾아다니며 보호비 명목으로 금품을 요구했던 적이 있었네만, 헌병이 그런 불한당들을 모조리 잡아 가두는 터에 이젠 그런 불량배들, 특히 조직적인 불량배들은 대부분 사라졌다네. 무력에 의한 부당한 세금 징수는 사라졌다는 얘기지. 사람들 말에 의하면, 마적 놈들 대부분이 국경 너머 소련의 연해주나 아니면 베이징 근처 화베이 지역으로 근거지를 옮겼다고 하니, 당장은 이곳이 살기 편해졌다고 볼 수 있지. 밉고 아니꼽네만, 조금 일찍 문명화된 일인(日人)들이 비록 무력으로 이곳을 복속시켰지만, 문명으로 이곳 통치를 잘하는 셈이야. 무력 앞에 무릎을 꿇었지만 소위 문명화의 편리함을 이곳 사람들이 이제야 알기 시작한 셈이지!"

장밍타의 설명에 그의 말을 한마디도 놓치지 않으려 집중하던 조태호가 사뭇 진지한 표정으로 고개를 끄덕인다. 무력에 나라를 빼앗긴 조선 청년 조태호는 경성고보 시절, 일본 유학 시절, 미국 유학 시절, 그리고 상하이에서 무역업을 하면서 주목하게 된, 소위 문명화라는 개념과 그 현상이 사람들의 일상에 어떻게 큰 영향을 미치는 것인지 다시금 깨

닿게 된다.

그 문명화가 늦게 시작된 조선은, 결국 일본의 무력 앞에 무릎을 꿇었고, 조선보다도 더 문명화와 거리가 멀었던 대만, 그리고 군벌 시대의 만주 지역 주민 역시 무력에 의한 복속 후 일본의 문명화 통치에서, 안타깝게도 막연한 희망을 모색하고 있었다. 그렇게 문명화되지 못한 지역을 무력의 힘으로 장악한 일본은 서서히 그 점령지를 무력이 아닌 문명으로 통치해 나가고 있다.

조태호는 조선의 국권이 병탄된 지 20여 년 동안 민족 전체가 서서히 일본화되어 가고 있음을 느끼고 있다. 그 대표적인 예가 독립운동 세력의 궤멸과 그 후에 진행되어 가는 민족정신 말살의 과정 중 하나로, 우리 민족어인 조선어 사용제한 조치다. 정복 행위는 단순히 영토를 점령하는 것이 아니라 거주민의 정신과 문화도 지배하는 것이다. 머지않아 실질적 일본 영토에 편입된 이곳 만주 지역도 결국 일본화될 것이다. 그리고 이대로 간다면 중국 전체가 일본의 영향 아래 놓이게 될 것이라는 확신이 그에게 들기 시작했다. 물론 일본보다도 더 선진화된 문물을 가진 서구 세력과 자주 접촉해 온 중국 남부 해안지역의 도시들이 일본화되기가 그리 쉽지만은 않을 수 있지만, 지난 1932년에 있었던 무력 침공, 상하이 사변의 전개를 보았을 때, 일본은 충분히 대륙을

     해동의 새벽

정복할 역량이 있다는 결론을 내리게 된다. 그리고 무력 정복과 문명 통치는 권력 운용에 있어 수레의 두 바퀴처럼 공존한다는 것으로 생각이 귀결된다.

일본인들에게 대만 복속, 조선의 식민지화, 그리고 만주 정복과 건국은 조태호가 보기에는 중국 본토 지배를 위한 예행연습이었다. 일본은, 대륙 전체로 자신들의 지배력이 팽창했을 때 중국 사람들이 어떤 반응을 보이고, 또 어떤 식으로 저항을 하고, 그 뒤에는 어떤 식으로 협력을 끌어내야 할지에 대한 실험 과정이 상당 부분 진행되어 왔었다. 그리고 저항을 협력으로 바꾸는 통치기술의 연습 과정도 이미 마쳤다는 결론을 내렸다.

이들은 이미 대만과 조선에서 성공적인 실험을 마친 것인데, 그 대표적인 예로 대만에서는 이제 더 이상의 조직적 항일 운동이 생겨나지 않고 있고, 조선 역시도 일본이 촘촘하게 엮어 둔 치안행정망에 의해서 더 이상 3·1운동과 같은 대규모 항일민족운동을 기대할 수 없게 됐다.

조태호와 장밍타의 진지한 대화와 함께 밤은 무르익어 가고, 조태호는 새로운 구상을 하게 된다. 바로 일본이 일으킬 대륙에서의 대규모 전쟁을 전제로 한 사업의 구상이다. 입술을 적신 술잔을 테이블에 내려놓으며 조태호가 머릿속의 생각들을 정리한다.

"일본은 적어도 앞으로 100년 안에 절대 망하지 않을 것이며, 계속해서 팽창해 나갈 것이다. 이들은 무력에 의한 정복도 훌륭하게 성공했던 경험이 있으며, 문명에 의한 통치기술도 가지고 있다. 이들은 계속, 전쟁을 통해 그들의 세력권을 넓혀갈 것이다. 그리고 당연히, 그 일에 수반된 군수산업이 발달할 것이다. 군수산업의 꽃은 중공업이다. 나는 당장 전함을 건조하고, 항공기를 제조하고, 석유를 정제하고, 금속을 제련하는 대규모 산업 개편을 준비해야 한다."

장밍타와 조태호의 술자리 대화가 밤새 계속된다. 먼 들판으로부터 사냥감을 찾아 어슬렁거리는 늑대무리의 섬뜩한 우짖음 소리가 들려온다.

도광(韜光)

경상남도 진주.

진주 시내 경남도청 근처인 대안정(大安町)의 한적한 주택가 한가운데, 야트막한 돌담과 잘 가꾸어진 정원을 품고 있는, 그러나 주위에 비해 크게 도드라져 보이지 않는 개량한

옥 한 채가 자리 잡고 있다. 바깥의 모양과는 달리 대문을 들어서면 제법 넓은 마당 한가운데 조성된 인공 연못이 보인다. 그 안에는 여러 마리의 비단잉어들이 우아하게 유영하고 있다. 연못 주위로는 표면에 이끼를 두른 현무암들이 고아한 자태를 뽐낸다. 통행로 바닥엔 희고 검은 조약돌들이 깔려 있다. 마당 이곳저곳에 여러 그루 식재된 향나무와 담벼락 옆 모과나무가 이 집의 고즈넉한 분위기와 한데 어우러져 있다.

부엌을 포함해 네 칸으로 나누어져 있는 안채는 건물 전체가 일본식 유리 미닫이문으로 둘러쳐져 있어서 쌀쌀한 날씨임에도 안쪽 마루 역시 생활공간으로 사용하기에 무리가 없어 보인다. 안채는 전부 김익현의 아들 영하가 사용하는 공간이다.

안채와 나란히 자리를 잡은 아래채엔 마루는 없고, 댓돌이 놓여 있는 방 두 칸과 창고 한 칸이 꾸며져 있다. 이 아래채 공간은 민규를 포함한 함안 댁 식구들이 살림집으로 쓰고 있다.

안채 마루 한복판에는 검은 재색의 석탄 난로가 놓여 있다. 난로 위에 놓인 주전자에서는 옅은 김이 모락모락 올라오고 있다.

함안 댁이 부엌에서 밥상을 들고 안채 마루로 들어서며 큰 소리로 민규를 부른다.

"민규야! 아침 묵자! 아부지 모시고 안채로 오너라!"

안채 마루에 밥상 두 개가 차려진다. 곧이어 민규와 민규 아범이 들어오고, 함안 댁이 작은 방문을 열고 들어가 늦잠에 취해 있는 영하를 깨운다.

"대럼! 인나소! 언능 인나소! 학교 늦겠다. 언능!"

마루 안 난로 옆에 차려진 밥상 두 개 중 하나에는 민규와 민규 아범이 자리하고, 다른 하나엔 잠을 험하게 잤는지 뻗친 머리를 산발한 채 잠이 덜 깬 영하가 앉는다. 민규 어멈은 영하 맞은편에 앉아서 두 손으로 밥상 위에 놓인 조기의 가시를 발라낸다. 김이 모락모락 나는 영하의 밥숟가락에 가시를 발라낸 조기 살을 손수 올려 주며 함안 댁이 묻는다.

"대럼. 숙제는 다 했능교? 어제 보이 민규는 밤늦게까지 붙잡고 있더마는……."

"어! 내는 벌씨로 다 했다. 유모 니도 밥 같이 묵자!"

잠이 덜 깬 표정으로 입안의 밥을 우물거리며 영하가 대답한다.

함안 댁은 쉴 새 없이 영하의 밥상 위에 놓인 반찬들을 영하가 먹기 좋게 정리한다. 젓가락으로 명란젓을 잘게 나누고, 깻잎장아찌를 손으로 한 장 한 장 떼어 내 그릇 가장자리에 가지런히 놓아준다. 중간중간 영하에게 식힌 숭늉이

   해동의 새벽

담긴 그릇을 내밀며 "자. 물도 잡숫고, 자!" 해가며 어린아이 밥 먹이듯 계속 시중을 든다.

"유모! 같이 묵자카이!"

"오데! 내는 나중에 묵을라요. 언능 잡숫고 학교 가소. 그라고 아랫것하고 겸상하는 거 아이요. 어르신 알모 난리 난다 카이!"

"아이다! 아부지가 유모하고 같이 밥 묵으도 된다 캤다! 민규하고 같이 묵으도 되고, 애비하고 같이 묵으도 된다 안 캤나!"

"오데! 그런 법도는 없소! 언능 잡숫고 낯 씻고 학교 가소. 그리고 민규야. 니는 언능 밥 묵고 대럼 세숫물 디리라!"

장가든 아랫사람을 어린 상전이 부를 때 서부 경상도 지방에선 '애비'라고 부르고, 마찬가지 결혼한 여자 아랫사람을 부를 땐 '어미'라고 부른다. 영하는 민규 아범을 '애비'라 부른다.

식사를 마친 민규가 영하를 위해 양동이에 더운 세숫물을 담아 수챗가에 가져다 놓고, 창고에서 오늘 도정할 분량의 벼 알곡을 자루에 담고 있는 민규 아범에게 다가서서 주뼛거리며 얘길 한다.

"아부지요…… 오늘 핵교에 와주시야겠십니더."

부지런히 몸을 움직이며 벼 알곡이 반쯤 담긴 포댓자루를 정리하던 민규 아범이 퉁명스레 묻는다.

"와? 니가 뭘 잘못한 기 있드나?"

"오데! 고마, 선생님이 아부지한테 하실 말씀이 있다꼬. 내한테는 이유를 말씀 안 하시고 아부지 좀 모시고 오라꼬……."

"암 때나 가모 되나? 시간은 상관없고?"

"예, 아부지……. 고마 암 때나 오시모 될 깁니더."

"알았다. 점슴 시간 지나서 찾아뵙겠다고 말씸 올리라!"

"예, 아부지……."

사실, 며칠 전부터 아버지를 모시고 오라는 민규 담임선생님의 이야기가 있었으나 민규는 오랫동안 이를 전하지 않고 혼자 뭉개고 있었다. 선생님의 계속되는 종용에 몇 날 며칠을 고민하다 결국 오늘에야 말을 꺼낸다.

무슨 이유에서인지 모르지만, 민규가 느끼기에 아버지는 민규의 학교와 관련된 모든 일에 마뜩잖아한다. 1학년 때, 받아쓰기를 만점 받고 그 시험지를 들이밀며 자랑을 할라치면, "불러주는 대로 못 받아 적는 기 이상한 기지……. 그거 잘 받아 적는 기 뭐가 대수라꼬…… 자랑할 기 그리 없드나!" 하며 핀잔을 주었고, 1등 성적표를 가져와 자랑스레 보여주면 "남들 쎄가 빠지게 일할 때 놀면서 공부하는데 1등

　　　　해동의 새벽

몬 하믄 그기 등신이지!"라고 하며 관심 없는 표정을 지어
왔다. 그 후로, 내심 학교와 관련된 일은 제 아비한테 말하
지 않는 게 상책이라 여기며 지내 왔는데, 며칠 전 담임선생
이 아버지를 모시고 오라고 시켰을 땐 그 말씀을 전하기가
죽기보다 싫었었다.

그런데, 큰맘 먹고 선생님의 학부모 호출을 전했을 때 아
버지가 아무런 불만 없이 '그리하겠다' 해주니 민규의 마음
이 한결 가벼워졌다.

서둘러 채비를 마친 영하와 민규가 총총걸음으로 집을 나
서 학교로 가고, 민규 어멈은 부엌 아궁이에 앉아 영하가 남
긴 밥과 반찬으로 아침 끼니를 때운다.

민규 어멈이 식사를 마치고 설거지 준비를 위해 그릇들을
큰 대야에 담아 수챗가로 가져가는데, 민규 아범이 다가와
묻는다.

"민규 엄마야! 니는 뭐 들은 거 없나?"

"뭣이요? 뭣을 말이요?"

"아니…… 민규 말이다. 와 백지 내를 학교에 오라꼬 부를
꼬?"

"그라게요. 월사금도 제때 잘 내고 있구마는…… 누하고
싸웃시까?"

고개를 연신 갸우뚱하는 민규 어멈을 내버려 두고, 민규

아범이 더 이상의 대답은 들으나 마나라는 듯이 무심하게
돌아선다.

대문 안쪽 벽에 세워 둔 자전거를 꺼내 마른걸레로 먼지를
닦고, 짐칸에 벼 알곡이 담긴 포대 자루를 싣는다.

"정미소 댕기올 끼구마! 점심 전에 올 끼다."

대문 문간에서 큰 소리로 행선지를 알리고 서둘러 나선
다. 골목을 지나 바깥쪽 큰 길가에 나오니 길가 작은 웅덩이
가장자리엔 얇은 살얼음이 얼어 있다. 12월 초순, 날이 차
다. 자전거 속도가 높아지자 손도 시리고 얼굴도 시리다.

민규 아범은, 갑산마을에 살 때 주위에서 그리도 배우라
고 성화를 부리던 자전거 타는 법을 아예 익힐 생각조차 하
지 않다가, 영하와 민규의 보통학교 취학을 위해 진주 시내
로 이사를 나오자마자 제일 먼저 자전거 타는 법을 익혔다.
워낙 몸의 균형감각이 좋은 데다가 담력이 센 편이라 남들
은 보통 사흘 정도 고생해야 배우는 자전거를 민규 아범은
한나절 만에 익혔다. 사람들 말이, 간이 크면 자전거도 쉽게
배우는 모양이란다.

집에서 자전거로 오 분 거리인 정미소에 도착해서 포대를
내리자 점원이 반갑게 맞는다.

"김 군수 댁에서 오싰구마! 서 말이요?"

　　　　　　　　　　　　　해동의 새벽

항상 벼 알곡 세 말씩을 찧어 먹는 걸 정미소에서 알고 있다. 조금씩 자주 쌀을 찧는 수고를 감수하면, 매번 쌀 맛이 다르다.

"예! 많이 기다리야 하능교?"

"아이고, 오늘은 쪼매 일이 밀렸구마! 댁이 가까운 데 계시니 점심 잡숫고 찾으러 오소. 미안쿠마!"

"미안키는…… 점심 묵고 오지요, 뭐."

정미소에서 나와 자전거에 오르자 갑자기 아침에 민규가 했던 말이 생각난다. 오전 반나절 계획이 틀어지자 문득 민규 담임선생이 자신을 학교로 부른 이유가 궁금해진다. 시간도 남고 궁금증이 커지자 아무 때나 와도 괜찮다는 민규의 말이 기억나면서 성미 급한 민규 아범이 곧바로 자전거를 제일공립보통학교가 있는 중안동 쪽으로 몰고 간다. 자전거를 탄 채로 열려 있는 큰 교문을 지나 운동장을 가로질러 교사(校舍) 정문 옆에 자전거를 세워 두고 교무실을 찾아간다. 수업 시간이라 교사 전체가 조용하다. 교무실 문을 살짝 열자 교무실 한쪽 구석에 자리를 잡고 있던 사환 아이가 다가와 무슨 일로 찾아왔는지 묻고, 이민규 학생의 담임을 찾아온 민규 아비라고 하자 사환이 다시 묻는다.

"몇 학년 몇 반인지 아시는교?"

"모리요."

"그라모 찾기 힘든데…… 여게 학생이 많아가꼬예…….”

이때 창가에 앉아 책을 읽고 있던 다른 선생이 민규 아범을 향해 묻는다.

"김영하 친구 이민규요?”

"예, 맞심더. 친구는 아이고, 영하 대럼을 모시고 지내지요!”

엉거주춤 선 채로 당황하고 있던 민규 아범이 누군가가 민규를 알은체하자 마치 반가운 친척이라도 만난 듯 반색한다. 곧이어 그 선생이 사환에게 3학년 1반이라고 알려 주며, 선생님을 모시고 오라고 시킨다. 민규 아범에겐 담임선생 자리 옆에 간이의자를 내어주며 자리를 권한다.

"민규 아버님은 좋으시겠습니다. 민규가 워낙 공부를 잘해서요. 여기 앉으셔서 조금만 기다리십시오. 바로 요 앞이 민규가 공부하는 교실이라 선생님이 금세 오실 겁니다.”

제아무리 가진 재산이 많고 사회적 지위가 높은 사람이라도 대개 자식의 선생 앞에서는 기를 펴지 못한다. 민규 아범도 교무실의 분위기에 압도가 됐는지, 평소보다 공손한 몸가짐으로 두 손을 무릎 위에 올려두고 어깨를 좁힌 채 민규의 담임선생을 기다린다.

잠시 뒤 미닫이문이 열리고, 30대 초반으로 보이는 민규의 담임선생이 교무실로 들어선다. 그가 민규 아범을 보자 미소를 띠고 인사를 한다.

      해동의 새벽

"안녕하십니까, 민규 아버님! 저는 민규 군의 3학년 1반 담임을 맡고 있는 구현모라고 합니다."

"아이고! 예…… 저는, 예…… 민규 아비 됩니다! 예, 예……."

벌떡 일어선 민규 아범이 연신 고개와 허리를 숙이며 몸 둘 바 모른다. 무슨 말을 해야 할지도 모르는 듯 연신 '예', '예'만 반복한다.

"참 든든하고 바른 자식을 두셨습니다. 민규는 학교생활도 아주 잘하고, 성적도 훌륭하고, 교우관계도 누구보다 좋습니다. 보기가 드문 모범생이랍니다. 일단 앉으시죠!"

"아이고, 이거 다 선생님이 잘 갈챠 주시가꼬 그런 기 아이겠십니꺼! 고맙십니더. 예, 예…… 고맙십니더."

마주 앉은 자리에서 연신 허리를 숙여 가며 어쩔 줄 몰라 하는 민규 아범을 바라보는 담임선생이 자신도 함께 자세를 낮춰가며 부드러운 미소로 민규 아범을 대한다.

"아버님. 제가 아버님을 이렇게 오시라고 한 건 다름이 아니고…… 민규한테 혹시 들으셨나 모르겠네요. 민규가 시험을 두 번을 쳤습니다."

"그 아는 학교에서 있었던 일로 집에 와서는 말이 없십니더. 뭘 잘못했기로 시험을 두 번씩이나…… 집에서는 누구 애를 믹이는 아가 아입니더."

"아니요…… 민규가 뭘 잘못해서 시험을 두 번 본 게 아니고요, 잠시만요."

담임선생이 잠시 말을 멈추고 책상 서랍을 열어 그 가운데 시험지 두 묶음을 꺼낸다. 그리고 꺼낸 시험지 묶음들을 책상 위에 펼쳐 놓고 민규 아범에게 설명을 시작한다.

"이 시험지들이 3학년 학생들이 이번에 치른 시험지들인데요. 여기 이것들 좀 보십시오, 여기……."

"아이고, 선생님요…… 제가 까막눈입니더. 이래 봐가꼬는 무신 말씀을 하시는지 제가 모립니더!"

책상 위에 펼쳐 놓은 3학년 시험지들을 보여주며 설명하려던 선생의 말을 민규 아범이 가로막고 마치 불에 덴 사람처럼 정색을 한다. 창피함과 민망함, 자존심 등의 복잡한 심경이 함께 작용하며 자신도 모르게 목소리와 동작이 커졌던 것이다.

"아이고! 선생님요. 제가 죄송합니더. 고마 말씀만 해주시모 좋겠십니더. 괜히 목소리를 크게 해서…… 예, 예…… 죄송합니더, 예."

자신의 실례를 금방 자각했는지 다시금 연신 고개를 숙이며 미안함을 표현한다. 이에 담임선생이 편안한 미소와 함께 조곤조곤 설명을 시작한다.

"예, 아버님. 민규가 3학년 시험을 봤는데요, 전 과목을 만 점 받았습니다. 지난번 중간고사 때에도 시험 점수가 만 점이었는데요, 이렇게 연속으로 전 과목 만점자가 나오는 게 드문 일이라……."

선생님의 설명을 들으며 민규 아범의 얼굴엔 서서히 화색이 돈다.

"아이고! 이기 모두 선생님이 잘 갈챠 조가 그런 기 아입니꺼……. 고맙십니더!

아무리 자식에게 무심한 사람이라도 스승으로부터의 칭찬이 계속되면 어깨가 으쓱하기 마련이다. 민규의 사람됨과 진득함은 아비인 자신이 판단해도 흠잡을 데가 없기에 당연하다 치더라도, 보기 드문 학교 성적까지 냈다고 담임선생이 칭찬하니 기분이 우쭐해지지 않을 수가 없다.

"네…… 아버님 그런데 이게 다가 아닙니다. 여기 이 시험지가 4학년 시험지인데요, 이 문제들을 민규에게 줘서 시험을 봤더니 글쎄 수학 한 과목만 제외하고는 또 모조리 만점을 받았지 뭡니까. 수학은 배우지 않으면 못 푸는 문제가 적어도 세 문제가 있었는데 두 문제는 3학년 때 배운 지식을 대입해서 결국 풀어냈고요. 결국, 한 문제만 답을 못 썼더군요. 이 결과를 교장 선생님께도 알렸고 또 경남도청 학무과에도 알렸습니다. 그런 결과 민규 군을 내년에는 4학년 과정을 건너뛰어 5학년으로 월반을 시키자는 결론이 나왔다는

말씀과 함께 도지사님이 주시는 장학금 수령 대상자가 됐다
는 사실을 말씀드리고자 이렇게 아버님을 오시라고 했던 겁
니다.”

담임선생의 설명을 들으며 얼굴이 환해진 민규 아범이 함
박웃음까지 지으며 허리를 연신 숙인다.

계속해서 ‘고맙습니다’를 반복하던 민규 아범이 갑자기 뭔
가 중요한 질문이 생각이 난 듯 표정과 자세를 바로잡고 담
임선생에게 묻는다.

“그라모, 우리 민규는 내년에는 같은 학년 동무들하고 떨
어지가꼬 5학년으로 간다는 말씀이지요?”

“예, 민규 아버님.”

“그라모 우리 영하 대럼은요?”

“예?”

선생님이 의외의 질문에 당황한 듯 외마디로 되묻는다.

“우리 김영하 대럼은요. 민규하고 같은 반이라 카더마
는…… 아입니꺼?”

“아! 예…… 김영하 학생도 3학년 1반 저희 반 학생 맞습
니다.”

“우리 영하 대럼도 5학년으로 올라갑니꺼?”

“아…… 음…… 김영하 학생도 우수한 학생이지만 이민규
하고는 차이가 큽니다. 이민규를 따라가기엔 많이 부족한

　　　　　　　　　　　　　　해동의 새벽

게 사실입니다.”

“…….”

담임선생님의 말이 끝나자 한동안 반응이 없던 민규 아범이 갑자기 자리에서 벌떡 일어나 교무실 문을 박차고 복도로 나간다. 좌우를 둘러보더니 교무실 옆 현관 건너편에 붙은 〈3-1〉 팻말을 보고 성큼성큼 걸어간다. 교실 앞 교사 출입문을 세차게 열고, 교실을 둘러보는 민규 아범의 모습에 중간쯤 앉아 있던 영하와 영하의 대각선 뒤쪽에 앉아 있던 민규가 반가움 반 놀라움 반으로 동시에 자리에서 일어선다. 민규를 발견하자 민규 앞으로 성큼 다가선 민규 아범이 민규의 뒷덜미를 잡아채 교실 밖으로 끌고 나간다. 책상과 의자가 요란한 소리를 내며 넘어지고, 맥없이 끌려 나가는 민규를 따라서 담임선생과 영하가 달려 나간다. 민규 아범이 이들의 추격에 아랑곳하지 않고 담임선생에게 큰 소리로 외친다.

“우리 민규 학교 막실했소! 인자부터 학교 안 보낼 테니 그리 아소!”

민규 아범의 불같은 노기와 천둥소리 같은 외침에 영하도, 담임선생도 그 자리에 선 채, 마치 얼어붙어 버린 듯 몸을 움직이지 않는다. 뒷덜미를 붙잡혀 끌려가는 민규도 처음엔 팔다리를 버둥거리다가 제풀에 지쳐 민규 아범의 걸음에 맞춰 끌려가듯 걷는다.

교사 입구에 세워 둔 자전거도 그대로 둔 채, 한달음 잰걸음으로 대안정 집에 도착한 민규 아범은 대문을 들어서자마자 민규를 아래채 창고에 밀어 넣는다. 두리번 몽둥이를 찾아 들고 자신도 창고 안으로 들어가 문을 걸어 잠근 후 민규에게 사정없는 매타작을 시작한다.

마당 안 수챗가를 정리하다가 눈앞에서 순식간에 벌어진 사태에 어리둥절했던 함안 댁이 창고 앞으로 가서 잠긴 문을 흔들어 열어 본다. 문이 열리지 않자 문을 두드리며 민규 아범을 부른다.

"민규 아바이요! 무신 일인교?"

대답은 없고, 창고 안에서 둔탁한 매질 소리와 민규의 신음만 들려온다. 매를 맞으면서도 비명을 지르거나 울부짖는 걸 죽기보다 싫어하는 민규는 어금니를 앙다물고 아비의 매를 온몸으로 받아낸다. 창고 안에서의 사태를 짐작한 함안 댁이 세차게 문을 두드리며 민규 아범을 향해 크게 소리친다.

"인간아! 또 시작이가? 또 내 새끼를 죽이는구마! 문 열어라! 어여 문 열어라!"

안에서는 계속해서 고통을 참아내는 민규의 신음과 몽둥이가 몸에 맞으면서 내는 둔탁한 소리가 흘러나오고, 얼마

　　　　　　　　　　　　　　　　해동의 새벽

지나지 않아 '딱' 소리와 함께 민규의 비명이 들린다. 필시 뼈가 부러지는 소리일 테다. 민규의 자지러지는 비명에 함안 댁의 간이 떨어지고, 이내 주저앉아 소리를 지른다.

"인간아! 고마해라! 얼라 쥑인다! 아이고 내 새끼 오늘 맞아 죽는구마!"

주저앉아 울부짖던 민규 어멈이 뭔가 생각이 난 듯 아래채 뒤꼍으로 달려가 장작 패는 데 쓰는 도끼를 가져와 창고 문을 부수려 용을 쓴다. 안에서는 민규의 고통스러운 비명이 계속해서 터져 나온다.

민규가 비명을 지르자 아무 말 없이 매타작하던 민규 아범이 이제는 때리면서 소리치기 시작한다!

"이런 배은망덕한 놈은 죽이야 되는 기라! 은혜도 모르고 상전을 이겨 무글라고 지랄하는 이런 나쁜 놈은 아조 빙신을 만들어야 하는 기라! 내가 오늘 이놈 다리 몽뎅이를 마…… 마, 뿌사뿌릴 기고마! 이런 배은망덕한 놈! 니가 누구 덕에 안 굶어 죽고, 뜨신 밥 묵고, 뜨신 방에서 자는데. 상전도 몰라보고 지랄로 하고. 이런 나쁜 놈! 니 놈 때문에 여러 사람 팔자를 조지게 생겼구마! 천지사방 분간 못 하는 이런 놈은 쥑이야 되는 기라!"

안에서 비명을 지르며 매를 맞는 민규도 목이 쉬어가고, 문밖에서 어설픈 도끼질로 문을 부수려 용을 쓰며 소리 지르는 함안 댁의 목도 쉬어 버렸다. 때리던 민규 아범이 지쳤는지 잠시 매질을 멈추고 호흡을 가다듬는 찰나, 대문 문간 쪽에서 범 같은 호통 소리가 들려온다.

"호길이, 네 이놈! 이게 무슨 짓인가!"

화들짝 놀란 함안 댁이 도낏자루를 든 채 뒤를 돌아보니 안마당에 김익현·민지영 부부와 소희, 그리고 지난 가을걷이 때 갑산마을을 찾아와 김익현의 식솔이 된 성열이 놀란 눈을 뜨고 이 사태를 지켜보고 서 있다.

제 상전의 목소리를 알아듣고는 얼른 민규 아범이 창고 문을 열고 나온다. 이어서 머리가 터지고 눈 밑 광대가 찢어지고 시커멓게 정강이가 부풀어 있는 민규가 창고 문지방을 넘어 엉금엉금 기어 나온다. 민규의 온몸은 이미 피투성이다. 김익현이 깜짝 놀라 민규 앞으로 달려가 쪼그려 앉으며 윤성열에게 소리친다.

"성열아! 민규를 어서 내 등에 업혀라!"

성열이 자신도 쪼그려 앉으며 대답한다.

"아입니더 어르신! 제가 업겠십니더!"

"아니다. 어서 내게 업혀라 얼른!"

윤성열의 부축을 받고 김익현의 등에 업힌 민규의 몰골은 사람의 꼴이 아니다. 머리에선 계속해서 피가 흐르고, 부러진 듯한 정강이는 덜렁거리며 흔들리고 있다. 민규를 둘러

     해동의 새벽

업은 김익현이 대문을 지나 황급히 달려 나가고, 함안 댁과 소희, 윤성열, 민지영이 그들의 뒤를 따른다. 마당에 홀로 남은 민규 아범은 넋을 놓고 몽둥이를 한 손에 든 채 하늘을 올려다본다.

"이 노무 자슥은 누굴 닮아가꼬, 이런 헛똑똑이! 제발 좀 미련하게 살그라! 그래야 사는 기라! 천한 것들은 그래야 살 수 있는 기라!"

서늘한 바람이 민규 아범 이호길의 앞섶을 헤집고 들어온다. 찢길 듯이 시리고 아픈 가슴을 주먹으로 쳐댄다. 치솟는 서글픔을 견디지 못한 그가 자신이 입고 있던 저고리 앞섶을 찢어발긴다. 고개를 젖히고 하늘을 바라보는 이호길의 눈시울이 붉어지고, 이내 뜨거운 눈물이 하염없이 흐른다. 잿빛 하늘, 굵은 눈송이들이 칼바람에 흩날리기 시작한다.

시안에 드리워진 먹구름

중국 산시성(陝西省) 시안(西安).

황토색 먼지를 온통 뒤집어쓴 군용트럭 수십 대가 위수(渭水)를 건너 대명궁(大明宮) 옆을 지나 시안 시내 한복판을 가로질러 지나간다. 청천백일기 깃발을 단 이 차량 행렬은 이틀 전 뤄양에서 출발한 국민당군 경호여단 소속 작전 차들이다. 차량 행렬 후미 쪽 한 미제 지프 차량에 민상국이 타고 있다. 그는 중앙군 사령부 정보과 소속이지만 별도의 임무 수행을 위해 경호부대와 함께 이동 중이다.

트럭 적재함 간이의자에 앉아 긴 여정을 버틴 병사들은 험난한 길을 굽이굽이 돌아 밤낮없이 이동하느라 많이 지쳐 있는 상태이다. 대부분 병사는 러시아산 모신나강 소총 개머리판을 차량 바닥에 받치고, 총구 쪽을 두 손으로 붙잡은 상태로 자신의 손등에 머리를 기댄 채 쪽잠을 잔다. 나이 든 몇몇 병사는 아예 옆에 앉은 동료의 어깨에 기댄 채 코까지 골아가며 깊은 잠을 자기도 한다.

요란한 소리를 내며 지나가는 긴 차량 행렬에 이곳 주민들은 큰 관심을 두지 않는다. 시안에서 이 정도 규모의 병력 이동은 대수가 아니다. 몇몇 아이들만 무리를 지어 아무 이유 없이 차량 행렬을 따라 달려가 본다. 이내 지쳐 멈추고, 약속이나 한 듯 일제히 허리를 숙이고 무릎을 짚은 채 가쁜 숨을 헐떡인다.

국민당군 총사령관 장개석이 이곳 시안을 방문하기로 마음을 먹은 날이, 앞으로 있을 위문 행사를 불과 사흘 남겨둔 12월 1일이었다. 그의 방문 결정이 있자마자 천여 명의 사

   해동의 새벽

령부 경호여단 선발대가 먼저 출발을 했고, 지금 막 그 선발대가 도착한 것이다.

내일이면 장개석 사령관이 항공편으로 이곳 시안을 방문할 예정이다. 경호부대가 경호 준비를 하는 데에 하루라는 시간은 이례적이다. 정상적인 절차라면 사령관의 방문 예정일 최소 열흘 전에는 목적지에 미리 도착하여 방문 예정 시설 등의 경호병력 배치와 경호 대상자의 동선을 숙지한 작전 예행연습도 해야 한다. 그러나 이번 방문은 즉흥적으로 내린 결정이었고, 도착 예정일을 불과 사흘 앞두고 통보를 받은 데다가 방문 예정지 역시 도로 기준 300km가 넘게 떨어진 곳이라 이동시간까지 고려하면 경호 준비를 하는 데 불과 20여 시간밖에 여유가 없는 상황이다. 이번 일정의 경호 업무에는 이례적으로 정보장교 민상국도 참여하기로 되어 있다.

트럭 행렬 후미 쪽에서 달리던 민상국의 지프 차량이 시가지를 벗어난 지 얼마 지나지 않아 긴 대열에서 이탈하여 작은 샛길을 통해 들판 한가운데 위치한 작은 마을로 향한다. 운전석에 앉아 운전대를 잡은 사람은 사병이 아닌 중위, 장군(張群)이다. 2년 전, 이곳 시안에서 있었던 장학량 직계 제31연대 연대장 차준 대령을 간첩죄로 현장에서 사살했던 작전에서 민상국과 함께 활약했던, 그 초급 장교이다.

이들이 도착한 마을은 사방이 트여 있어 이들을 따르는 차량이나 사람이 있는지를 쉽게 인지할 수 있다. 마을 어귀에 있는 제법 큰 규모의 흙담집 대문을 통해 이 두 사람이 탄 지프가 들어가고, 마당 한구석에 차량을 세우자 이 집에 사는 사람인 듯한 장정 두 명이 나와 큰 천으로 만든 차량 덮개를 이용해 지프 차량을 엄폐한다.

두 사람이 차량에서 내려 집 안으로 들어가 민간인 복장으로 갈아입은 후, 미리 준비되어 있던 검은색 포드 승용차를 타고 다시 흙담집을 나와 지금까지 달려왔던 시안 시가지 방향으로 차를 돌려 달린다.

운전대를 잡은 장군 중위가 민상국에게 묻는다.

"저희 출장 보고서에 귀대 날짜를 미정이라고 적어 두라고 하셨는데, 장개석 사령관님의 뤄양 복귀도 미정인 겁니까?"

"글쎄…… 7일 후 난징에서 중요한 일정이 있으시니 뤄양엔 그 전에 돌아가시지 않겠나 싶다. 사령관님 일정은 그렇다 치더라도 자네와 나는 별도 지시가 있을 때까지 계속해서 이곳 시안에 머물러 있어야 할 거야."

"왕 참령님께서는 오시는 내내 안 주무신 것 같은데 졸리지 않으십니까? 저는 운전 교대를 해주셨을 때 눈을 조금 붙였습니다만 말입니다."

                                        해동의 새벽

"아닐세, 나도 눈을 잠시 붙였었네. 이번 작전은 자네가 고생이 많은 작전이 될 것 같군. 우리 단둘이서 몇 날 며칠을 지내야 하니 이것저것 내 뒤치다꺼리 때문에 자네가 매우 힘들 걸세."

"저는 왕 참령님과 같이 지내는 일이 영광입니다. 거짓말 아닙니다."

"허허. 고맙네. 그리 생각해 준다니…….."

설사 빈말뿐일지라도, 또 빈말인 걸 알고 있더라도, 아랫사람의 '영광입니다'처럼 윗사람을 기분 좋게 하는 말이 없다. 게다가 민상국이 느끼기에는 장군 중위의 이 말은 거짓말이 아닌 듯하다. 3년 가까이 알고 지내면서 여러 건의 특수 임무를 함께 해왔는데, 장군 중위만큼 호흡이 잘 맞는 작전 파트너는 드물었다. 비록 나이와 계급의 차이는 크게 나는 편이지만 민상국은 장군 중위를 매사 존중해 주었고, 장군 역시도 민상국에게 충심을 다하였다.

이들이 탄 차량이 시안 공항에 도착하고, 공항 경호를 책임지기로 한 제1 경호여단 소속 중대장 류지원 상위(대위)를 찾는다. 청사 정문에서 보초를 서고 있는 병사에게 암구호를 대고 묻는다.

"특무대 왕싱하오 상교다. 류지원 상위는 어디 있나?"

조금 전 뤄양에서 함께 출발했던 일행임을 암구호를 통해 알아챈 병사가 경례를 붙인 후 대답한다.

"동북군 책임자로부터 대공화기 지휘권을 인수·인계받으러 반대편 활주로 쪽으로 가셨습니다."

"알았다! 활주로 안으로 우리 차량이 들어갈 수 있게 장애물을 치우도록!"

"예! 알겠습니다!"

정문 보초병이 측면 경비병에게 지시하고 측면 경비병이 해당 사병에게 활주로 진입로로 달려가 바리케이드를 치우게 한다. 바리케이드 옆을 지키고 있던 같은 부대 소속 병사들이 일사불란하게 움직인다. 운전을 맡은 장 중위가 민상국에게 의견을 말한다.

"생각보다 빠르고 정확하게 훈련이 된 것 같습니다."

"그래 보이는구먼!"

이들이 대공화기 진지 앞에 도착하자 경호여단 소속 장교와 장학량의 서북초비사령부 소속 동북군 장교가 이들을 맞이한다.

"안녕하십니까? 류지원 상위입니다."

"난 특무대 왕싱하오 상교다. 반갑다!"

"저는 서북초비사령부 보병연대 주자원 상위입니다."

"반갑다, 주 상위! 서북초비사령부는 보병연대에서 대공포도 직접 운용하는가?"

"예! 우리 사단에서는 그렇게 편제되어 있습니다!"

서북초비사령부는 장학량이 데려온 10만 명의 군사와 10년 전부터 시안 일대를 장악하고 있던 이 지역 군벌 양호성(楊虎城)의 4만 군사를 한데 묶어 옌안의 공산군 토벌을 위해 만든 사령부다. 같은 사령부 소속이라지만 군복과 군장 등은 장학량과 양호성 부대가 각각 다르다. 지금까지 시안 공항의 상시 경비를 맡은 부대는 장학량의 휘하에 있는 동북군이었는데, 이번 장제스 사령관의 시안 방문에 앞서 공항 인근의 모든 경비 권한을 동북군에서 국민당군 제1 경호여단으로 옮기기 위해 인수인계를 하는 중이다. 같은 편이지만 언제 어떻게 배반을 할지도 모르는 군벌들끼리의 연합체 안에서 장개석 사령관의 안전 문제는 국민당군 직계 사령부에서 직접 챙기는 것은 당연하다. 민상국이 동북군 중대장에게 지시한다.

"주 상위! 공항 인근과 시안 전체 대공포와 아군 참호가 표시된 작전지도가 있지? 그걸 좀 가져오게!"

주 상위가 자신의 군용 지프에서 시안 공항 인근의 지형과 지물을 기록한 작전지도를 가져와 민상국의 차량 보닛 위에 펼친다. 모두 지도의 주위로 모인다. 지도를 한 눈에 훑어본 민상국이 동북군 상위에게 묻는다.

"여기 이 표시가 대공화기 표시들인가? 그리고 이것들은 전차들 같은데, 여기, 여기, 이것들은 참호 같고. 맞나?”

“예 맞습니다!”

동북군 상위가 대답하고, 다시 민상국이 100여 m 떨어진 작은 격납고에 서 있는 쌍엽기를 가리키며 묻는다.

“저기 보이는 항공기는 브레게 19 같은데…… 맞나?”

“예! 맞습니다.”

“조종사를 즉시 불러라. 30분간 정찰비행을 해야겠다. 이륙에 별도의 승인이 필요한가?”

“아닙니다. 저에게 이륙 승인권이 있습니다. 즉시 조종사를 부르겠습니다.”

동북군 상위가 자신의 부하 장병에게 지시하고, 부하 장병이 지프를 몰고 공항 건물 쪽으로 달려간다. 지도를 손으로 말아 쥔 민상국이 일행들과 함께 작은 격납고 쪽으로 걸어간다. 브레게 19 전투폭격기는 프랑스 엔지니어인 샤를 브레게가 설계한 항공기다. 전 세계 여러 나라의 공군에서 30년 넘게 사용했을 정도로 내구성이 좋은 항공기다. 곧이어 항공기 조종사가 도착하고, 민상국은 나머지 장병들에게 하던 일을 계속하라고 지시한 후, 조종사와 단둘이 항공기를 타고 공항 주변 정찰을 위해 이륙한다.

민상국을 태운 항공기가 시안 공항 주변 지역을 정찰하

     해동의 새벽

고, 곧이어 민상국의 지시로 시안 도시 외곽지역을 저공으로 비행한다. 20여 분의 정찰비행을 하던 중 민상국이 조종사에게 묻는다.

"화청지는 어디에 있는가?"

조종사가 되묻는다. 요란한 프로펠러 소리에 소통이 쉽지 않다.

"화청지 온천각 말씀입니까?"

"그렇다! 어느 쪽인가?"

"현재 비행 방향에서 9시 방향 작은 야산이 보이실 겁니다. 그 중턱에 있습니다."

"그쪽 주위를 저공, 저속으로 정찰한다."

"예! 알겠습니다."

민상국을 태운 항공기가 화청지(華淸池) 방향으로 선회하고, 곧이어 비행 고도를 낮춘다. 저고도 비행을 하며 그곳으로 다가가자 요란한 비행기 소리에 건물 이곳저곳에서 마치 개미 떼가 땅속에서 기어 나오듯 총기를 든 군인들이 바깥으로 쏟아져 나온다. 대공 참호로 보이는 벙커 이곳저곳에서도 병사들이 바깥으로 나와 하늘을 올려다본다. 날개에 선명하게 표시된 청천백일 문양을 보고 아군 정찰기임을 알아채고는 다시 각자의 건물 안으로 들어간다. 항공기가 야산을 넘어 다시 고도를 높인다.

"왕 상교님! 귀환합니까?"

"아니다! 화청지 주위를 두 번 더 정찰한다. 최저로 고도를 낮춰 비행해 주기 바란다."

"고도를 가능한 만큼 낮추라는 말씀입니까?"

"그렇다!"

"괜찮으시겠습니까?"

조종사의 질문 의도를 민상국은 알고 있다. 가끔 항공기 조종사들은 장난삼아 각종 곡예비행을 하는데, 이때 조종간을 잡지 않은 승무원은 저공의 곡예비행 때 극도의 공포를 느끼는 경우가 많다.

"나는 괜찮으니 고도를 낮춰라! 지상의 개미 한 마리도 놓치지 않게 말이다!"

민상국의 명령이 있자, 마치 롤러코스터를 강하시키듯 조종사가 비행기 고도를 급격히 낮춰 화청지 주변 임시 초소 위를 스치듯 지나간다. 초소와 그 주위에 머물던 병사들이 비행기 소음과 바람에 놀란 듯 바깥으로 뛰쳐나와 고래고래 소리를 지르고 욕설을 퍼붓는다. 여러 차례 저공비행으로 주변 지형지물을 유심히 살핀 민상국이 시안 공항으로 귀환을 명령하고, 곧이어 항공기는 시안 공항 활주로에 착륙한다. 격납고 근처에서 민상국을 기다리던 장군 중위와 함께 공항 건물로 돌아와서는 공항 경호와 방어 작전을 위한 모든 시설과 지점을 경호여단에서 인수하고 장악하였는지 다시 한번 지도를 펼쳐놓고 확인을 한 후 시안 시가지 안으로 들어간다. 시가지로 들어가는 차량 안에서 장군 중위가 민상국에게 묻는다.

"정찰비행은 어떠셨습니까? 어떤 시설에 대한 정찰이었습니까?"

"내일 사령관께서 공항 활주로에 착륙하실 때 위협이 될 시설이 있는지와 주변에 상시 병력 배치가 어떻게 되어 있는지 그걸 알아야 한다. 물론 경호여단 여단장께서 내일 오전에 알아서 점검하시겠지만 나는 나대로 맡은 임무가 있으니 직접 확인할 건 해야지! 이번 사령관님의 시안 방문 일정을 마치고 나면 내가 자네에게 이번 사전 점검 과정과 앞으로 있을 각종 정보 수집 작전에 대해서 바둑 복기하듯 자세히 알려 주겠다. 그리고 공항 주변과 대공화기는 모두 우리 쪽에서 관리하기로 했고, 그 지휘는 임시로 내가 맡기로 했다."

"예! 알겠습니다. 그리고… 감사합니다, 상교님!"

여러 차례의 작전을 함께하며 장군이 민상국에게 매번 느끼는 것은 크나큰 경외심이었다. 큰 줄기의 작전계획 수립과 세부 작전을 수행하는 과정에서 예상치 못했던 변수가 생겼을 때, 그는 마치 미리 알고 있었다는 듯 문제의 해결에도 완벽한 순발력을 발휘해 왔었다. 그런 민상국을 볼 때마다 장군 중위는 민상국의 비범함에 감탄했던 적이 한두 번이 아니었다.

이번 일은 제법 큰 규모의 복잡한 임무 수행이기에 배울 점이 꽤 많은 작전이다. 작전 완료 후 바둑을 복기하듯 민상국으로부터 기술을 전수할 생각을 하니 그 기대에 가슴이 부풀어 오른다.

정보장교의 업무는 그 업무영역의 은밀함과 비상(非常)함 때문에 세분된 교육자료나 업무 지침 교본이 없는 경우가 많다. 따라서, 훌륭한 정보장교의 양성은 결국 선배 요원으로부터 받는 도제(徒弟)식 전수 교육에 의지할 수밖에 없는데 국민당 사령부 정보과 내에서 사수(師授)로서의 민상국의 인기는 초급 장교들 사이에서 상당하다.

이들의 다음 행선지는 시안대학이다. 대학 정문에서 약 1km 떨어진 한적한 주택가에 차를 세우고 두 사람이 학교 정문으로 걸어간다. 학생들로 북적이는 시안대학 정문 앞에서 주위를 살핀 민상국이 장군 중위에게 진지한 표정으로 지시한다.

"지금부터 두 시간 뒤에 우리가 차량을 세워둔 곳에서 만나기로 한다! 자네는 학교 내부 이곳저곳을 돌아다니며 이

학교 학생들이나 젊은 친구들이 내일 있을 장개석 사령관의 시안 방문계획을 알고 있는지, 알고 있다면 어느 수준까지 풍문이 퍼져 있는지 확인을 해야 한다. 나는 학교 교정 바깥의 상점들이나 하숙촌, 작은 사무실들을 돌아다니며 일반인들의 동향을 살펴보겠다.”

“제가 무엇을 가장 중요하게 염두에 두고 동향을 살펴야 합니까?”

“가장 중요한 건, 이 지역 전체의 치안유지까지도 책임을 지고 있는 장학량과 양호성의 속셈이야. 이들이 진정 공산군과의 전쟁 의지가 있는지, 또 개인적으로 모택동과의 협력을 원하는지를 반드시 확인해야 하네. 어제 장학량이 장개석 사령관에게 강조했던 가장 큰 부분은 국민이, 산시성 주민이, 시안 시민이 홍군과의 전쟁을 멈추길 바란다는 것이고, 그다음은 홍군과 힘을 합쳐 일본을 무력으로 몰아내자는 것인데, 정말 그 부분이 민중의 바람인 것인지 아니면 장학량의 개인적 바람을 민중을 선동해서 이루려고 하는 것인지 확인을 해봐야 하네. 지금 장학량은 5년 전에 빼앗긴 동북 3성, 만주국을 되찾고 싶어서 안달이야. 그런 자기 욕심을 민중 선동을 통해서 이루려고 하는 건 아닌지, 만약 그렇다면 우리 국민당 정부는 일본보다, 공산군보다 더 위험한 적을 내부에 두고 있는 셈이 되는 거야. 만약 장학량의 속셈이 그렇다면 그건 바로 자기 잇속을 위해 중국군 전체를 위험에 빠뜨리는 이적 행위가 아니겠나?”

“상교님 말씀은 학생들의 배후에 장학량이 있는지, 장학량이 선동을 하는 건 아닌지 그 부분을 집중적으로 보라는 말씀인 겁니까?”

“정확히 봤다. 장개석 사령관의 시안 방문은 도착 때까지는 기밀 사안이다. 그런데 학생운동가와 시민 선동가들이 미리 방문 사실을 알고 있다는 건, 내부에서 이들을 조종하고 있다는 신호인 거야. 내 말 잘 새겨듣고 교정 이곳저곳을 주의 깊게 돌아보게.”

장군에게 몇 가지 주안점에 대한 당부를 마친 민상국은 학교 정문 건너편에 있는 큰 서점을 발견하고 그 안으로 들어간다. 장군은 그 길로 학교 정문을 통해 교정 맨 안쪽 건물부터 둘러볼 심산으로 부지런히 걸음을 재촉한다.

민상국과 장군 두 사람은 각자 맡은 구역에서 두 시간 가까이 시안의 학원가 일대에서 학생들과 시민활동가들의 동향을 살핀다.

그로부터 약 세 시간 뒤, 교외 민가로 돌아온 민상국은 뤄양의 장개석에게 짧은 전보를 보낸다.

‘명일(내일) 방문계획의 전면 수정을 건의함. 심각한 위험

                     해동의 새벽

을 감지하였음.'

김익현의 귀경(歸京)

경성(京城) 계동.

　조선총독부와 동쪽의 창덕궁 사이 고즈넉한 주택가 계동의 골목 안쪽에 제법 큰 규모의 신식 한옥이 대문을 활짝 열어 두고 보수공사를 하고 있다.

　마당에는 황토와 모래, 큼직한 돌덩이들이 쌓여 있다. 마당 안에선 민규 아범과 윤성열, 그리고 대여섯 명의 장정들이 안채와 사랑채, 행랑채 방문을 수시로 드나들며 방고래[16]에 쓰였음 직한 편평한 모양의 돌덩이들을 들어내 검댕을 닦아 내고 다시 집어넣는다.

　이 집은 얼마 전 만주 일대와 동경, 오사카 등지를 돌아보고 나서 마음을 새로 다잡은 김익현이 본격적으로 경성 생활을 시작하기 위해 마련한 그의 별저(別邸)이다.

　갑산마을의 식솔들은 그대로 둔 채, 김익현 자신만 윤성열을 데리고 당분간 단출한 경성 생활을 하기로 했으나, 찾아오는 손님들을 맞이하기에 넉넉한 크기의 집이 있어야 했기에 마당을 빙 둘러 열두 칸의 방과 광, 그리고 부엌을 품고 있는 제법 규모가 있는 신식 한옥을 구입했다. 약 20년 전, 민지영과 혼례를 치르고 중국 난징(南京) 유학을 위해 경성을 떠났던 김익현에게는 이번의 이 주택 구매가 20년 만의 귀경이라고 할 수 있다.

경성 한가운데를 동서로 가로지르는 청계천을 기점으로 남쪽 지역은 '남촌'이라고 불리는 일본인들이 주로 거주하고 생활하는 지역으로 서서히 변모하였고 '북촌'이라고 일컬어지는 종로 북쪽 지역에는 신식 한옥들이 들어서면서 조선인 지주들과 사업가들이 모여 사는 마을이 형성되었다.

모래와 자갈을 가득 실은 손수레가 한 차례 들어왔다가 나가고, 열린 대문 앞에서 안쪽을 기웃거리던 사내 한 명이 마당으로 성큼 들어서며 큰 소리로 너스레를 떤다.

"아따! 징하요들. 이 댁은 엄동설한에 구들장을 다 엎어부는구먼! 솔찬이 고생이것소!"

사내의 말에 민규 아범이 흙손을 손에든 채 하던 일을 잠시 멈추고 허리를 펴며 묻는다.

"뉘요? 우짠 일로 왔능교?"

"아따! 말씨를 들어본께 그짝은 경상도서 오셨구마잉! 나는 쩌짝 목포상선 사장님 댁 행랑애비요. 최판돌이라고 하는디 그냥 최 서방이라고 부르씨오!"

　　　　　　　　　　　해동의 새벽

“내는 진주서 온 이호길이라카요. 이 서방이라꼬 부르모 될끼요. 근데 우짠 일로 왔능교?”

“아따! 이웃사촌이라 캄시…… 꼭 뭔 일이 있어야 이웃집을 온당가? 이댁서 이것저것 부산시레 때래부사부는 소리를 내 싸서 일꾼들 줄라고 탁배기 준비한 거이 있걸랑은 한 잔 얻어묵을라고 왔제. 막걸리 없소? 있걸랑은 한 잔 주씨요!”

사내의 말에 민규 아범이 일꾼들을 위해 주전자에 받아 둔 막걸리를 큰 대접에 따라 그에게 건넨다. 두 손으로 대접을 받아 든 최 서방이 막걸리 대접을 단숨에 비운다.

“아따 시원해 부러! 나가 그짝보담 쪼까 이 동네 오래 살았승께, 이 서방이 뭐시든 궁금한 거이 있걸랑 싸게 나한테 문의하씨오. 꼴목 저짝 끄트리에 보믄 강달순이라고 문패가 붙어 있는 집이 있응께로 그 집 행랑채서 나를 찾으소. 알겄능가?”

“하모요! 그리하지요. 고맙구마!”

북촌 일대에는 1920년대 이후부터 경성의 신흥 부자들과 기존 양반들을 위한 신식 주택들이 대규모로 들어서면서, 전국에 산재해 있던 부유한 지방 지주들과 실업가들도 자녀들의 교육 등을 위해 이곳 일대에 집 한 칸씩을 마련해 두는 것이 유행했다. 그런 영향으로 계동 일대 역시 구역에 따라 자연스럽게 지방 출신 조선인들의 부촌(富村)이 형성되었다. 이들이 사들인 주택에는 평소 아예 사람이 살지 않거나, 그 집 자녀들만 경성에서 학업을 하기 위해 기거하게 되는데, 그런 집들을 무상으로 관리해 주며 허드렛일을 하는 대신 행랑방에서 집세를 내지 않고 사는 도시 머슴들을 '행랑아비'라 불렀다. 물론 급료를 받는 식모도 있었고 머슴도 있었지만, 농사일이 거의 없는 경성에서는 머슴에게 꾸준히 시킬 생산적 업무 자체가 흔치 않았기에 대부분의 행랑아비들은 별도의 직업을 가지고 있는 경우가 많았다. 그래 봤자 그들의 생업은 인력거꾼, 고물상, 청소부, 잡역부 정도의 일이었는데 그때 생긴 행랑살이라는 일종의 사회 현상은 빈민층 주거 안정에 나름 이바지를 해왔던 민간 영역의 제도였다.

"이 댁은 이 서방이 행랑채에 기거할 것이당가?"

"오데? 내는 고마 진주로 내리가야 하는구마! 농사가 많소! 당분간은 저 짝에 있는 저 아가 이 집에서 기거할 끼구마! 가마있거라, 인사로 시키야 안 되겠나. 야야…… 성열아!"

민규 아범의 부름에 안채 부엌에서 끙끙대며 가마솥을 아궁이에 앉히던 윤성열이 얼굴 한쪽에 숯 검댕을 잔뜩 묻힌 채 손을 털며 나온다.

"성열아 인사디리라! 이 짝은 목포 상선에 강달순 사장님 댁 행랑애비 최판돌 아자씨다."

  해동의 새벽

민규 아범의 소개에 성열이 허리를 깊이 숙이며 정중히 인사를 한다. 공공 안내 수단이 딱히 없던 시절, 도시 생활에서 이웃과의 정보 공유가 요긴하던 때인 만큼 서로의 관계 맺음이 아주 중요했다.

"윤성열이라 캅니더. 잘 부탁드리겠십니더."

"아따! 고놈 느자구 있게 생겼고마! 잘 생게부렀어! 몇 살이나 묵었당가?"

"올해 열여덟이고 설 쇠고 나모 열아홉 살 됩니더."

"나가 쩌짝 골목 우게 강달순 사장님 댁 행랑애비여……궁금한 거이 있걸랑 즉시 찾아오소. 알겠능가?"

"예! 고맙십니더. 예…… 예…… 저는 일로 하다가 내삐리 놓은 기 있어가 이만 가봐야겠심더. 예, 예 또 인사 디리겠 십니더."

바쁜 마음의 윤성열이 다시 부엌으로 돌아가고, 혹여 일에 방해가 될 수도 있겠다 싶었는지 최 서방도 민규 아범에게 인사를 하고 걸음을 휘적거리며 대문을 나선다. 민규 아범도 잠시 내려놓았던 흙손을 들고 황토와 자갈을 섞는다.

며칠 전, 진주에서 영하를 앞질러 학교에서 매번 일등만을 해왔다던 민규의 다리를 몽둥이찜질로 부러뜨려 버리고, 내 친김에 학교를 아예 그만두게 할 심산이라고 선언했던 민규

아범을 김익현이 예정에 없이 경성으로 데리고 올라온 이유
는, 민규의 학업을 계속 이어가게 하라 민규 아범을 설득하
고자 함이었다. 애초에는 부인과 소희, 그리고 성열을 데리
고 상경할 예정이었는데, 그날의 소동이 있고 나서 병원에
입원한 민규를 민지영에게 맡겨 두고 계획을 수정했었다.

　삼랑진역에서 경성역까지 오는 일등칸 열차 안에서 김익
현은 민규 아범에게 민규가 무슨 잘못을 했는지, 왜 학업을
계속하지 못하게 하는 것인지 물었으나 그로부터 속 시원한
대답을 듣지 못했고, 학교에 계속 보내는 게 어떻겠냐고 설
득을 해보았으나 민규 아범은 요지부동이었다. 아무리 아래
에 두고 부리는 사람이라고 하더라도 자기 자식 문제에 관
해서는 상전과 아랫사람이 있을 수 없었다. 민규 아범이 너
무도 강경하게 민규의 학업을 반대하고 나서는 통에 설득을
계속하던 김익현이 일단은 한발 물러섰고, 경성에 도착해서
민지영에게 전보(電報)를 통해서 민규의 학교는 당분간 방학
때까지 병결(病缺)로 처리하라고 일러두었다. 그리고 계동에
새로 사들인 주택의 난방이 시원찮다고 해서 기왕 데리고
온 민규 아범에게 안채, 사랑채, 행랑채 구들장 모두를 손보
게 하였다. 성열도 의외로 일솜씨가 좋았고, 민규 아범도 어
지간한 기술자 못지않은 온돌 수리 경험이 있어서 잡역부
몇 명만 임시로 고용하여 고치는 중이다.

　　　　　　　　　　　　　　　　　　해동의 새벽

해거름이 다 되어서야 사흘간 씨름하던 구들장 수리가 마무리되고, 김익현이 민규 아범과 성열을 데리고 명륜동 조태호의 집으로 간다. 계동 집이 완전히 수리될 때까지 조태호의 집에서 신세를 지기로 했는데, 신흥 거부(巨富)로 소문이 난 사람의 집인 만큼 조태호의 명륜동 가옥의 규모는 상당했다. 행랑채 광에 큼직한 목간통을 들여놓고, 검댕과 흙먼지를 뒤집어쓴 성열과 민규 아범의 온수 목욕을 배려할 만큼 이 집의 인심도 갑산 김익현 집의 인심 못지않다.

성열과 민규 아범은 목욕과 저녁 식사 후 초저녁부터 피곤한 몸을 행랑채에 누이고 잠에 곯아떨어진다. 김익현은 사랑채에서 이 집 주인 조태호와 단출한 술상을 사이에 두고 담소를 나눈다.

"이보게 태호! 자네가 부재중인 집에서 이틀 밤을 지내는 동안 과한 대접을 받았네. 앞으로 이틀은 더 있어야 계동 집을 쓸 수 있을 텐데, 그동안 신세 좀 짐세……."

조태호가 원산 텅스텐 광업소에 가 있는 이틀 동안 주인도 없는 집으로 김익현이 부리는 사람 둘까지 데리고 와서 신세를 지고 있었다. 어릴 때부터 워낙 친했던 사이였기에 부인과도 안면이 있었고, 조태호 집안의 머슴들과 민규 아범도 서로 아는 사이였기에 사전에 방문계획을 통보하지 않았음에도 쉽게 이 집 신세를 질 수 있었다.

　원래 이들의 계획은 본정(本町)에 있는 김익현의 큰 처남 민경국의 집에 머물 계획이었으나 민지영과 소희를 진주에 두고 왔기에 계동과 거리도 가깝고 평소에도 허물없이 지냈던 명륜동의 조태호 집에서 신세를 지기로 맘을 바꾸었다.

　"내 집이 자네 집 아닌가! 하하. 내가 고맙네. 이렇게 찾아 주니 내가 고마워!"

　"사실, 내가 아무리 형님과 허물이 없다고 해도 처가보다는 친구 집이 좋지! 물론 형님께는 조금 미안하지만 부리는 사내 둘까지 데리고 안사람도 없는데 처가로 가는 건 내가 영 맘이 편치가 않아서 말이야. 어쨌든 신세를 지게 돼서 고맙네."

　두 사람이 단출한 술상을 놓고 잔을 주거니 받거니 하는 동안, 살짝 취기가 오른 조태호가 한쪽 눈을 찡긋하며 김익현에게 묻는다.

　"어떤가! 오랜만에 분 냄새 맡으러 기생집이나 한번 가볼까?"

　조태호의 익살스러운 말투의 제안에 김익현이 두 손을 함께 흔들며 강하게 만류한다.

　"아닐세! 지금 그럴 정신이 없다네. 평소 같으면 나도 열계집 싫지 않지만, 오늘은 간단히 여기서 한잔하고 다음에 가세나. 데리고 온 아랫것들도 있으니 오히려 몸가짐 조심해야지! 자네도 혹시 마음이 동했다 치더라도 오늘은 나를 봐서 참아 주게. 자네 부인께도 내 입장이 편치 않을 수 있다네."

김익현의 부드럽지만 완고한 표현에 조태호도 곧바로 수긍한다. 그리고 무엇보다 김익현의 황소고집을 너무도 잘 알기에, 한 번 사양한 이후에 두 번 세 번 권해 봤자 결과가 뻔할 것을 알기 때문이다. 아쉬운 마음을 잠시 접어 두고 조태호가 잔을 권하며 조심스레 김익현에게 묻는다.

"여보게 익현이. 지난번 자네와 청풍에서의 술자리 이후에 내가 생각이 많았네. 곧바로 열차에 올라타고 신경(신징)과 봉천(펑톈) 그리고 대련(다롄)과 푸순 탄광 등을 돌아보고 왔는데, 내가 그동안 너무 우물 안 개구리였다는 깨우침을 얻었다네. 그리고 오늘, 집에 돌아오자마자 자네가 경성에 집을 마련했다는 소식을 듣고는 드디어 올 게 왔다고 내심 쾌재를 불렀다네. 사실 내가 이번에 원산에 갔었던 일도 자네와의 대화 이후에 나름대로 사업 개편을 해보려는 마음이 있어서 갔었는데, 돌아오자마자 자네가 내 집에 와 있었다는 게 어찌 보면 어떤 신의 계시가 아닌가 하는 생각마저 들게 되더구먼. 실례가 안 된다면 자네의 복심을 알려 주면 안 되겠나? 자네 사업구상은 어떤가?"

지금까지 흥에 겨워 어쩔 줄 몰랐던 조태호가 진지한 표정으로 김익현에게 자문해 오자, 김익현도 지금의 대화를 가벼이 생각해서는 안 되겠다는 마음이 든다. 진지한 표정으로 잠시 깊은 생각에 잠긴다. 맞은편에서 김익현의 대답을 기다리는 조태호를 지긋이 쳐다보면서 헛기침을 하고 목소리를 가다듬은 후 대답한다.

"자네가…… 지난번 술자리에서 내가 몇 마디 던진 말을 가지고 그 말을 가벼이 여기지 않고 만주 일대를 다녀왔다고 하니 순간 무거운 책임감까지 들게 되는구먼. 그런데 말이야, 사실 난 구체적 사업구상을 아직도 제대로 못 갖추고 있다네. 오히려 내가 자네에게 길을 물어 가며 찾아가야 할 형편이야. 기실, 자네가 사업수완은 나보다 한참 위 아닌가?"

"이보게 익현이. 내 사업수완은 별것 없어! 그냥 총독부 식산국에 잘 보여서 좋은 광산 채굴권 확보한 것 말고는 아무것도 없다네. 그러니 나보고 총독부 식산국장의 개라고 사람들이 흉을 보는 게 아니겠나?"

"이 사람 겸손이 지나치구먼. 자네의 실력은 내가 잘 알고 있으니 너무 겸손을 떨지 말자고. 그건 그렇고, 이번 만주 기행 소감은 어땠나? 사업의 개편은 어떤 식으로 할 건지 자네는 계획이 섰나?"

"단도직입적으로 말함세. 난 이제 더는 굴 파서 먹고사는 두더지 같은 광산사업은 하지 않으려네. 이젠 군수산업의 시

　　　　　　　　　　　　　　해동의 새벽

대야. 군수업으로 가야 하네. 곧 전쟁이 날 텐데 언제까지 땅 파고 광물 캐내는 일로 큰돈을 만지겠나? 금광에서 운이 좋아 대형 금맥을 만나지 않는 이상 조선 땅에서 석탄, 철광석, 시멘트, 이런 것들 가지고는 승부가 나질 않아. 조선 반도의 광산은 만주와 비교하면 채산성이 아주 낮은 편이야. 익현이 자네 말 대로 중국과 일본이 결국 대규모 전쟁을 일으키면 조선 땅이 대륙을 향한 일본의 전초기지가 될 것인데, 이럴 때 군수산업과 관련해서 중공업 호황이 올 테고, 조선업이나 석유정제산업이 호황을 누릴 것으로 예상이 되네. 난 이제 그런 사업을 할 생각이야. 어떤가, 자네 생각은?"

조태호의 생각을 들은 김익현이 잠시 머릿속의 생각을 정리하는 듯 또 뜸을 들이고, 성격 급한 조태호가 엉덩이를 들썩이며 김익현의 입을 뚫어지라 바라본다.

"이보게 태호! 지금 자네가 말씀한 조선업이나 석유정제 사업은 그야말로 장치산업[17]인데…… 그 어마어마한 설비비를 어떻게 조달하려고 그러나?"

"하하! 이 친구! 나 조태호야 조태호! 조선총독부 식산국장 호즈미 신로쿠의 개라고 불리는 조태호란 말일세. 호즈미 상은 내지(일본)에서도 알아주는 명문가의 자손인데 그분이 날 밀어주면 그깟 공장 한두 개를 세우는 데 필요한 은행 융자를 못 받아내겠나? 내가 나서고 그분이 나서면 조선계

은행, 내지의 대형 은행들이 줄을 서서 돈을 대겠다고 덤벼들걸세. 지금 내가 운영하는 광산들의 초기 시설자금도 7할 이상이 은행 융자에서 나왔다네! 이젠 그 빚도 다 갚았고, 최근에는 오히려 더 개발할 광산이 없냐며 필요하면 얼마든지 돈을 가져다 쓰라고 성화들일세!"

조태호가 큰 목소리로 자신 있게 자기 생각을 얘기한다. 성공가도 중인 사업가들의 목소리에는 하나같이 힘이 실려 있는 법이다. 고개를 끄덕이며 조태호의 말을 경청하는 김익현의 표정도 사뭇 진지하다. 그의 말을 경청하는 모습과 그의 의견을 수긍하는 듯한 김익현의 고갯짓에 더욱 고무된 조태호가 계속해서 말을 잇는다.

"내가 가지고 있는 광업소의 주식이 공식적으로는 6할 정도가 되는데, 형식적으로 일본인 명의로 해놓았던 나머지 4할 역시 내 것이라고 보아도 무방하다네. 그런데 말일세, 이번에 그 광업소의 지분 일부를 은행에 담보 제공하고 그 돈으로 신의주 쪽과 원산에 석유정제공장, 군함 조선소를 짓기 위한 대지를 매입할 생각이네. 이미 호즈미 상으로부터 반허락은 받아 놓은 상태야. 부지 조성을 마치면 곧바로 은행들을 만나서 추가대출을 주선해 주겠다는 언질도 받아 두었다네. 이럴 때 한 번 지난 4년 전처럼, 상해사변이나 만주사변같이 대규모 유혈 충돌이라도 북중국에서 생겨 주면 군

　　　　　　　　　　　　　　　해동의 새벽

수시설 관련한 정부 보증의 장기저리대출도 기대해 봄 직한데 말이야. 그리되면 이 조태호도 미쓰이, 미쓰비시, 니싼 같은 종합회사들이 부럽지 않게 될 거야! 하하!"

한참을 경청하던 김익현이 술잔을 들어 입술을 적신 후에 침착한 목소리로 조태호에게 묻는다.

"이보게 태호. 자네 광산에서 채굴되는 금, 철광석, 텅스텐, 석탄은 원래 누구의 것이었나? 일본의 지하자원인가? 조선의 지하자원인가?"

"그야 당연히 조선의 지하자원이지!"

"그렇다면 그곳에서 생산한 금과 철은 누가 쓰려고 채굴하는 건가?"

"흠…… 자네 질문의 의도는 알겠네만, 일단 대답은 하겠네. 일본이 가져가지! 가져가서 배를 짓고 비행기도 만들고 철로도 만들지."

"우리 조선 땅의 지하자원을 채굴해서 일본이 가져다 쓰기 위해 그들이 금융지원을 해주는 것은 너무나도 당연한 일이라 생각하네. 농업도 마찬가지, 산미 증식을 위해 우리 땅에 일본기업이 운영하는 비료공장을 짓고, 농토의 효율을 높이기 위해 농지개량사업에 그들이 융자해 주는 것도 결국은 부족한 쌀을 조선으로부터 수입해 쓰려고 하는 속셈이라는 걸 모르는 사람이 어디 있겠나. 그런데 말일세, 일단 시설을 갖추어 놓으면 유지보수에 따라 무한대의 제품을 생산할 수 있는 고부가가치 장치산업을 우리 조선인에게 맡기는 것은 다른 문제라고 생각하네. 허가도 쉽지 않을 거로 생각하는데, 그에 더해서 은행과 총독부, 일본 정부로부터의 지원을 믿고 너무 앞서가는 것은 위험해. 한 번쯤 깊이 고려해 봐야 할 일이라 생각한다네.”

김익현의 주의사항을 귀 기울여 듣고 있던 조태호가 처음엔 진지한 표정, 중간에는 옅은 미소로, 옅은 미소에서 환한 웃음으로, 그다음은 파안대소하며 김익현에게 말을 한다.

“하하! 익현이 자네 말이 옳네! 그런데 말일세, 이미 호즈미 식산국장과의 약조가 있었다네. 구체적 청사진이 그려지는 대로 아낌없는 지원을 약속받았단 말일세. 물론 구두상 약속이지만, 일본 관료들의 말의 무게는 그 어떤 계약서보다도 믿을 만하다는 걸 자네도 알지 않는가? 그 약속을 토대로 이미 이번에 신의주에 2만 평, 원산에 3만 평 규모의 부지 매매 계약을 했고 계약금도 지불했다네.”

조태호의 자신 있는 말투와 표정, 그리고 이미 총독부 책임자로부터 약속을 받아냈다는 말에 더해, 용지 매입 계약까지 이미 진행했음을 듣고는 김익현의 안색이 더욱 어두워진다. 자세를 고쳐 앉으며 김익현이 조태호에게 심각한 표정으로 묻는다.

　　　　　　　　　　　　　　　　해동의 새벽

"아니 이거 생각보다…… 이보게 태호! 자네 상국이 기억하는가? 내 처남 상국이 말일세."

"알지! 장군이. 민장군이 그 녀석 별명 아니었나! 지금 중국에서 국민당군 장교로 근무하는 거로 알고 있는데…… 아닌가?"

"그렇다면, 상국이가 여러 차례 일본의 육군유년학교, 육군사관학교 등 군사학교 입학을 시도했던 사실은 알고 있겠지? 그때 상국이 입학을 위해 제출되었던 조선 주둔군 장교 고하세 대좌의 소개장과 추천서가 무용지물이 되었던 사실도 기억나는가? 자네는 기억 못 할 수도 있지만, 당시 상국이의 진학에 있어 조선 주둔군 대좌의 추천서가 조금도 먹혀들지 않았던 일을 나는 똑똑히 기억하고 있다네. 그 당시 민상국의 학교 성적은 물론, 체력 검정도 일 등급이었네. 그런데도 조선인이라는 이유로 일본 사관학교에서 그를 받아들이지 않았던 걸세. 심지어 지금도 일본 군 당국은 사병으로의 입대 역시 조선인은 받아 주지 않고 있질 않나? 물론 3년 전부터 만주군관학교에서, 그리고 내지에서 1년에 딱 두 명씩 조선인 생도를 선발하기 시작했지만, 여전히 시험 삼아 선발해 보는 수준 아니겠나. 일본 사람들한테는 과거 삼백여 년 전 조선의 의병, 승병들에 대한 두려움이 아직도 남아 있다고 나는 확신하네. 그뿐인가. 한일합방이 있던 해에

도쿄 육군중앙유년학교에 유학한 마흔 명의 조선 출신 생도들 중 상당수가 독립운동, 민족운동에 헌신했다는 사실을 자네도 알지 않는가? 광복군 총사령 지석규, 시베리아 방면 독립군 이갑, 그리고 독립군의 김경천 사령관, 이런 분들을 일본 육군사관학교에서 교육했지 않았나? 일본으로서는 적군 장교에게 군사교육을 했던 셈이었지. 얼마나 후회막급이었겠나? 그와 일맥상통하는 이유로, 아니 그보다 더한 일인데, 군함을 짓고, 비행기를 제작하고, 총기를 만드는 시설을 조선인한테 맡기지는 않을 걸세. 석유정제시설도 마찬가지이고 말일세. 전시에는 물론이고, 만약 우리가 운이라도 좋아 독립이라도 하게 되면 그런 시설들은 결국 일본엔 위협이 될 거라는 거지.”

“아니. 익현이 자네! 진심으로 우리가 독립할 수 있다고 믿나? 이미 일본은 중국 해안 주요 도시 여러 곳에 자국 군대를 파견해 놓은 상태이고, 그 범위가 점점 넓어지고 있다는 사실을 자네도 잘 알고 있지 않은가? 그리고 만주국도 예상외로 자리를 잘 잡아가고 있잖은가? 심지어 국민당의 장개석 역시 만주국을 승인하는 듯한 행보를 계속하고 있고, 무엇보다 중요한 사실은 만주국 3천 만 국민은 지금 현재 일본의 직간접 지배를 반기고 있다는 사실일세. 그런 상황에서 조선 반도의 독립? 글쎄, 요원한 일이야. 일본은 수백 만 병력을 보유하고 있고 전차와 군함, 비행기 등의 현대화된 중무기들을 운용하고 있는데, 그에 반해 우리 독립군, 광복군은 어떤가. 많아야 수백 명씩 무리 지어 유랑하며 현지 주민들의 식량을 얻어먹다 못해 심지어 훔치거나 빼앗는 때도 있다고 들었네. 이런 형태를 일반화할 수는 없지만, 현실적으로 배고픈 수백 명의 군인이 몰려다니는 건 독립운동이 아닌 유랑일세. 살기 위한, 살아남기 위한 유랑이란 말일세. 이런 시국에 독립이라는 변수를 사업계획에 포함한다는 건 무의미한 일이라고 나는 생각한다네."

김익현의 말대로 구한말인 1910년에 마흔 명의 국비장학생이 일본의 육군유년학교를 거쳐 육군사관학교에 진학하여 1914년 육군사관학교 제26기 졸업생 열세 명, 1915년 제27기 졸업생 스무 명을 배출한 이후부터 만주국이 세워지고 만주군관학교가 생기기 전까지인 1933년까지 20년 이상 조선인의 육군사관학교 유학은 거의 단절 상태에 놓여 있었다.[18] 그리고 배고픔이라도 면해 보고자 사병으로라도 군 입대를 모색해 봤던 조선의 청년들에게 일본은 기회를 주지 않았었다.

1930년대 일본과 조선, 만주와 타이완에서는 군인과 경찰의 위세가 대단했었는데 당시 헌병은 군대는 물론이고 일반

국민에 대한 사법경찰권도 가지고 있었기 때문에 일본 현지
에서도 젊은이들에게 입대는 불안한 현실의 도피와 함께 삶
의 전환을 모색하는 새로운 기회로 인식되기도 했었다. 그
때문에 조선의 청년들도 사병으로의 입대를 원하는 경우가
많았으나 조선인에게는 그 기회가 원천적으로 봉쇄되어 있
었던 게 사실이다.

산업정책 면에서도 일본의 조선에 대한 차별이 상당했는
데, 1920년대 회사령이 철폐되고 나서도 각종 인허가제에
묶여서 조선 자본의 산업시설로의 유입은 상당 부분 제한
을 받아 왔었다. 그리고 설령 회사설립을 하더라도 운영 중
에 사소한 일로 총독부의 눈 밖에라도 나게 되면 공연히 영
업 정지를 당해 졸지에 회사의 문을 닫아야 하는 일도 허다
했다.

그런 상황에서 조태호의 사업구상이 중요 국책사업이라
할 수 있는 선박건조사업과 석유정제사업에 대한 계획이라
는 것을 알고는 김익현은 그 계획의 실현이 그리 녹록지 않
을 것을 심각하게 우려하고 있다. 그러나, 조태호는 조태호
대로 조선총독부에서 조선 내 모든 산업을 관장하는 식산국
국장의 전폭적인 협조 의사에 한껏 고무된 게 사실이다.

게다가 조선의 독립에 관한 변수도 일본으로서는 심각한
고려 대상일 것이라는 김익현의 의견에 반하여 조태호의 의

                                    해동의 새벽

견은 당시 사할린 남부, 북태평양 쿠릴 열도, 한반도, 타이완, 남중국 평후제도를 아우르는 동아시아 지역과 사이판, 마리아나제도, 마셜제도, 팔라우제도, 캐롤라인제도를 아우르는 남태평양의 광활한 영해와 영토를 직접 지배하면서, 중국 내 만주국과 그 주변 화북 5개 성(省)까지 실질적으로 지배하고 있는 일본의 현재 상황과 200만 명이 넘는 육해군 병력(예비군 포함), 약 600만 톤이 넘는 수송선(절반은 민수용이었으나 전시에 징발할 권한이 있었음), 그리고 1,500대가 넘는 작전 항공기를 보유한 군사력에 대항하여 모두 합쳐봐야 수천 명밖에 되지 않을 독립군을 가지고는 무력을 통한 독립을 기대할 수는 없으니 이젠 '조선의 독립'이라는 변수를 사업계획에 굳이 대입할 필요가 있겠냐는 나름 논리적인 생각을 하고 있었던 것이었다.

그런 조태호의 정리된 논리에 김익현은 굳이 반박하고 싶지는 않았지만, 흉금을 터놓고 허심탄회하게 대화를 하자는 생각이 깊이 있었고, 절친한 동무의 위험한 판단을 보고 그냥 침묵으로 일관하기에는 김익현의 조태호에 대한 애정이 각별했기에 한 번 더 반대의견을 개진해 보려 마음먹는다.

사실, 지적 능력이 상당하고 재력까지 겸비한, 소위 성공한 사람들의 경우에는 다른 사람의 의견을 귀 기울여 들을 기회가 보통사람들에 비해 많지 않다.

나름 권위를 가지고 있는 윗사람이나 동기를 향해 두 번, 세 번 반론을 제기할 배짱이 있는 자가 흔치 않고, 자신과 의견이 다른 사람의 말을 경청하는 데에는 듣는 당사자도 상당한 인내심이 필요한 법인데, 이미 한 분야에 일가를 이룬 사람들은 그 성공에 취해 사느라 부지불식간에 그 인내심이라는 것을 잃어버리는 경우가 허다하기 때문이다.

그렇게 인내심을 잃은 채 오랜 기간 살다 보면, 누군가의 조언이 어설픈 훈수라고 느끼는 순간이 많아진다. 따라서 조언을 하는 그 상대에게 핀잔을 주게 되는 경우가 일반화된다. 그러다 보면 분명 나의 편이었던 상대에게 오히려 앙심을 품게 만드는 큰 실수를 하는 경우가 다반사다.

그런데 지금 조태호는, 김익현으로 인하여 오랜만에 인내심을 가지고 반론과 조언이라는 것을 경청할 기회를 얻게 되었다. 김익현 역시 오늘만큼은 조태호에게 진정한 친구의 역할에 최선을 다하려 애쓰고 있다.

김익현이 조태호의 눈을 뚫어지게 쳐다보며 침착한 목소리로 말을 시작한다.

"이보게 태호! 지금부터 내가 하는 말을 가능하면 오랫동안 기억해 주면 좋겠네! 자네와 나, 우리는 그야말로 격변의 세기말에 태어나 예전 같으면 천년의 세월을 살아야 겪을

　　　　　　　　해동의 새벽

일을 불과 일 이십 년 동안에 보고, 듣고, 느끼고 있지 않나. 잘 생각해 보자고. 지난 1912년 1월 30일, 북경의 자금성에서 단 한 발의 충성도 유혈사태도 없이 형식적 어전회의만으로 청나라 부의 황제가 퇴위하였네! 1616년 태조 누르하치가 후금을 세운 지 12대 296년 만에 청조(淸朝)가 그날 너무도 허무하게 무너졌네. 신해년 1911년 10월 10일, 우창에서 봉기가 시작된 지 겨우 석 달 만에 유혈도 내전도 없이 막강한 청나라 왕조가 무너진 게 아니겠나. 반년 전만 해도, 청나라가 그렇게 어이없이 끝나리라 예상한 사람이 누가 있었겠나? 그리고서 그런 중국을 털도 뽑지 않고 꿀꺽 삼켜버린 원세개(위안스카이)가 초대 대총통이 되고, 나아가 1년 뒤 옥좌에 올라 황제를 스스로 칭하고 나서 그 또한 6개월 만에 그 수명이 다해 순식간에 병으로 죽게 되리라고 또 누가 예상이나 했겠나? 심지어 자식에게 세습도 하지 못했지! 국가의 절대권력과 통치권이라는 게 그만큼 허망한 게 아니겠나. 지금 아무리 천하무적으로 보이는 일본도 언제 어떻게 될지 아무도 모르는 일이라네. 그만큼 허망한 것이 권력, 통치권이라고 본다네. 그런데, 지금 일본의 국가 안보와 관련한 사업을 일개 총독부 국장의 의지만으로 식민지 조선의 조선인 실업가에게 맡긴다? 천부당만부당한 일일세. 총독부에는 식산국 위에 정무총감도 있고, 그 위에는 또 총독도 있고, 그 너머 일본에는 궁내성 시종장부터 총리대신까지 충충이 대신들이 줄을 서 있는데, 어림도 없는 일이야! 그리고 지금 일본 내부의 권력 구도 역시 군국주의자들끼리의 충성 없는 전투가 매일 벌어지고 있네. 그쪽도 화염만 없을 뿐이지 세키가하라[19] 전쟁터와 다름이 없다고 보네. 피 터지게 권력다툼 중인 그자들이 과연, 조선인인 자네가 군수산업과 관련한 장치산업을 융성시키는 꼴을 보고만 있을까? 아마 이완용이나 송병준이 그 사업을 한다고 해도 일본에서 그 누군가 반드시 나타나서 일에 훼방을 놓게 될 걸세. 메이지유신의 네 개 주요 번벌(藩閥)들끼리의 권력다툼도 치열하다는 걸 알고 있지 않은가? 결국은 사쓰마번 출신과 조슈번 출신들이 각각 해군과 육군을 장악했고, 산업과 관련해서는 조슈번이 거의 독식을 하면서 나머지 다른 번벌 세력들에게 떡고물 나누듯 사업권도 나누어 줘야 하는 현실인 것은 자네도 잘 알고 있지 않나? 냉정하게 이야기하네만, 일본에서 국가통치권, 즉 안보와 관련한 이권과 군수산업은 절대 조선인에게 맡기지 않을걸세. 더 나아가 조슈번 출신, 사쓰마번 출신이 아닌 일본인 사업가에게도 그 기회를 쉽게 주지 않을 거야. 정치와 전혀 무관한 실무 관료인 호즈미 상의 눈에는 이런 역학관계가 선명하게 보이지 않을 수도 있네. 그 사람은 고등문관시험 출신에, 기술 관료에 가까운 사람이지

                                              해동의 새벽

정치인이 아니라는 얘기야. 자네가 이미 체결했다는 신의주와 원산 땅 계약이행 과정에서 다른 용도로 사용할 계획이 차선책으로 수립되기 전에는 중도금 지급이라든지 다음 행보를 한 번쯤 쉬었다 가는 게 어떨까 하는 게 내 마음이라네. 그리고 이런 나의 반대의견을 염두에 두고 총독부 식산국장과 좀 더 심도 있는 이야기를 나누어 보고 일을 진행시켜 갔으면 하는 마음일세. 그 사람이 실무적 시각이 아닌 정무적 시각을 가지고 이 사업을 들여다보고 나서도 변함없이 아낌없는 지원을 약속한다면 그때는 한결 더 마음 편하게 일을 진행할 수 있지 않겠나?"

많은 사람이 곱지 않은 시선으로 바라보는 정경유착이라는 현상은, 정치라는 것이 존재하고, 시장 경제가 형성된 국가에서는 없애려야 없앨 수가 없는 현상이다. 시장의 논리에 따라 수요와 공급이 자연적으로 생기고 공급자끼리의 자연스러운 경쟁에 따라 좋고 저렴한 물건에 대한 수요자의 선택을 그냥 내버려 두는 순수 민간 영역의 산업이 있지만, 국가 운영을 관장하는 정치의 영역에서 장기간의 안목으로 백년대계 차원의 투자가 필요한, 이를테면 당장 수익을 내기 어려운 분야인 각종 사회기반시설이라든지 방위산업, 치수 산업 등 특정 산업의 투자와 개발에서는 국가의 개입과 정치의 개입, 그리고 정치인과 경영인 사이의 합의는 필수

요소이다. 그에 더하여, 이러한 산업영역에 대한 거국적 계
획을 세우고 집행하는 정치인들과 관료들, 그리고 실무적으
로 투자와 운영을 담당하는 경영인들 사이에는 상당한 수준
의 신뢰가 기저에 깔렸어야 한다. 특히 국가의 안보와 직결
되는 군수산업과 중화학공업, 장치산업의 경우에는 그 신뢰
의 필요성이 더욱 강조되는데, 지배자 군(群)과 피지배자 군
사이에 잠재된 지배 권력의 합법적 폭력이라는 요소는, 피
지배자 입장에서는 결코 간과할 수 없는 부분임을 김익현은
꿰뚫어 보고 있다.

이는 아마도 불과 이십여 년 전에 벌어졌던 오백 년 역사
를 가진 조선 왕조의 몰락과 삼백 년간 중원을 지배했던 청
(淸) 왕조의 몰락, 그리고 그 이전에 있었던 일본 도쿠가와
막부의 쇠락과 메이지유신 등 동북아시아 지역의 역사적 대
변혁 과정을 때로는 직접 보고, 때로는 관계자들로부터 전
해 들으며 체득한 그의 명확하고도 생생한 역사 인식이 한
몫했을 것이다.

게다가, 당시에는 흔하지 않았던 대륙에서의 유학 경험과
상하이·난징 등 국제도시 조계지에서의 사교, 그리고 만주
와 한반도, 일본 열도를 수시로 드나들며 갈고 닦았던 남다
른 국제감각이 김익현에게 탁월한 통찰력을 갖게 해준 요인
이라고 할 수 있다. 김익현의 소위 갑산 처사 생활의 청산과

경성으로의 귀경이 그와 그의 가족, 그리고 그의 식솔들과 주변인들에게 앞으로 어떤 영향을 미치게 될지 당장은 그 누구도 알 수 없다.

일본의 쇠락과 패망이라는 변수도 염두에 두고 신중하게 사업을 펼쳐야 한다는 김익현과, 적어도 백 년간은 일본의 팽창과 번영이 계속될 것이라는 의견을 가진 채 공격적인 사업영역 확장을 꾀하는 조태호의 열띤 대화 속에 초겨울 스산한 경성의 밤은 깊어만 간다.

구름 사이 드러난 보름달이 유려한 곡선을 담은 검은 기와에 윤기를 더한다. 반짝이는 잔별이 흩뿌려진 밤바다, 한 무리의 기러기 행렬이 별빛 사이를 헤쳐가며 달 아래를 유영한다.

불길한 예감

12월 4일. 중국 허난성(湖南省) 뤄양(洛陽).

장개석 국민당군 총사령관의 임시 관저 침실로 정복을 갖춰 입은 헌병대 장교 장효선(蔣孝先)이 들어선다. 침실 입구를 지키고 있는 무장군인 네 명 모두 그를 별 제지 없이 통과시키며 동시에 그를 향해 거수경례를 붙인다.

침상에서 아침 식사를 하는 장개석에게 그가 가까이 다가서서 경례한다. 장개석은 그에게 손을 한 번 들어주는 것으로 '쉬어' 자세를 허락한다.

"아침부터 무슨 일인가?"

"안녕히 주무셨습니까, 각하! 다름이 아니라 어제 도착한 경호여단 천여 명과 함께 보냈던 제 휘하의 헌병대 병력 50명에 더해 오늘 오전 중에 100여 명의 헌병을 추가로 차출해서 시안으로 보낼 생각입니다. 사령관 각하의 의견을 여쭈러 왔습니다."

"기껏해야 일주일 여정인데 너무 요란한 게 아닌가? 헌병대 장병들이 너무 많으면 일반 사병들의 불만만 늘어날 거야. 그대로 50명 선으로 유지하고 그 외 현지 치안유지는 양호성에게 맡기는 게 어때? 그렇게 하자고!"

"사령관님의 이번 방문이 양호성 장군과 장학량 장군에 대한 질책과 독려 차원의 방문이신데 질책을 받아야 하는 지휘관에게 사령관님의 안위를 맡길 수는 없습니다!"

"아니야! 양호성이 딴마음을 먹는다? 절대 그럴 일이 없네. 양호성은 내가 보증해! 그 친구, 벌써 10년이 지났구먼. 북벌 때 오패부로부터 시안을 지켜내면서 이미 그 친구의 절개는 의심의 여지가 없음을 증명했네. 근거 없이 의심하

  해동의 새벽

지 말도록! 이번 방문지의 치안은 양호성에게 상당 부분 맡기도록 하고 여기서는 경호여단 하나와 헌병 50명 배치하는 거로. 알겠나?"

"예! 그렇게 하겠습니다!"

10년 전, 양호성은 국민혁명군 장개석 휘하의 사단장으로 시안을 책임지고 있었다. 북벌 전쟁이 한창일 때, 반 장개석 연합 소속의 명장 오패부(우페이푸, 吳佩孚)의 10만 대군이 시안을 공격했는데, 양호성의 제3사단 병력은 불과 5,000여 명에 불과했다. 같은 편 이호신(리후천, 李虎臣)이 이끄는 제10사단도 함께 시안에 있었으나 제10사단의 남은 병력도 5,000에 불과해서, 오패부 병력의 10분의 1 수준인 1만의 병력만으로 시안을 지켜내야 했다.

1926년 4월 16일에 시작된 오패부 군대의 시안 봉쇄 작전은 양호성에게는 피를 말리는 고난의 전투였다. 두 달 만에 식량은 동이 나고, 넉 달이 지난 8월에는 성안에 동물이라고는 벌레 한 마리, 쥐새끼 하나도 찾아볼 수 없었다. 9월부터는 나무와 풀뿌리로 연명했고, 10월부터는 풀 한 포기도 남아 있지 않았다. 그동안 오패부는 양호성에게 여러 번 항복을 권유했었다. 양호성은 처음엔 예의를 갖춰 정중하게 적의 항복 권유를 거절하다가, 어느 날부터 항복을 권유하러 오는 적의 사자(使者)를 총살해 버리며 결전을 다짐했다.

시안성 내부의 기근과 질병을 너무나도 잘 파악하고 있던 오패부가 다시 한번 사람을 보내, 만약 양호성이 항복을 하고 자기 휘하 장수로 들어오면 미래를 보장해 주는 것은 물론 부하들 역시 중용하겠다는 회유와 함께 나름 진정성을 보이기 위해 차량에 쌀과 고기를 잔뜩 실어 보냈으나, 양호성은 굶주리던 부하들에게 양해를 구하고 보내온 식량마저 돌려보내며 요지부동의 모습을 보였다.

11월이 되면서 추위가 시작되고, 성안의 양호성 병사들의 사기가 완전히 떨어졌을 거라는 짐작에 내부 반란을 유도하고자 오패부 측에서 양호성의 목에 10만 위안의 현상금까지 걸었으나, 굶주리고 질병에 시달리는 동안에도 양호성의 병사들은 얄팍한 이간계에 코웃음을 쳤다.

4월부터 시작된 시안 봉쇄 작전으로 11월까지 시안의 민간인 5만 명이 전염병과 기근, 추위에 목숨을 잃었다. 남은 병사들은 썩은 사람 사체에서 잘라낸 살점까지 삶아 먹어가며 투쟁하였다. 그리고 드디어 11월 26일 구원군이 도착하여 포위가 풀리게 되면서 시안 전투는 국민혁명군의 승리로 막을 내렸다.

수천 년 세월 동안, 수많은 장·단기 정권의 흥망성쇠 역사를 가진 중국에서, 수시로 주군(主君)을 바꿔가며 이름을 떨쳐 왔던 장수(將帥)와 책사(策士)들이 때에 따라 배신자가 아

닌 영웅으로 묘사되기도 하는 그들의 인식을 고려하면, 냥
호성의 절개와 자긍심은 실로 존경받을 만한 처세였다. 그
런 양호성을 굳게 믿고 있는 장개석에게 '양호성을 어떻게
믿고 방문지 치안을 맡길 수 있냐'며 의심의 발언을 한 헌병
대 장교 장효선의 의견은 오히려 핀잔을 들을 수도 있는 행
동이었다.

"출발 준비는 잘 되어 가나? 비행기가 이착륙하기에 날씨
는 문제가 없나?"

"예! 이곳 뤄양도 그리고 그쪽도 시안도 청명하고 바람도
없습니다."

이때, 경호 병사 하나가 문을 열고 들어와 사령부 특무부
대 정보과장이 찾아와 침실 앞에서 대기 중임을 알린다. 장
개석의 면담 허락이 있고, 정보과장이 침상 곁으로 와 경례
를 붙인다.

장제스가 손짓으로 '쉬어'를 명하고, 장효선이 두 사람의
대화를 위해 자리를 피해 주려 한다. 경례 후 돌아서는 그에
게 장제스가 가지 말고 잠시 대기하라고 시킨다.

"무슨 일인가! 여기 이 친구가 같이 있어도 문제없지?"

"예! 사령관 각하!"

어제 오후에 시안에서 전보가 도착했습니다만, 각하의 어
제 일정이 자정이 넘어서 끝이 났기에 보고드릴 시간을 놓

쳤습니다. 그래서 이렇게 아침 일찍 관저를 찾았습니다. 무례를 용서하십시오.”

“아니야! 그 전보 이리 줘 보게!”

“여기…….”

전날 저녁, 민상국이 시안에서 이곳 뤄양에 있는 사령부 정보과 과장에게 보낸 전보를 장개석 사령관에게 전한다.

간단한 내용의 전보인데, 장개석 미간을 찌푸리며 한참을 들여다본다. 좋지 않은 소식이다. 잠시 눈을 감고 뭔가 골똘히 생각하던 장제스가 장효선과 정보과장을 번갈아 바라보며 묻는다.

“자네들 어디 불편한 데는 없는가?”

질문의 저의가 무엇인지 모르는 두 장교가 잠시 머뭇거린다.

“자네들 몸 상태가 어떤가 말이야! 이번 시안 방문에 정보과장 자네도 같이 가기로 돼 있지 않은가? 여행에 지장 있을 만큼 어디 불편한 데가 있는가 묻고 있네!”

이 말을 듣고 장효선과 정보과장이 큰 목소리로 대답한다.

“불편한 곳은 없습니다!”

“저도 좋습니다!”

“그럼 뭣들 하는가? 어서 출발 준비들을 하자구!”

시안공항 활주로에 은빛 항공기가 요란한 소리를 내며 착륙한다.

착륙한 항공기가 서서히 공항 청사 앞으로 다가와 멈추고, 잠시 뒤 트랩을 통해 군복을 입은 장개석 사령관이 항공기에서 내린다. 장학량과 양호성을 위시하여 일렬로 늘어서 있는 50여 명의 장관(장성)급 군인들은 장개석이 다가서자 거수경례를 한다. 만면에 미소를 띤 장개석은 이들의 이름을 하나하나 불러가며 안부 인사를 한다. 겨울 정복인 긴 모직 코트로 몸을 감싼 이들의 양 볼과 코끝이 붉게 상기된 것으로 보아, 꽤 오랜 시간을 바깥에서 기다린 것 같다. 장학량의 안내를 받아 공항 청사 내부로 들어가는 장개석 사령관의 뒤를 장성들이 따르고, 청사 안에 별도로 마련된 응접 공간으로 들어간다. 장개석 사령관이 50여 명이 둘러앉아 회의를 열 수 있게 배치한 의자와 테이블을 보고 예정에 없었던 회의를 준비한 장학량을 향해 속삭이듯 묻는다.

"이게 다 뭔가? 장성급 회의는 내가 소집한 적이 없는데. 일정에도 없고 내가 소집한 적 없는 행사를 준비한 이유가 뭔가?"

"여단장급 이상 지휘관들이 사령관님과의 면담을 요구해 와서 이렇게라도 자리를 만들 수밖에 없었습니다."

"아무리 그래도 그렇지, 모든 일에는 절차라는 게 있는 법인데 이게 무슨 짓인가?"

"죄송합니다. 사령관 각하와 만나게 해달라는 요청이 쇄
도해서 일단 불만을 잠재우기 위해 만든 자리이니 형식적으
로라도 잠시 이들의 이야기도 들어 주시고, 격려해 주시면
좋겠습니다."

너무도 천연덕스럽게 이야기하는 장학량의 태도에 불쾌함
을 느낀 장개석이 노기를 띤 표정으로 옆에 서 있던 양호성
을 바라본다. 양호성도 민망했는지 시선을 피한다. 순간 장
개석은 전날 민상국이 보낸 전보의 내용이 떠오르며 불길함
마저 느낀다.

약 두 달 전인 10월에 그가 공산군과의 전투를 독려하기
위하여 이곳을 찾았을 때도, 장학량이 지휘관 회의 개최를
요구한 바 있었다. 그 회의의 개최 목적은 공산군과의 전쟁
을 멈추고 일본과의 전쟁에 힘을 모으자는 요구를 하고자
함이 뻔했다. 장개석은 당시 그들의 이야기를 들어 줄 마음
이 전혀 없었다. 군은 상명하복이 생명이고, 일선 지휘관은
전투를 회피해서는 안 되는 것이다. 지난봄부터 계속 이어
진 잦은 작전 실패들 때문에 군의 사기가 바닥에 떨어져 있
는데, 장학량이 공격 작전을 회피하고 사람들을 선동하려
는 듯한 행동들을 자꾸 보여주자 장개석은 "더 이상의 군인
으로서의 책임회피는 용서할 수 없다"고 경고하고 난징으로
돌아갔었다.

　　장개석의 거듭된 경고에도 장학량이 전의를 상실한 듯 공격을 주저하자, 이틀 전 장학량을 뤄양으로 불러 더 이상의 직무 태만 행위가 계속되는 경우에는 책임을 엄중히 묻겠다고 으름장을 놓았었다. 이때 장학량의 제안으로, 장개석 사령관이 약 열흘간의 일정으로 비밀리에 시안을 방문하여 야전군을 불시에 방문하고 군을 사열하며 이들의 사기를 진작시키기로 합의를 했었다. 그런데, 불과 이틀 전에 결정했던 불시 방문과 각 야전부대의 사기 진작 계획은 온데간데없고, 야전부대 지휘관들의 불만과 푸념을 들어 달라는 취지의 자리를 자신에게 상의도 하지 않고 마련했으니 장개석 사령관은 기분이 좋을 리 없다. 당장, 불만을 가진 쉰 명 이상의 장성을 혼자서 감당하는 것은 불가능에 가깝다. 장학량도 그 점을 노린 듯하다.

　　장개석이 마땅찮은 표정을 한 채 마련된 자리에 앉으며 자신을 수행한 헌병장교 장효선을 손짓해 부른다. 황급히 달려온 장효선이 허리를 숙여 자신의 귀를 사령관에게 기울인다.

　　"이것 봐! 지금 나가서 차량 대기시키고, 3분 안에 나를 차량 탑승까지 호위할 수 있도록 준비해!"

　　"예! 알겠습니다!"

　　장효선이 회의장을 재빨리 빠져나간다. 자리에 앉은 채 장내를 둘러보는 장개석을 향해 50여 명의 장성이 시선을 고정한 채 굳은 표정을 짓는다. 자연스러운 표정들이 아닌 걸 보면 이 자들도 지금의 회의가 정상적인 절차를 거친, 계획된 행사가 아닌 것을 알고 있는 듯하다. 모두 자리에 앉는다. 잠시 웅성거리던 와중에 장학량이 큰 소리로 장내 정리 차원의 발언을 한다.

"자! 여러분. 일단, 사령관 각하의 방문을 환영하는 뜻으로 박수를 부탁합니다."

모두 앉은 자리에서 박수를 치기 시작한다. 굳은 표정의 장개석이 손짓으로 박수를 멈추라는 지시를 한다. 박수 소리가 멈추고, 이내 장내가 고요해진다. 곧이어 장학량의 눈짓에 따라 중간쯤에 앉은 장군 하나가 자리에서 일어나 발언을 시작한다.

"110사단의 사단장 대행을 맡은 류효택입니다. 우선……."

"잠깐! 110사단은 아직 사단장을 공석으로 두고 있으면 어떡하나! 지금 즉석에서 명한다! 류호택을 중장으로 진급시키고, 110사단장으로 임명한다! 지난 감천 전투에서 전사한 하립중 장군에겐 안 된 일이지만, 이렇게 오래 사단장 자리를 비워 두고 있었으니 공비(共匪, 공산비적) 토벌 작전이 지지부진할 수밖에 없지! 지금부터 110사단의 사단장은 류효택 중장이 맡아 얼마 남지 않은 공산 비적들을 일망타진한

 해동의 새벽

다! 우리가 십여 년 동안 피 흘려 노력한 공산 비적의 완전한 토벌이 눈앞에 와 있으니 마지막 숨통을 그대가 끊어 주기 바란다!"

공산 세력과 화친을 하고 역량을 합쳐 일본에 대항하자는 주장을 하려고 발언을 시작한 110사단의 사단장 직무대리에게 즉석에서 승진을 명함과 동시에 공산군 토벌 작전을 독려하는 장개석 사령관의 기지에 다들 할 말을 잃는다. 처음 장학량의 눈짓에 따라 발언을 시작했던 류효택은 선 자리에서 경례를 붙이고 자리에 앉고 만다. 장학량 직계 110사단은 작년 9월 감천 전투에서 사단장 하립중이 전사하고 수천 명이 포로가 되는 쓰라린 패배를 했었다. 전사한 사단장 자리를 그대로 둔 채, 직무대리 체제로 운영되는 110사단은 홍군(공산군) 포로였던 수천 명 사병이 다시 돌아와 전열을 정비한 독특한 이력을 가지고 있다. 얼마 전 군통의 수장 대립의 보고에 의하면 이때 홍군에게 포로로 잡혔다가 풀려난 상당수의 장교와 사병들이 포로 생활 기간 적화(赤化, 공산화)가 돼버렸다는 것이다. 유능한 방첩·정보기관의 수장인 대립의 보고는 거의 틀린 적이 없었다. 사태의 심각성을 장개석도 알고는 있었지만 '일단 두고 보는' 그의 통치 스타일상, 문제점이 발견되면 언젠가는 환부에 칼날을 들이댈 텐데, 그날이 임박했음을 오늘 그의 발언과 행동에서 알 수 있게 됐다. 사단장을 본인이 직접 임명했으니(그간 장학량의 동북군 휘하사단은 전적으로 장학량의 마음대로 운영됐기에, 이번 장개석의 즉각적 인사 조처는 매우 이례적임) 조만간 후속 조치 역시 직접 취할 가능성이 크다.

장학량과 그의 동북군 직계 장성들의 허를 찌른 장개석의 행동에 잠시 당황한 이들 중 다른 한 명의 장군이 자리에서 일어나 발언을 시작한다.

"서북초비사령부 참모 천창장입니다. 저는 지금 피를 토하는 심경으로 간곡히 충언하고자 합니다. 우리 중국 인민은 40여 년 전부터 왜구들로부터 치욕을 당하며 지내고 있습니다. 동북 지방을 이들에게 강탈당한 지 5년이 지났는데 아직 그 지역을 수복하고자 하는 그 어떤 노력도 중앙군에서는 보여주지 않고 있습니다. 고향 땅과 친지들을 모두 그곳에 버려둔 채, 이곳 서북 지역으로 근거지를 옮겨 와서 같은 동족인 홍군을 상대로 무의미한 전쟁을 벌이는 것이 얼마나 소모적인 일인지 사령관 각하께서 모르시지 않을 것입니다. 감히 충언컨대, 초공작전을 중지하고 우리 중화민족끼리 힘을 합하여 왜구들과 싸워야 한다고 말씀드립니다."

천창장 참모의 발언이 끝나자 장개석이 지금까지의 굳은 표정을 풀고 온화한 미소를 지으며 아무 말 없이 천창장과 다른 장성들을 천천히 돌아본다. 2분 이상 침묵이 이어진다.

   해동의 새벽

가끔, 눈빛과 침묵이 그 어떠한 연설이나 구호보다도 주의를 집중시키는 데 효과적일 때가 있다. 잠시 적막이 흐르고, 장개석 사령관이 모든 사람을 둘러보며 작은 목소리로 묻는다.

"지금 이 자리에서 천창장 장군의 의견에 반대하는 사람은 손을 들어보게!"

모두 가만히 앉아 장개석의 표정을 살핀다. 그들 중 한 명이 조심스레 손을 들고 발언 기회를 얻는다. 군복의 모양과 견장의 표시로 보아 제83사단, 장제스의 직계 사단의 사단장이다.

"제83사단장 차리부입니다. 우리는 지금 앞으로는 일본, 뒤로는 공산군, 옆으로는 러시아와 서양의 열강을 상대로 전쟁 내지는 불화를 겪고 있습니다. 적국은 당연하고, 내부의 적 공산군은 절대 믿을 수 없는 자들입니다. 이제 거의 다 왔습니다. 내부의 적을 모두 토벌한 후 충분한 역량을 갖춰 일본에 대항해야 합니다."

차리부 장군의 발언이 끝나자 장개석이 다시 주위를 둘러본다. 조금 전, 차량을 대기시키고 호위 병력을 배치하라는 장개석의 명령을 받아 회의장을 빠져나갔던 헌병 장교 장효선이 회의장으로 들어와 장제스와 눈을 맞춘다. 그리고 장효선이 적은 듯한 메모를 든 영관급 장교 한 명이 그에게 다가와 쪽지를 전한다. 이를 읽어 본 장개석이 살짝 고개를 끄덕인 후 발언한다.

"여기서 차리부 장군의 의견에 반대하는 사람은 손을 들어 보시오."

약 마흔 명의 장군들이 손을 든다. 찬찬히 이들의 모습을 돌아본 장개석이 손을 내리라고 명한다. 이들이 손을 내림과 동시에 동북군 군복과 견장을 찬 장성이 자리에서 일어서 발언을 하려는 찰나, 장개석이 이를 저지하며 큰 목소리로 발언을 시작한다.

"지금 문밖에서 무리 지어 모여 있는 중대장급 이상 장교가 수백 명에 이른다고 한다. 도대체 이게 무슨 짓들인가? 다들 지휘체계라고는 눈을 씻고 찾아보아도 찾을 수 없는, 마치 시정잡배들같이 굴고 있는 듯하다. 이대로의 대화는 끝이 없을 듯하니, 체계를 갖추고 정상적 절차를 거쳐, 이곳 서북초비사령부 현장 최고 지휘자인 장학량을 통하여 소통하도록 하라!"

서북초비사령부 사령관은 장개석이고, 부사령관은 장학량이다. 그러나 편의상, 의전상, 장학량도 사령관이라는 호칭을 사용하게 허락하였다. 그러나 굳이 교조적으로 따지자면, 장개석에게 건의할 사안들은 공식 지휘체계를 따라 장학량에게 먼저 보고되고, 그것을 다시 장개석에게 올리는 것이 정상인 것이다.

발언을 마친 장개석이 자리를 박차고 일어나 회의장을 나가고, 중앙군 소속 장성 십여 명이 그를 빙 둘러 호위한다. 회의장 문 바깥과 공항 청사 외부에 수백 명의 중간급 장교들이 모여 있다. 대오(隊伍)도 없이 군복만 번지르르하게 갖춰 입은 오합지졸의 모습이다.

"명색이 장교들인데."

혀를 차는 장개석의 낯빛이 어두워진다.

준비된 승용차에 올라탄 장개석이 출발을 명한다. 차량이 완전히 빠져나갈 때까지 중앙군에서 파견된 경호여단 소속 장병들이 장교복을 입은 무질서한 무리들 사이를 헤쳐 나가며 길을 낸다. 장교들 모두 장개석의 차량이 시야에서 사라지자 모자를 벗고 삼삼오오 모여 잡담들을 나눈다. 개중에는 서로 손가락질까지 해가며 소리를 지르는 놈이 있고, 몸을 한껏 뒤로 젖히고 웃으며 떠드는 놈들도 있다. 이들은, 서북초비사령부 위관급 이상 장교들이다.

시안 외곽 한적한 들판 한가운데에 있는 작은 마을의 흙담집 건물 안에서 민상국이 책상 위에 펼쳐 놓은 지도를 유심히 살핀다.

이 집은 국민당군 정보과에서 운영하는 또 다른 안전가옥이다. 스탠드 불빛 아래에서 지도를 보며 축척자(Scale)를 대

보고 컴퍼스(Compass)를 이용해 원을 그려 보던 민상국이 점퍼 안주머니에서 꺼낸 수첩에 한참 동안 무언가를 적는다. 계속해서 책상에 앉아 노트와 수첩에 뭔가를 기재하는 동안 방문 틈을 통해 자동차 헤드라이트 불빛이 새어 들어온다. 이어서 차량의 바퀴 소리와 브레이크 소리가 들린다. 잠시 뒤 두꺼운 외투 차림의 장군 중위가 들어온다.

"왕창령님! 다녀왔습니다!"

"그래! 수고했네! 어떻던가? 화청지 내부까지 진입할 수 있던가?"

"아닙니다! 무단진입에 실패했습니다. 아무리 암구호를 정확히 외우고 있어도 비표를 소지하지 않은 사람은 통과를 시키지 않고 있습니다. 마찬가지, 비표를 소지한 사람도 암구호를 제대로 대지 못하면 경호선 안쪽으로 들어가지 못합니다. 일반인과 군인 모두 진입이 불가능하게 경호망이 촘촘하게 구축되어 있습니다. 무단진입이 불가능하다는 결론을 내리고, 절차를 밟아 화청지 내부로 들어가서 다시 바깥으로 나오며 확인을 해보았는데, 오늘 낮에 비표와 암구호 없이 찾아왔던 장성급 간부들 여럿이 내부에 들어가지 못하고 발길을 돌려야 했던 걸 제가 직접 목격했습니다."

경호를 책임진 사람은 매사 의심을 버리지 않아야 한다. 철저함을 기하기 위해 오늘 민상국은 장군 중위를 시켜 장

  해동의 새벽

개석 사령관의 숙소로 쓰이고 있는 화청지 내부로의 무단침입을 시행해 보았다. 장 중위가 처음엔 민간인 복장으로, 두 번째는 국민당군 장교 복장을 하고 무단진입을 시도했는데, 결국 실패했다는 얘기다. 경호여단의 경호체계는 물 샐 틈이 없다는 것을 확인한 셈이다.

어제 오후, 시안 공항에서 장교들의 이상행동에 경각심을 느낀 장개석 사령관은 급히 경호 인력과 헌병대 병력의 추가 배치를 지시했다. 경호여단은 그 즉시 뤄양에 주둔 중이던 병력을 불러들여 시안 시가지를 비롯한 각 거점에 병사들을 추가로 자리 잡게 하였다. 그에 더해, 인근 도시 정저우에 주둔 중인 포병대대를 시안 주변에 재배치하라 지시하였지만, 포병대대는 내일 오후가 지나서야 재배치가 완료될 예정이다.

이에 앞서 민상국과 장군이 이곳 시안에 도착한 날, 이날은 장개석의 시안 방문이 비밀리에 결정된 지 단 하루밖에 지나지 않은 시점이었다. 그런데, 시안의 학원가와 시민사회운동가들 사이에는 이미 이번 장개석 사령관의 방문계획이 공공연히 알려져 있었다. 학생과 시민단체 몇 군데가 시위와 선동 준비를 위해 전단을 제작하고 현수막을 만들고 있다는 사실을 민상국과 장군 중위가 알아낸 것이다. 이는 분명 장학량과 양호성이 현지 장교들의 단체행동을 촉구하고, 섬서성 일대에서 암약하는 활동가 세력들과 손을 잡아 시위를 선동하여 자신들의 주장을 관철하기로 마음먹은 정황 증거였다. 이에, 방문 예정일 하루 전에 민상국이 뤄양 사령부 정보과에 전보를 통하여 장개석의 시안 방문계획의 전면 수정을 권고하는 의견을 보냈으나, 다음날 장개석의 시안 방문은 예정대로 진행이 되었었다.

민상국 입장에서 장개석의 통치 스타일은 알다가도 모를 일이었다. 지난여름 민상국이 이곳 시안을 찾아와 알아낸 사실은 공산당의 제2인자라고 할 수 있는 주은래가 장개석 측 국민당 정부 정치국 인사들과 공식적 국공합작에 관한 협상을 진행하면서 뒤로는 비밀리에 장학량과도 자주 접촉하고 있음을 직접 확인하고 즉시 보고를 했었다. 그에 더해, 장제스의 최측근 인사인 대립이 운영, 지휘하는 군통에서도 그 사실을 손금 들여다보듯이 자세히 알고 있었고, 대립이 그 사실을 숨겼을 가능성은 전혀 없었을 텐데 장개석은 무슨 이유인지 장학량을 경질하기는커녕 계속해서 그를 신임하고 중책을 맡겨오고 있다. 이번 시안 방문 역시도 민상국이 보기에는 너무나도 위험한 시기에 이루어졌는데, 장학량과 양호성 측의 이상행동을 미리 감지하고 알렸음에도 장개석 사령관은 그의 경고를 아랑곳하지 않고 위험한 행보를 계속 이어갔다.

"시내 분위기는 어떤가?"

"동북군 병사라고는 개미 새끼 한 마리도 보이지 않았습니다. 장학량이 병력소개(兵力紹介) 부분에서는 약속대로 확실하게 조치를 해둔 것 같습니다."

이번 방문이 있기 전에 국민당군은 경호상의 이유로 장학량의 병력을 시안에서 철수시키고 반경 50km 이내에는 접근을 금지했다. 다만, 장개석 사령관의 명령으로 양호성의 제17사단 병력은 평소와 같이 시안 인근에 머물며 뤄양에서 온 국민당 중앙군과 협력하여 시안의 치안을 책임지기로 했다.

이곳 시안에서 양호성에 대한 주민의 사랑과 존경은 상당한 수준이다. 그리고 불안 세력들은 그를 두려워하고 있다. 실제 1926년 내전 과정에서 피 튀기는 시안 공성전을 치른 뒤 사람들은 양호성을 '장안(長安, 시안의 옛 지명)의 호랑이'라 부르고 있다.

"자네는 이곳에 반 장개석 기류가 흐르게 된 가장 큰 요인이 무엇이라 생각하나? 장학량이 문제인 것 같나? 아니면 양호성인 것 같나? 아니면 이곳 시안 주민들의 보편적 정서가 그리 변한 것 같은가?"

"조심스럽게 말씀드리자면, 조금 전 말씀하신 세 가지의 요인이 복합적으로 작용한 것 같습니다. 먼저, 장학량 입장에서는 장개석 사령관의 도움으로 잃어버린 자신의 옛 영토인 만주 지방을 되찾고 싶은 마음이 간절한데, 사령관님께서는 지금 만주를 차지하고 있는 일본군을 상대할 생각은 하지 않고 공산군과의 싸움에 자신을 이용만 한다고 느끼는 것 같습니다. 그리고 양호성 관점에서, 시안 일대는 본래부터 자신이 기득권을 주장할 수 있는 지역임에도 장학량의 10만 동북군의 진주로 인해 상당히 불편한 동거가 시작되었다고 느끼고 있는 것 같습니다. 그에 더해서 왕 참령님께서 얼마 전 밝혀내신 사실대로 양호성의 비서인 왕병남이 공산당원이지 않습니까? 24시간 함께 지내는 비서가 공산당원인데, 적화되지 않는 게 오히려 이상한 일이지요. 그에 더해 지금 양호성과 장학량은 주은래의 매력에 완전히 현혹되어 있을 것 같습니다. 그가 어떤 인물입니까? 사람을 사로잡는 언변과 처세만으로 공산 진영 최고의 자리를 차지하고 있지 않습니까? 풍문이라고는 하지만 모택동은 허울뿐인 지도자이고, 실세는 주은래라는 말이 있지 않습니까! 모택동도 이런 풍문이 있다는 걸 확실히 알고 있으면서도 주은래를 제거하지 못하는 건 그 사람이 가진 실력과 매력, 거기에 더해 몸을 낮출 줄 아는 처세가 아니겠습니까. 그런 모사에게 장학량과 양호성의 마음이 넘어가 있으니, 어떻게 그 두 사람이 장개석 사령관께 충성을 다하겠습니까? 제 소견으로는

　　　　　　　　　　　　　　　　해동의 새벽

이제 그 두 사람과 우리 사령관님과의 관계는 끝났다고 보는 게 맞을 것 같습니다.”

“주은래의 꼬드김에 두 사람이 넘어갔단 의견인가?”

“공산주의라는 강력한 최음제에 더해, 그의 인간적 매력, 그리고 왕 참령께서 밝혀내신 백군공작위원회라는 조직 차원의 포섭 공작까지 힘을 더하고 있으니. 가뜩이나 이런저런 불만이 많은 장학량과 양호성, 그리고 동북군 장성들이 공산주의자들에게 넘어가지 않는 게 오히려 이상한 일입니다.”

실제로 중국공산당은 1936년 1월 ‘백군공작위원회’라는, 적을 포섭·회유하기 위한 심리전단을 비밀리에 만들어 동북군을 상대로 공작에 착수했고, 적지 않은 숫자의 장교와 사병들이 이 공작에 넘어갔다. 주은래는 이 조직의 서기를 겸직하고 있었다.

주은래, 그는 대단한 사람이다. 20세기 중국의 역사에서 그를 제외하고는 설명할 수 없을 정도로 주요 사건, 인물들과 그의 관계는 복잡하게 얽혀 있다. 황푸군관학교 시절, 불같은 성격의 교장 장개석과는 다르게 온화하고 부드러운 성격의 정치부 주임 주은래의 주변에는 그의 인간적 매력에 반한 동료와 생도가 줄을 이었다.

공산정권에서도 최고 지도자였던 모택동은 시골스럽고 투박했던 반면, 제2인자 주은래는 도회적이었고 세련된 사람이었다. 의견이 다르다고 해서 결코 화를 낸 적이 없었으며, 상대방이 말을 할 땐 끝까지 들어 주는 거로 유명했다.

장군의 의견을 듣고, 다시 민상국이 그의 의견을 묻는다.

"양호성과 장학량, 그리고 백군공작위원회의 공작 대상인 동북군과 서북군은 그렇다 치더라도 이곳 시안의 주민들이 가진 반 장개석 정서는 어떻게 설명을 해야 할까?"

"그 이유는 얼마 전 왕 참령께서 저에게 정연하게 정리해서 말씀을 해주셨습니다. 저는 백번 천번 왕 참령님의 말씀에 공감합니다. 공산군의 최근 주장이 단지 내전의 중지라는 하나의 의제였다면 설득력이 부족할 수도 있겠습니다만, 그들은 교묘하게도 내전의 중지라는 어젠다에 더해, 언론의 자유와 인권신장, 노동자와 농민을 위한 정책 등을 연계시킴으로써 상당한 지지세력을 모으고 있습니다. 그에 더해 반일감정과 민족주의, 지역감정까지 연계시켜 선동하고 있으니 실제 공산주의를 혐오하고 사유재산의 소중함을 믿는 보통사람들조차 옌안 세력에는 지지를 보낼 수밖에 없습니다. 이를 자세히 들여다보지 않으면 마치 공산주의자들의 행동에 민족주의자들조차 행보를 같이하는 것처럼 보이게 된다고 봅니다. 그렇게 점진적으로, 실체보다 더 커 보이게 외형을 확장해 나가면 마치 대세는 공산주의 사상인 것처럼 포장이 되는 것이지요."

인간이 피땀 어린 노력으로 이룩한 '사유재산'이라는 것은 그야말로 신성한 것으로 취급되어야 한다. 만약 어떤 특정한 재산의 취득이 부정함으로 말미암은 것이라면 그 부정함을 처벌하고, 부정의 대가로 얻은 재산의 소유를 제한하면 되는 것이다. 그런 측면에서 공산주의자들이 다수의 노동자와 농민을 현혹하여 정치권력을 장악한 다음, 자산가와 지주의 재산을 빼앗는 지금의 일은 또 다른 형태의 강도질이자 약탈행위이다.

중국공산당은 장개석의 핍박에도 불구하고 그동안 끈질기게 살아남아 왔다. 1927년, 소위 청당이라고 일컫는 무자비한 숙청 과정에서 살아남았고, 1934년 대장정을 이뤄냈다. 그리고 1935년 11월에 시작된 장학량과 양호성의 파상적 공격에도 끈질기게 생존하고 있다. 그리고 더는 국민당 세력의 파상 공격을 무력으로 막아낼 수 없음을 자각하고는 게릴라 전술과 함께 심리전과 대중 선동으로 투쟁 전략을 수정하고서 정치적으로 장개석을 압박하여 그들의 힘을 키우려 하고 있다.

민상국과 장군 두 사람의 열띤 대화가 이어지는 와중에 마당에서 다른 차량의 헤드라이트 불빛과 자동차 바퀴 소리가 들려온다. 잠시 뒤 민간인 복색의 시안 현지 정보원이 안전가옥의 거실로 들어온다. 그가 들어오는 걸 보자 민상국이 웃으며 손을 내밀어 악수를 청한다.

"수고하셨소. 그래 알아냈습니까?"

"예. 12월 9일에 혁명공원에서 모인답니다."

"규모는 어느 정도로 예상되는가요?"

"적어도 수천 명은 될 것 같습니다."

각종 사회단체와 학생운동단체가 서로 유기적으로 연대하여 대규모 시위를 준비하고 있다는 첩보를 민상국이 입수하였고, 곧이어 정보 인력을 충원하여 더욱 구체적인 사실관계 조사에 들어갔었다.

조직적인 시위 일정이 예정되어 있다는 사실을 확인한 민상국이 장군 중위에게 지시한다.

"내일 아침 해가 밝는 대로 화청지를 찾아가 장효선 상교에게 이 사실을 알리도록 하게! 경호담당 장교에게 '히말라야에서 사람이 왔습니다!'라고 하면, 자네를 장효선에게 데려다줄걸세. 알겠나?"

"예! 알겠습니다."

"난 이 사실을 뤄양과 난징에 보고할 예정이라네. 자, 이제 밤이 깊었으니 모두 들어가 쉬자고."

장군 중위와 시안 현지 정보원이 민상국에게 거수경례를 올린 후 거실을 나간다. 민상국은 이들이 떠난 뒤에도 책상

　　　　　　　　　　　　　　해동의 새벽

위에 펼쳐 둔 지도를 계속해서 들여다보며 깊은 고민에 들어간다.

가정방문

경남 진주(晋州).

초겨울 오후, 잿빛 하늘에 먹구름이 모여들고 있다. 습기를 가득 머금은 차갑고 묵직한 공기가 진주 시내 조용한 주택가를 감싼다. 집집 작은 굴뚝에서 내뱉은 맵싸한 연기가 무거운 공기에 눌려 골목 안을 휘돈다. 스산한 바람, 곧 함박눈이라도 쏟아질 듯하다. 빗장을 걸어두지 않는 민규네 대문 앞, 단정한 차림의 젊은 남자가 담장 안을 너머 보며 집안에 사람이 있는지 차분한 목소리로 불러본다.

"계십니까? 댁에 누구 안 계시는가요?"

"뉘요? 누군교?"

거실 난로에서 나온 석탄재를 모아 둔 양철통을 낑낑대며 두 손으로 들고나오던 소희가 그 통을 마당 구석에 내려놓고, 깡충거리며 대문 앞으로 달려가 찾아온 손님을 맞는다.

"아자씨는 어데서 오셨능교?"

“여기가 김영하 학생 집 맞나요?”

“예! 김영하 학생은 우리 대럼이요. 그라고 이 집 주인은 함안 아재라고, 이호길 아재 집이요. 그 짝은 누군교?”

“그럼, 이민규 학생도 김영하 학생과 함께 이 집에 살고 있나요?”

“호구조사 나왔능교? 이 집 주인 이호길 아재, 그라고 그 아재 아들이 민규요. 뉜데 우리 대럼하고 민규 이름을…….”

퉁명스레 대꾸하다가 이내 뭔가 집히는 게 있는지 손에 묻은 석탄재를 털고 자세를 고쳐 잡으며 공손히 다시 묻는다.

“혹시…… 우리 영하 대럼 선상님인교? 민규하고 영하 대럼 댕기는 저짝 보통핵교…….”

“예, 맞습니다. 제가 김영하 학생하고 이민규 학생의 담임 교사입니다.”

“아이고 우짜꼬? 몰라뵀십니더! 이짝으로 오이소, 이짝으로……. 마님! 마님!”

연신 허리를 숙이며, 조금 전 상대를 몰라보고 범했던 무례를 용서받으려는 듯 더욱 공손하게 손님을 안내한다.

“마님이라고 부르지 말래도 그런다!”

바깥에 손님이 찾아온 것을 짐작한 민지영이 안방에서 거실로 나와 미닫이 유리문을 열며 손님을 맞는다. 민지영과 손님 사이에 옆으로 비켜서 있는 소희가 찾아온 손님의 정

　　　　　　　　　　　　　해동의 새벽

체를 알린다.

"마님! 이짝은 영하 대럼 핵교 선상님이라 카네요!"

대단한 손님이라도 온 듯 호들갑을 떨어 대는 소희의 달뜬 목소리에, 민지영도 평소와 다르게 서둘러 댓돌로 내려선다. 신발을 찾아 신은 후 마당까지 내려와 비켜서서 허리를 숙인다.

"이런 실례가 있나. 몰라봬서 죄송합니다. 영하 어미 됩니다. 자식을 맡겨 두고 진즉 찾아뵈었어야 했는데, 저희 바깥어른께서 학부모의 공연한 학교 출입을 마뜩잖아하시는 분이라 그동안 정말 큰 실례를 했습니다. 이렇게 찾아오실 줄 알았으면 응당 먼저 학교로 찾아뵈었어야 했는데요…… 면목이 없습니다."

마당에 내려서서 치마 춤을 움켜쥐고, 마치 큰 죄인이라도 된 것처럼 몸을 낮춰 해명한다. 제아무리 세도가 막강한 사람이라도 자식의 스승 앞에서는 한없이 몸을 낮추기 마련이다. 민지영의 과하다 싶은 환대에 민망했는지 영하의 담임 선생도 허리를 깊이 숙인다.

"안녕하십니까. 영하 군 담임교사 구현모라고 합니다. 이렇게 예고도 없이 찾아 뵈옵게 돼서…… 실례가 아닌지 모르겠습니다."

"아닙니다! 정말 반갑습니다. 어서 안으로 드시지요."

거실로 올라온 담임선생에게 난로 옆에 방석을 깔아 자리를 마련해 주고, 민지영이 맞은편에 앉으며 다소곳이 반절한다. 이에 선생도 맞절한다.

소희가 부엌에서 식혜와 함께 양과자와 단팥빵, 사탕 등을 작은 소반에 담아 내온다. 식혜 그릇에는 살얼음이 사르르 얼어 떠 있다. 민지영이 식혜를 권하고, 선생이 그릇을 들어 입술에 대는 정도로 두 사람 사이의 첫인사는 마무리가 된다.

"학생기록부를 보니 이 댁에 이민규 학생과 김영하 학생이 함께 사는 것으로 기록되어 있던데요, 며칠 전 민규 아버님은 제가 학교에서 뵀었습니다만…… 민규와 민규 부모님은 지금 어디에 계신지……."

선생이 궁금한 사항 몇 가지 중 하나를 조심스레 꺼낸다. 선생의 질문 중에 포함된 말 속에서 새로운 사실을 알게 된 민지영이 약간 의외라는 듯한 표정으로 되묻는다.

"민규 아범이 학교를요?"

"예. 며칠 전 제가 드릴 말씀이 있어서 민규를 통해 방문 요청을 드렸었습니다."

"예…… 그랬군요. 선생님, 지금 민규 아범은 저희 바깥분을 모시고 경성에 가 있습니다. 그리고 민규 어멈은 지금 민규가 입원해 있는 병원에 민규를 먹일 음식들을 가지고 갔

                                        해동의 새벽

답니다. 얼추 돌아올 시간이 다 됐는데…….”

이때 마루 끝에 다소곳하게 앉아 있던 소희가 난데없이 불쑥 대화에 끼어든다.

“제가 언능 병원에 뛰어갔다 올까예?”

십 년 넘게 상전을 모시고 살면서 이런 실례를 하면 안 된다는 것쯤은 모를 리 없는 소희의 행동이 맹랑하다. 며칠 전 민규 아범의 매타작과 등교 금지 선언이 너무 안타까웠기에, 담임선생이란 사람이 찾아오고 민규 어멈과 민규 아범을 찾는 것을 보고는 행여나 민규를 다시 학교에 보낼 수 있을까 하는 기대가 생기면서 조급한 마음이 앞섰다. 소희의 촐싹거림에 민지영이 근엄하게 답한다.

“아니다! 그럴 필요 없다. 너는 계속 그 자리에 앉아 있거라!”

아무리 스승과 학부모 사이라고는 하지만 남녀가 유별하고, 당장 집 안에 사내가 없으니 당연히 소희는 두 사람의 시선이 닿는 곳에 있어야 했다. 민지영이 목소리를 가다듬고 다시 선생에게 말을 한다.

“민규 어멈은 곧 올 겁니다.”

“예……. 그런데, 영하는…….”

계속해서 조심스러운 질문을 하는 담임선생을 보며 민지영이 대답한다.

"영하는 학교 수업 후에 민규가 있는 병원에 들렀다가 저녁때쯤 올 겁니다. 사람을 보내서 영하를 불러올까요?"

"아니, 어머님…… 사실은 민규가 학교에서 민규 아버님 손에 이끌려 집으로 돌아간 이후부터 영하도 마찬가지로 며칠째 등교를…….'

"아이고! 우짜꼬! 우리 대럼도!"

소희가 또 출싹대며 손뼉까지 쳐 댄다. 민지영의 가벼운 눈 흘김에 소희가 자세를 고쳐 앉는다. 손으로 입을 가리지만 뭐가 그리 좋은지 생글생글 웃어 대기까지 한다. 눈치가 빠른 아이라서 지금 이 상황이 어떤 식으로든 민규를 구원해 줄 절호의 기회임을 알아챈 것이다. 민지영이 진지한 표정으로 다시 한번 확인을 한다.

"민규가 아파서 결석해야 한다는 사실은 제가 학교에 알렸습니다만, 우리 영하도 며칠간 결석을 했다는 말씀이신가요?"

"네, 그렇습니다. 영하 어머님. 영하도 계속 결석을 해서, 제가 걱정돼서 이렇게 갑자기 찾아오게 된 것입니다."

"세상에! 우리 영하까지! 선생님, 혹시 민규 아범이 왜 민규를 학교에 안 보내겠다고 결심을 한 것인지 짚이는 데라도 있으신가요? 사실 민규 아범도 그렇고 민규 어멈도 그렇고 게다가 민규까지 하나같이 입이 무거운지라…….'

 해동의 새벽

자식의 일탈 소식에 잠시 평정심을 잃었던 민지영이 자세와 표정을 가다듬고 차분히 질문한다. 담임선생이 미간을 찌푸린 채 잠시 생각에 잠긴 듯하더니 조심스레 말을 꺼낸다.

"저기…… 영하 어머님…… 제 눈치에는 민규 아버님과 민규 어머님이 이 댁에…… 그러니까…… 지난번 민규 아버님께서 영하 학생에게 도련님이라고 부르고…… 혹시……."

"네 맞습니다. 선생님께서 짐작하시는 게 맞을 겁니다. 민규 아범과 민규 어멈은 20년간 저희 집에 속해 있던, 그렇다고 예복의 신분은 아니었습니다만, 어려운 사이인 것은 분명합니다. 지금은 저희 집에서 독립해 나와 이 집에서, 물론 이 집도 민규 아범 소유의 집이고 민규 아범은 자영 농민으로 살고 있습니다만, 원래 민규 어멈이 영하의 유모였답니다. 그리고 지금도 저희 집에서는 영하를 민규 아범과 민규 어멈의 손에 맡기는 경우가 많답니다."

예복(隷僕)은 집안에서 부리는 종을 점잖게 일컫는 말이다.

민지영의 설명에 얼마 전 민규 아범이 보였던 이상행동을 이제야 이해하게 된 담임선생이 크게 고개를 끄덕인 후, 민지영에게 며칠 전 학교에서 있었던 일을 전한다.

"아! 네……. 이제야 민규에게 무슨 일이 있었는지 알겠습니다. 사실은, 민규가 지난 한 해 동안 치렀던 모든 시험에서 만점을 받았었습니다. 3학년 전체에서 계속 일등을 했는데요, 4학년 과정을 배운 적도 없었지만, 혹시나 하는 마음으로 4학년 과정을 가지고 시험을 보게 했었는데 그 시험에서도 우등했습니다. 그래서 민규 학생을 4학년을 건너뛰고 5학년으로 월반시키고자 민규 아버님을 뵙고 설명해 드렸었는데, 처음엔 무척 기뻐하시다가 갑자기 영하 학생의 성적을 제게 물으시고는…… 사실, 영하는 우수한 아이가 맞습니다만 민규와는 조금…….”

“두 아이의 실력에 차이가 있고, 영하는 민규와 함께 월반을 시킬 정도의 성적은 아니라는 말씀이신 거죠? 그 점은 저도 잘 알고 있답니다.”

교사가 학부모 앞에서 다른 학생을 칭찬하면서 그 학부모의 아이를 비교 대상으로 삼는 건 아주 곤란한 일이다. 담임선생의 이런 곤란함을 미리 알고 민지영이 담임선생의 말에 앞서 먼저 요지를 파악했음을 알려 준다.

“네, 영하 어머님. 그런데, 그때 이 내용을 민규 아버님께 설명해 드렸더니, 그러니까 민규는 월반을 시키고 영하는 월반할 성적이 되지 않는다는 설명을 들으시고는 갑자기 민규를 교실에서 끌고 나가시고, 이어서 학교를 그만두게 하시겠다며…….”

“이런…… 못난 사람을 봤나! 이런!”

 해동의 새벽

민지영의 장탄식에 담임선생의 낯빛이 더 어두워지고, 거실 마루 한구석에서 이 이야기를 듣던 소희도 주먹을 입으로 가져가 깨문다. 이런 사실을 민규 아범도 민규 어멈도, 심지어 민규조차도 입을 꾹 다물고 있었으니 비록 신분은 달랐지만, 한집에 사는 사람들 처지에서는 그저 안타까울 뿐이다.

이때 대문이 열리고, 영하가 뭐에 신이 났는지 마당을 가로질러 화단을 뛰어넘으며 안채 입구까지 달려온다. 화단 안을 뛰어다니지 말라고 여러 번 주의를 시켰건만 소용이 없다. 댓돌 옆에 남자의 신발이 보이자 의아한 마음에 고개를 들어 유리문 너머로 거실 내부를 유심히 바라본다. 담임선생과 민지영이 대화를 나누는 모습을 발견한 영하, 마치 석고상처럼 굳어 버린다. 영하와 함께 병원에서 온 듯한 함안댁이 귀가 인사를 하려다 손님이 계신 것을 보고 돌아서는 찰나, 마루 끝에 앉아 있던 소희가 미닫이 유리문을 연다.

민지영이 바깥을 향해 낮고 무거운 목소리로 두 사람을 부른다.

"영하는 뭐 하는 게야? 얼른 들어와 선생님께 인사드려야지. 그리고 민규 어멈은 이리 좀 들어오시게!"

도둑이 제 발 저리다고, 며칠간 제 어미를 속이고 무단결석을 해왔던 영하가 담임선생과 민지영이 함께 있는 모습에

어쩔 줄 몰라 한다. 거실 마루에 오르는 함안 댁 뒤에 영하
가 몸을 숨기듯 붙어서 따라 들어선다.

"함안 댁. 여기 계신 분은 민규 담임선생님이시라네."

"예…… 안녕하십니꺼. 지는 민규 애미됩니더."

양손을 무릎 사이에 모으고 허리 숙여 인사하고, 담임선생
도 엉거주춤 일어서 함께 인사를 한다. 선생이 자리에 앉고,
함안 댁은 자신을 위해 민지영이 내어 준 방석을 슬며시 옆
으로 밀고 맨바닥에 꿇어앉는다. 영하가 담임선생께 큰 절
을 마치자 민지영이 근엄하게 영하에게 이른다.

"영하 너는 잠시 네 방에 들어가 있거라!"

영하가 조심스레 까치발을 들고 자신의 방으로 들어간다.
민지영이 소희를 시켜 함안 댁을 위한 식혜 한 사발을 더 들
인다. 소희가 가져온 식혜 그릇을 보고도 함안 댁은 눈길 한
번 주지 않은 채 거실 바닥만 주시하고 있다.

거실 안에 흐르는 공기와 이 집 사람들의 행동거지 하나하
나를 얼핏 보면서 담임선생은 이미 이 댁의 사정을 모두 파
악한 듯하다. 그동안 잘생긴 외모와 뒤처지지 않는 입성의
민규를 보면서 민규의 부모가 남의집살이하는 사람들인 줄
은 꿈에도 몰랐었다. 그리고 넘치는 귀티에 반해, 수수한 옷
차림의 영하를 지켜보면서 오히려 영하를 고만고만한 집의
아이라고 판단했었다.

　　　　　　　　　　　　　　　해동의 새벽

민지영의 품위 있는 말과 행동에 더해 이 집안 식구들과 아랫사람들의 크고 작은 몸짓, 그리고 그들의 말투 하나하나에서 이 집 안주인과 바깥주인의 인품과 신분, 그리고 사회적 지위를 알 수 있게 됐다. 한 사람이, 자기 자신에 대한 허장성세로 신분과 교양의 분식(粉飾)은 할 수 있을지 몰라도 가족 전체, 어울리는 친구와 위·아랫사람까지 전부 분식을 할 수는 없다.

잠깐의 고요함 끝에 민지영이 함안 댁에게 묻는다.

"그래. 민규는 좋아졌나? 언제쯤 퇴원해도 된다던가?"

"지는 마…… 지금이라도 델꼬 왔으마 싶습니더. 뭐 한다꼬 비싼 돈을 디리가꼬 뱅원엘……. 고마, 접골 선생한테 델꼬 갈꺼를요……. 마님께서 구해 주신 추어탕하고 개장국을 울매나 잘 처믹있등가…… 고마 다 나았십니더. 강 박사님 말씸은 사나흘 더 보자 카시는데…… 의사들 다 모도 도둑이라 카더마는……. 아이고, 제가 말이 많았심더……. 죄송합니더…… 예……."

민규의 병원비를 민지영이 부담할 테니 신경 쓰지 말라고 미리 얘길 했지만, 뼈가 부러지면 병원의 의사보다 접골원의 접골사부터 찾아가던 서민으로서는 접골원과 비교하면 수 배에 달하는 병원비가 아까울 따름이다.

생때같은 자식이 다리가 부러지고 갈비뼈에 금이 가도록

맞은 이유가 학교 때문이란 걸 어렴풋이 짐작하고 있던 함안 댁은 지금 담임선생의 방문이 반갑지 않다.

이래저래 골이 난 상태에서 어렴풋하게 학교 선생이 간접적 가해자라고 여기고 있었던 함안 댁 입장에서는 화풀이 상대가 생겼다 싶었는지 평소보다 말이 거칠었고 또 그 수가 많았다.

"실례지만, 민규 어머니…… 민규가 왜 병원엘……."

담임선생이 대강의 짐작은 있지만 설마 하는 마음으로 함안 댁에게 묻는다. 훈육 차원의 매질을 했다 치더라도, 병원에 며칠씩 입원을 해야 할 정도 부모의 체벌은 보지 못했기에, '아니었으면' 하는 마음에 묻는 것일 테다.

"내사 모르지요! 민규 저눔아도 말을 않고, 애비도 말이 없고, 그 짝 선상님이 모라 카싰는지, 선상님 만내고 옴서 아를 뚜디리 패서 저래 빙신을 만들었다 아이요. 문디 손, 퍼뜩하마 사람을 뚜디리 패 쌌고, 고마 우리 민규는 제 명에 몬 죽을 끼구마! 암매도 장가도 들기 전에 지 애비한테 맞아 죽지 싶구마요."

바닥을 내려다보며 혼잣말로 푸념하듯 말을 뱉는다. 단단히 속이 상해 있는 함안 댁을 달래듯 민지영이 말을 한다.

"이보게, 함안 댁! 모두가 우리 영하 탓이었다네. 내가 미안하네!"

　　　　　　　　　　　해동의 새벽

"아이고 마님! 그기 무신 말씀입니꺼? 대럼 때문이라이요?"

"영하야! 너 잠시 나와서 이리 앉거라. 나오면서 경성 외삼촌이 사주신 란도세루(ランドセル, 초등학생들이 양쪽 어깨에 메고 다니는 책가방. 어원은 네덜란드어 '란설(ransel)'이며 일본어에서 '란도세루'란 단어로 변형됨)도 가지고 나오너라!"

민지영의 부름에 이젠 자신이 야단맞을 차례라고 느낀 영하가 시무룩한 표정과 기죽은 듯한 몸짓으로, 작년에 큰외삼촌이 사서 보낸 밤색 가죽 책가방 두 개를 끈만 붙잡은 채 바닥에 질질 끌며 거실로 나온다.

이것들은 삼 년 전, 민지영의 오라비인 민경국이 영하와 함께 집안에서 부리던 사람의 아들까지 같은 보통학교에 취학시켰다는 소식을 들은 뒤 손수 경성 미츠코시 백화점에 들러 산 일본산 고급 책가방이다. 새 물건을 보면 뛸 듯이 좋아하는 여느 어린아이들과 같이 영하도 민규도 그 가방을 보고 무척 좋아했었다. 그러나 눈에 띄는 고급 책가방을 양쪽 어깨에 둘러멘 민규를 보고, 민규 아범이 불같이 화를 내며 다른 일반 아이들처럼 광목천으로 책을 싸매어 어깨와 옆구리에 질끈 묶어 둘러메는 책보(冊褓)를 쓰게 하였는데, 고급 책가방을 혼자 메고 다니기 싫어진 영하도 덩달아 그 가방을 책상 아래 구석에 던져두고는 민규와 같은 광목 책보를 들고 다녀왔다.

꾸지람 들을 각오를 잔뜩 하고 제 어미 앞에 꿇어앉은 영하에게 민지영이 묻는다.

"영하야! 민규가 학교에 못 가서 너도 학교에 가기 싫었던 게냐?"

"……."

대답 없이 고개만 푹 숙이고 있다. 학교에 가지 않은 이유를 묻는 민지영의 질문을, 학교에 가지 않은 잘못을 꾸짖는 것으로 이해한다.

"영하야! 네가 그 책가방을 한쪽 구석에 치워 둔 이유가 민규가 들고 다니지 않아서 너도 들고 다니지 않는 것인 거야?"

"……."

이번에는 고개를 크게 끄덕인다.

"영하야! 민규 아범의 뜻에 따르면, 민규는 너보다 좋은 옷을 입으면 안 되고, 맛 나는 음식을 너보다 많이 먹으면 안 된다는 사실을 알고 있느냐?"

"……."

이번에도 크게 고개를 끄덕인다. 다시 민지영이 묻는다.

"이유가 뭔지 아느냐?"

"그냥. 그냥 썽냅니다. 애비가, 민규 애비가 민규한테 썽냅니다. 저보다 먼저 먹어도 썽내고, 저보다 많이 먹어도 썽내고…… 민규 애비가 썽을 내니까 민규는 맨날 맨날 내한테 양보해야 하는데…… 애비 밉다! 애비가 밉습니다. 어머니.”

이번에는 시무룩한 표정으로 투정 부리듯 대답을 길게 한다. 영하의 대답과 투정이 끝나자 민지영이 다시 부드럽게 묻는다.

“영하야! 이번에 민규가 애비한테 매 맞은 이유를 아느냐?”

“모릅니다. 애비도 말을 안 해주고, 유모도 모른다고 하고, 민규도 말을 안 합니다.”

“그건 말이다…… 음…… 영하야. 민규가 너보다 공부를 잘하는 건 알고 있니?”

“어머니! 민규는 학교에서 공부를 제일 잘합니다. 우리 반에서도 일 등이고 열 개 반을 다 합쳐도 일 등입니다. 나는 어머니 우리 반에서 삼 등도 하고 오 등도 하고…….”

말하다가 말꼬리를 흐리더니, 더 이상 대답을 하지 않고 무의식적으로 꼼지락거리는 자신의 손가락만 내려다본다. 뭔가 깨달은 것이 있나 보다.

“영하야! 너는 민규가 너에게 일 등 자리를 양보하기 위해서 학교마저 그만뒀으면 좋겠니? 민규는 항상 너한테 양보해야 하는데, 네가 민규보다 공부를 더 열심히 했으면 민규 애비가 민규한테 성을 내지 않았을 텐데…… 어떠냐. 네가 잘못했지?”

잠시 침묵하던 영하가 천천히 고개를 끄덕이며 대답한다.

"예. 어머니."

"다음 시험부터는 네가 민규보다 성적을 더 잘 얻어야 민규가 계속 학교에 다닐 수 있을 것 같은데…… 어떻게 생각하니? 민규가 학교를 그만두는 게 좋을까? 아니면 네가 공부를 더 열심히 하는 게 좋을까?"

"……."

영하가 대답을 안 하고 한참을 손가락만 꼼지락거리다가 환한 웃음을 지으며 대답한다.

"어머니! 민규가 시험을 일부러 틀리면 됩니다. 그러면 저보다 공부를 못하게 되는 것이고, 애비가 안 때리고, 민규는 학교를 계속 다닐 수 있을 거 아닙니까?"

나름으로 열심히 짜낸 꾀라는 게 이런 거다. 심각한 표정으로 시종 심드렁해 있던 함안 댁마저 이 말을 듣고는 피식 웃으며 앉은자리에서 영하를 끌어안고 귀여워 죽겠다는 듯 영하의 등짝을 토닥거린다.

그러다가 민지영의 매서운 눈길에 얼른 자세를 바로잡고 영하를 놓아 준다.

"네 이 녀석! 어디서 그런 얕은꾀를 내느냐! 내가 너를 그리 가르쳤더냐. 일부러 시험을 망치라는 게 말이 되느냐. 열심히 공부해서 성적을 내야 하는 민규의 신세를, 네가 망칠

　　　　　　　　　　　　　　　　해동의 새벽

셈이냐?"

"……."

대답하지 못하고 어미의 추상같은 꾸짖음에 또르르 눈물을 흘린다. 여기서 조금만 더 어미의 화를 돋우게 되면 무시무시한 회초리 세례가 기다리고 있다는 것을 영하는 그간의 경험을 통해 알고 있다.

"네 녀석이 공부에 소홀했기에 민규가 지금 피해를 보고 있지 않느냐! 다리가 부러질 정도로 애비가 민규한테 성을 내고 매질을 한 게 누구 때문인지 모르겠느냐? 네 녀석이 학업을 소홀히 하면 민규는 계속 너와 함께 학교에 다닐 수 없을 게야! 너의 게으름이 너의 인생을 망치고, 민규의 미래를 망치는 걸 어찌 모르는 게야! 어떻게 하겠니? 네가 지금처럼 요령만 피우고 공부를 열심히 하지 않는다면, 민규는 학교를 그만두게 하고 갑산마을로 보내서 지게를 지워 농사를 짓게 만들고, 너는 외가가 있는 경성에 가서 일본인들과 같이 소학교를 다니게 될 것이다. 어서 대답하거라!"

민지영의 호통에 소희도, 함안 댁도, 심지어 담임선생마저도 흠칫 놀란다. 눈물 많은 영하가 울음을 터뜨리며 눈물, 콧물에 더해 내년부터는 반드시 일등을 해 보이겠다고 다짐한다.

담임선생은 오늘, 민규와 영하의 재등교를 위한 소기의 목적을 달성하고 가벼운 마음으로 민규네 집 대문을 나선다.
민규의 월반 문제는, 병결 신고를 하기 전 하루의 무단결석
이 있었기에 없었던 일이 되었다고 한다. 참으로 안쓰러운
일이다.

오후 내내 흐렸던 하늘, 잿빛 구름 사이를 비집고 나온 눈
부신 햇살이 멀리 보이는 눈 덮인 비봉산 산마루를 강하게
비춘다.

내란의 조짐

중국 산시성 시안.

시안 임동(臨僮) 화칭쓰(華淸地), 온천이 유명한 곳이다. 역
대 수많은 황제의 휴양지였으며, 청나라 말기 서태후에 의
해 선포되었던 개혁 정책인 광서신정(光緖新政)도 이곳에서
구상하였다고 한다.

온천욕을 마친 장개석이 임시 집무실에 마련된 책상에 앉
아 낮 동안 전국 각지에서 취합해 올린 서류들을 검토한다.
서류 한 장을 유심이 들여다보던 그가 앉은 자리에서 큰 소
리로 조카이자 자신의 경호 대장인 장효선을 부른다.

"장샤오셴!"

사령관 임시 집무실 바로 옆에 마련된 부속실 문이 열리고, 헌병 장교 복장의 장효선이 집무실로 성큼성큼 들어온다. 절도있게 경례하고, 사령관의 손짓이 있자, 사령관 앞에 부동자세로 선다. 장개석이 그에게 묻는다.

"이건 뭔가?"

"무슨 말씀이신지……."

"장 주필(主筆)이 여길 방문한다는데, 누가 결정한 일인가? 나는 사전에 보고를 받은 기억이 없는데……."

"어제저녁 만찬장에서 제가 말씀드렸습니다. 다궁바오(大公報)[20] 주필이 시안 취재를 오고 싶어 한다고 말입니다."

"흠…… 내가 무심코 넘겨 들었구먼. 평범한 언론사 기자가 취재를 오는 것으로 생각했었나 보네. 장쥐란의 이름을 애기해 줬으면 내가 정확히 기억했을 텐데…… 지금 여기에 와 있나? 강화된 경비 탓에 못 들어오고 어딘가에서 고생하고 있는 건 아닌지 몰라. 나가서 찾아보고 이리 데리고 오게. 저녁을 같이하는 거로 하지!"

장개석은 다궁바오(大公報)의 주필로 있는 장쥐란(張季鸞)하고는 흉금을 터놓고 지내는 사이다. 어느 정치인에게나 자신의 이상과 뜻을 공감하는 언론인이 하나쯤은 있어야 한다. 장 주필은 고독한 지도자인 장개석에게 있어 고해성사를 받아주는 신부(神父)와도 같은 존재이다.

장개석이 계속 서류 검토를 하는 동안 부속실과 연결된 문에서 노크 소리가 나고, 그가 들어오라고 소리친다. 조금 전 이곳에 들어오지 못하고 어딘가에서 고생 중인 기자를 찾기 위해 이곳저곳 경호초소마다 내선 전화를 돌려본 장효선이 집무실로 들어와 보고한다.

"제2문 옆에 마련된 언론사 기자 대기실에서 장 주필을 찾았습니다. 새로운 비표를 지급하고 곧 이곳으로 데리고 오겠다고 합니다."

"그가 얼마 동안 그곳에 붙잡혀 있었나?"

"예! 확인해 본 결과 네 시간째 계속 사령관님과 직접 연결해 달라고 요구했다고 합니다."

"흠…… 고생을 크게 시켰구먼!"

이때, 복도 쪽으로 나 있는 문에서 노크 소리가 난다. 장개석이 들어오라고 하자 호위관이 다궁바오의 주필 장쮜란을 데리고 들어온다. 두 사람이 함박웃음을 지으며 포옹한다. 호위관이 간단한 차와 과자, 과일 등을 들여오자 장교 장효선이 자리를 피해 준다.

"어서 오시오. 장 주필! 당신이 온다는 연락을 늦게 받는 바람에 내 조치가 늦었소. 그동안 괜히 고생했소. 미안하기도 하고, 그런데 직접 여길 찾아오다니. 무슨 일이오?"

"사령관 각하! 이틀 전 이곳 시안 주재 기자로부터 아주 심각한 연락을 받았습니다. 이곳 시안은 지금 도화선에 불을 붙이기 직전의 폭탄과도 같은 상태라고 합니다. 같은 민족끼리의 전쟁을 멈추고 항일 전선에 매진해야 한다는 주장들과 더불어 대규모 소요 사태가 목전에 있다고 합니다. 그런데도 사령관께서 시안 방문 시작일부터 서북초비사령부 장학량, 서북수정 양호성을 위시한 일선 장성들의 면담 요구마저 거절하고 있다는 소식을 듣고 제가 급히 달려온 것입니다. 몇 주 전에 장학량을 만났었는데 사령관께서 자기를 오해하고 있다고 억울함을 호소하고 있습니다. 시중에 떠도는 장학량과 주은래 사이에 밀약이 있었다는 유언비어를 사령관께서 듣고는 자신을 계속 의심하고 계신다며 제게 눈물로 하소연했습니다. 억울하다고 말입니다."

"내가? 내가 그들의 만남에 대해 오해하고 있다고?"

"예."

"장학량의 입에서 나온 말인가?"

"예! 제가 틀림없이, 직접 들었습니다. 각하!"

"흠. 이 자식. 도둑이 제 발 저린다더니! 난 단 한 번도 두 사람의 만남에 대해 어느 사람에게도 언급한 적이 없네."

그는 오랫동안 장학량과 주은래의 비밀 만남에 대하여 여러 경로를 통해 보고를 받아 왔었다. 민상국을 통하여 사진을 포함한 보고서를 받았고, 같은 날, 같은 장소, 같은 옷차림을 한 이들이 다른 앵글에서 찍힌 사진과 보고서를 첩보 기관인 군통의 대립으로부터도 보고를 받았다. 그에 더하여, 옌안에 심어둔 고정간첩으로부터도 같은 내용의 보고를 받았음에도 그는 단 한 번도 장학량에게 이 문제를 가지고 추궁하지 않았다. 적과의 내통에 대한 유력한 증거와 증인들이 있었음에도, 이 문제를 추궁하지 않고 몇 개월째 함구하고 있다. 그에 더하여, 본인 신상의 위험이 극에 달해 있는 지금까지도 그는 그 문제를 일절 언급하지 않고 있는데, 이는 무서우리만치 두둑한 배짱을 가진 그의 통치 스타일의 일면이라 할 수 있다.

"각하! 조금 전 도둑이 제 발 저린다는 말씀은…… 장학량이 정말로…….

"아닐세. 아니야. 그나저나 자네 시장하지 않은가? 나는 점심도 부실하게 먹었고, 조금 전 온천욕을 했더니 허기가 지는구먼!"

"예! 각하와 저녁 만찬을 함께 할 예정이라고 안내받았습니다. 영광입니다!"

"잠시만 기다려 보게. 우리 둘만 말고…… 어이! 여기!"

장개석이 바깥을 향해 소리치고, 복도 측 호위관과 부속실 헌병 장교가 동시에 양쪽 문을 통해 들어온다.

"30분 안에 식사를 준비해 주게. 혼자 먹겠다는 계획이 바뀌었네! 장학량하고 양호성도 같이 식사하자고 부르도록!"

"예! 제가 연락하겠습니다!"

헌병 장교가 대답한다. 장개석과 장 주필이 한참 동안 이런저런 잡다한 화제를 두고 대화를 나누는 사이, 부속실에서 장학량과 양호성이 도착했음을 알려온다.

잠시 뒤 장제스(蔣介石), 장쉐량(張學良), 양후청(楊虎城), 그리고 장취란(張翠鸞) 네 사람이 둥근 식탁에 앉아 만찬을 시작한다. 전채(前菜) 요리와 부드러운 곡주(穀酒)를 함께 즐기는 동안, 네 사람 모두 말이 없다. 무거운 분위기 속에서 이따금 장 주필이 실없는 농담으로 분위기를 부드럽게 만들어 보려 하지만 장학량과 양호성은 장개석의 표정만 살피고, 장개석은 좀처럼 웃거나 말하지 않는다. 만찬을 제안했던 당사자가 아무 말 없이 긴장을 조성하고 있으니, 나머지 사람들은 좌불안석이다.

제비집 스프를 깨끗이 비운 장개석이 장 주필에게 말을 건넨다.

"요즘 말이야…… 강도가 침입해서 그 가족을 죽이고 집 안에 있는 재산을 모두 약탈해 갔을 때, 다궁바오에서는 그런 기사를 1면 상단에 싣는가?"

“글쎄요…… 피해자가 유명인이 아니라면 1면에 싣기엔 무리가 조금 있지요.”

“그 식구가 모두 죽었어도? 열 명이라고 치자고! 열 명을 모두 죽이고 약탈을 해갔으면 1면에 실려야 하는 게 아닌가? 사람이 열 명이나 죽었는데 말이야.”

“글쎄요. 그런 일은, 다궁바오 1면을 메우기에는 조금 빈약한 소재입니다. 전국에서 일어나는 그런 종류의 강도 사건을 우리 같은 대형 언론사에서 1면 신문 기사화하려면, 신문 지면이 백 면이라도 모자랄 겁니다.”

장 주필의 대답에 장개석의 얼굴에 화색이 돌고, 장학량과 양호성은 씁쓸한 표정을 짓는다. 장개석의 뜬금없는 질문의 의도를 알기 때문이다.

“그렇다면, 공비들 일망타진하러 갔다가 우리 쪽 군사 백 명이 전사한 경우, 다궁바오에서는 그 소식을 1면에 알리나?”

“글쎄요. 최근 30여 년간의 내전에서 그런 종류의 군사적 충돌 사건이 부지기수라서, 전사자 백 명 두고는 1면은 좀 그렇습니다. 게다가 아군 측 피해만 그 정도라면 가능한 한 기사화하지 않지요. 우리 측 사기를 꺾는 일이 될 테니까요.”

“그런데, 지난 11월 23일에 있었던 상하이 폭동에서 주모자 일곱 명을 연행한 일 가지고는 주요 신문사들이 왜 1면에 대서특필을 한 건지 이유를 모르겠구먼. 다궁바오도 포함해서 말이야. 그놈들을 죽인 것도 아니고 또 다친 것도 아닌데 말이야."

"그건 내용이 다르지요! 내전의 즉각 중단과 정치범 석방 등의 인권 문제, 정부의 구조와 인적 쇄신을 요구하는 시위를 폭력으로 진압했으니, 언론이 가만있을 수 없지요!"

"그놈들 다 공산주의자 아닌가?"

"그들이 공산당원이라는 증거는 없습니다."

장개석의 단정적 발언에 장 주필이 발끈한다.

"공산당에서 주장하는 내용과 토씨 하나 틀리지 않게 요구하고 있지 않은가? 게다가 계속해서 그때 체포한 일곱 명의 수괴를 석방하라고 모택동, 저 비적 두목 놈이 목에 핏대를 세우고 주장하고 있지 않은가! 일곱 명을 칠군자(七君子)라고 부르면서 말이야. 세상에 군자들이 다 얼어 죽었어도 그놈들한테 쓸 군자라는 칭호는 이 세상에 없다네!"

"……."

모두 말이 없다. 장학량과 양호성은 들고 있던 젓가락까지 식탁 위에 놓아두고 불쾌한 표정만 짓고 있다.

"이것 봐, 의암!"

의암(義菴)은 장학량의 호다.

"예, 사령관 각하!"

"만약 자네 휘하에 있는 병사가 민가에 들어가서 돼지를 허락 없이 도둑질해 왔으면, 그리고 그 돼지를 잡아서 다른 병사들과 나누어 먹었으면, 그리고 나중에 그 돼지 주인이 자네를 찾아와서 변상을 요구하면 어떡하겠나?”

“그 병사들을 처벌하고 민가에는 변상을 해주겠습니다.”

“부하들을 처벌하고, 민가에는 누구의 돈으로 변상을 해줘야 하나?”

“저의 부주의와 제 부하를 제대로 다스리지 못한 저의 죄이기에, 최종의 책임은 제가 져야지요. 제 돈으로 변상해야 합니다.”

“그렇지? 그렇지! 이것 봐 의암! 지금이라도 내가 나의 부하인 자네의 잘못을 대신 책임져야 할 일이 있으면 얘기해 주게. 그리고 그런 일이 있어도 나는 자네를 처벌하지 않을 생각이야.”

“그런 건 없습니다. 다만 지난 5년 전에 잃어버린 동북 지방 수복을 위해서 우리 민족끼리 힘을 합쳐……..”

“그만! 그만! 그 얘긴 그만하자고.”

“각하! 더는 옌안과의 전쟁은 의미가 없습니다. 그 역량을 왜구들에게 집중하여 저들을 몰아내야 합니다.”

“…….”

장학량의 간절한 이야기에 장개석은 대답이 없다. 양호성도 아무 말 없이 식탁에 시선을 두고 있고 장취란 주필은 세 사람의 표정을 살핀다. 장제스가 잠깐의 침묵을 깨고 장학량과 양호성을 번갈아 바라보며 말한다.

"이것 봐 들, 항일에 힘을 합치자고 했으니 그럼 두 사람 다 송철원과 함께 지내보는 건 어떤가?"

송철원(쑹저위안, 宋哲元)은 허베이성(河北省)을 책임지고 있는 군벌 수장이다. 한때 장학량의 수하에 있었다가 역량을 키워 독자적 세력을 구축한 뒤 독립하여 장개석 국민당군으로 편입, 국민당군 29군 군장으로 그 지역에 주둔하고 있다. 그의 세력은 현재 일본 북지나 주둔군과 훈련 반경이 겹치기 때문에 계속 긴장 관계에 놓여 있다.

"……."

"……."

"왜 말들이 없나? 두 사람 모두 항일의 의욕이 충만해 있으니, 허베이에서 바로 옆에 있는 왜구들과 일전을 겨뤄 보는 건 어떤가 말이야! 자네들이 떠나면 이곳은 뤄양에 주둔하고 있는 중앙군을 배치할까 하는데…… 어떤가 들?"

치욕적 발언이다. 장학량에게는, 예전 자신이 부렸던 부하의 근거지에서 더부살이하라는 말이고, 양호성에게는 10년 전부터 불려 온 '장안의 호랑이'라는 지위를 버리고 송철원이라는 애송이가 자리 잡고 있는 허베이 지역으로 가라는 얘긴데, 이는 그에게 모든 군권을 내려놓고 민간인 신분으로 떠나라는 뜻과 같은 말이다. 당시, 장개석으로부터 공격당해 몰락한 군벌들은 남아 있는 재산을 정리하고 미국이나 유럽으로 망명하거나, 혹은 상하이나 홍콩 등 치외법권 지역이나 외국인 조계지로 들어가서 조용히 여생을 마무리하는 경우가 많았다. 지금 장개석은 장학량과 양호성을 몰락한 군벌 취급하고 있다. 장개석이 이 두 사람을 보고 계속 말을 잇는다.

"이것 봐 자네들! 군인이 상관의 공격 명령을 어기고 계속해서 화친을 주장하는 건 하극상이고 반역이야. 난 자네들에게 공격 명령을 내렸어. 물론 공격 날짜와 구체적 공격 지점은 자네들에게 위임했지만, 어찌 되었든 자네들은 공격 명령을 받았음에도 총을 들고 달려 나가기를 사실상 거부하고 있는 거야. 지금 다궁바오 주필 이 친구가 있는 자리에서 구체적으로 명령하겠네. 자, 이건 명령이다! 지금부터 사흘 안에 기상 상황에 따라 옌안에 대규모 폭격을 가하도록 하라! 그리고 후속 작전으로 지상군 투입에 대한 구체적 계획과 규모는 작전 개시 하루 전에 나에게 보고하도록 한다! 이건 명령이다! 알겠나?"

현직 신문기자가 보는 앞에서 공습 명령과 지상군 투입 명령을 내리는 것은 일반 상식으로는 이해할 수가 없다. 물론 군대 내부에 정훈(政訓) 장교라는 보직이 있고 정훈 장교

     해동의 새벽

의 배석을 명한 뒤 작전회의나 작전계획을 짜는 때는 있지만 그것은 어디까지나 심리전이나 홍보전 차원에서 벌어지는 일이고, 지금의 이 상황과는 본질적으로 다른 문제이다. 장개석은 지금 중화계 최대 언론사 다궁바오의 주필 앞에서 이곳 서북초비사령부와 서북수정군의 기강이 얼마나 무너져 있는지 보여주고 있다.

최근 들어 장개석은 군정 홍보전략의 부재로 인해 내전(內戰) 승리의 기본 전제 중 하나인 '대중의 지지'가 결핍되어 간다는 것을 너무나 잘 알고 있다. 그렇다고 해서 자신이 직접 나서서 중국의 약점을 들추어 내면서까지 대일항전 계획을 전 민중을 상대하여 설명할 수도 없는 노릇이다.

지금 중국 국민은 일본에 비해 자국군의 약세를 알기에 '지금 싸우면 무조건 진다'라는 사실에 공감하고 있다. 그럼에도, 이러한 현실에 대한 원망과 분노는 오롯이 지도자가 감당해야 할 몫인 것이다.

대중 선동에 큰 강점이 있는 공산 세력이 중국 내에 존재하는 한, 장개석은 계속해서 대중의 미움과 원망을 상대로 소모적 투쟁을 계속해야 한다. 국가 내부의 소모적 이념 투쟁은, 결국 국민의 사기를 떨어뜨리고 군의 전쟁 의지를 꺾어버리는, 망국으로 가는 지름길이다. 이러한 것들을 너무나도 잘 알고 있는 옌안의 공산 세력은 선전 선동전에서 국민당 정권을 상대로 우세한 위치를 점하고 있다. 장개석은 지금의 이 열세를 타개하기 위해 '신의 한 수'를 노리고 있다. 그리고 그는 지금 다궁바오의 주필 앞에서 어쩌면 '신의 한 수'가 될 수도 있고, 어쩌면 '크나큰 패착이 될 수'가 될지 모를 공개적 작전 명령을 내린다. 권위를 자랑하는, 오랜 역사의 언론사 주필이 눈으로 확인하고 직접 경험한 이 사실은 비록 '기사'가 되지 않더라도 '역사'로 남게 된다.

식탁에 앉아 있던 장학량과 양호성이 '자! 이건 명령이다!'라는 그의 선언에 자리에서 기립하고, '알겠나?'라는 질문에 큰 소리로 대답한다.

"예! 알겠습니다."

"예! 알겠습니다."

이 광경을 지켜보던 장취란은 다소 놀란 표정으로 세 사람을 번갈아 바라본다. 적막한 화칭쓰의 어슴푸레한 초저녁 하늘 위로, 송골매가 활공하며 '삐-익, 삐-익' 쇳소리를 낸다.

12월 11일. 시안에서의 마지막 일정인 저녁 연회를 마치고 침실로 돌아온 장개석의 얼굴이 유난히 상기되어 있다. 어느 군사독재자나 그러하듯 그 역시 다혈질인 성격 탓에 일정 중 사람들과 격론이라도 벌인 날이면 잠자리에 들기

                              해동의 새벽

전까지 흥분된 표정을 숨기지 못한다. 시안 현지 주요 관료들과 시민단체, 언론인, 군인들을 초청하여 벌인 오늘의 연회는 시작부터 장제스의 신경을 거스르게 했다. 장학량의 정치고문이라는 얼굴도 모르는 작자가 나타나 면담을 요구해 와, 나흘 전 명령했던 공습 작전을 취소해 달라는 맥 빠지는 얘기만 하는 통에 풍성한 요리를 앞에 두고 식사도 하기 전 식욕이 달아나 버렸다. 그자가 돌아가고, 약이 오른 장개석이 장학량을 불러 "오늘 중 공습 개시일과 지상군 투입에 대한 잠정적 계획 등을 보고하라"고 종용했으나 미꾸라지 같은 장학량은 연회 내내 그의 눈길을 피해 이 구석 저 구석을 돌아다니며 손님들과 술잔만 부딪치며 돌아다녔다. 심지어 양호성은 오늘 연회에 나타나지도 않았는데, 장개석이 그의 행방을 묻자 일선 군부대 내부에 문제가 생겨 못 오게 됐다는 변명만 장학량을 통해 전해 왔다. 그나마 연회 마지막에 있었던 여성 가수의 매력적인 목소리와 악단의 연주에 취해 기분 좋게 하루를 마무리 짓고 숙소로 올라왔지만, 내일 아침 이곳을 떠나기 전 여러 불편한 보고를 받아야 하는 사실에 머리가 지끈거린다.

답답한 턱시도를 벗고, 목을 죄던 보타이(bow-tie)를 풀고, 셔츠의 단추 두 개를 푸는 찰나 자신의 호위 책임자인 장효선이 침실로 두꺼운 서류철을 들고 들어온다. 그가 가까이

다가서자 장개석이 온화한 표정으로 장효선의 긴장을 풀어 준다.

"조카. 지금부터는 편하게 이야기 나누세. 한 시간은 족히 걸릴 내용이지?"

"예, 그렇습니다!"

장개석이 장효선을 데리고 소파로 자리를 옮긴다. 소파에 비스듬히 앉은 그에게 장효선이 짤막이 보고한다.

"이틀 전, 이곳에서 연행됐던 학생 대표들과 소위 구국회의라는 단체의 간부 모두를 오늘 오후에 석방했습니다!"

"휴-. 잘했구먼. 모두 훈방 조치로 끝낸 거지?"

"예. 그렇게 처리했습니다."

"몸을 다친 경찰들과 학생들은 어떤가?"

"모두 큰 부상은 없는 것으로 확인됐습니다. 병원 치료비는 사령관 각하의 사비로 지출하라는 말씀대로, 그렇게 처리할 예정이라고 병원 측과 당사자 모두에게 알렸습니다."

이틀 전 수만 명의 시위대가 산시성 정부청사를 에워싸고 내전의 중지와 항일을 촉구하는 시위를 하다가 방향을 바꿔 이곳 화칭쓰까지 몰려왔다. 군과 경찰이 도로를 봉쇄하고 이들의 행진을 막았으나 산을 넘고 철로를 따라 군경의 봉쇄를 뚫고 수천 명의 인파가 화칭쓰 경내까지 들어왔다. 장개석과의 직접 대화를 요구하던 이들의 시위가 격해지면서

                                          해동의 새벽

시설물을 훼손하기 시작하였는데, 이들의 폭력시위가 도를 넘게 되자 경찰과 군에서 많은 병력을 추가 투입하였고, 이를 진압하는 과정에서 상당수의 부상자가 생겨났다. 당국은 그날 주동자 수십 명을 체포해 가두었는데, 장개석이 오늘 아침 전원 훈방조치 후 석방하라는 명령을 내렸다.

"그래! 그다음은 뭔가?"

"각하! 이번 보고는 가볍게 볼 수 없는 내용입니다."

장효선이 몇 장의 사진과 서류를 그에게 건네며 아주 심각한 표정을 짓는다. 사진에는 장학량이 주은래와 공원 벤치에 앉아 대화를 나누는 모습이 들어 있다. 두 사람 모두 두꺼운 외투 차림이다. 지난여름의 만남이 있고 난 뒤 최근 다시 접촉한 것으로 보인다.

이 보고서는 군통의 대립이 작성한 것이다. 사진은 이틀 전에 찍힌 것으로 설명이 되어 있다. 잠시 생각에 잠긴 장개석이 장효선에게 묻는다.

"아니! 이 사진이 이틀 전에 찍힌 사진이라면, 원본 필름이 이틀 만에 난징으로 갔다가 다시 여기로 올 수가 있나? 왕복 이틀은 말이 되질 않아! 이 일대 항공기는 지금 우리가 전면 통제하고 있지 않은가? 무슨 착오가 있는 게 아닌가?"

"이 사진이 이곳 시안에서 이틀 전에 찍힌 사진이 맞는 것으로 확인되었습니다. 원본 필름도 이곳 시안에 있는 군통

의 지부에 있고요. 여러 장을 이곳 시안에서 인화해서 하나
는 난징에 보내고, 나머지는 이곳 시안의 군통 지부에서 가
지고 있다가 보고서에 첨부한 것입니다. 그리고 이 보고서
도 어제 난징에서 작성된 것입니다. 이 보고서는 대립 국장
이 작성한 보고서를 암호화해서 전신(電信)을 통해 이곳 시
안 군통 지부를 통해 만들어진 문서입니다. 사령관님! 이 보
고서의 내용을 가벼이 보시면 안 될 것 같습니다. 이 문서에
따르면 장학량이 공산군과 손을 잡고 일본을 상대하여 동북
3성 수복 전쟁을 하기로 했으며, 그 전에 각하를 제거하는
데 협력하기로 합의를 했다는 겁니다.”

장학량은 예전 화려했던 동북의 지배자 시절을 잊을 수가
없다. 한때 장개석을 도와 중원대전에서 큰 승리를 한 이후
국민당의 제2인자 자리까지 올랐지만, 일본에 만주 지역을
빼앗기고 서서히 세력이 약해져 이젠 근거지조차 없이 대륙
이곳저곳을 떠도는 낭인 신세로 전락해 버렸다.

며칠 전에는 장개석으로부터 이곳 산시성을 떠나 다른 곳
으로 보내 버리겠다는 협박까지 들은 마당에 공산군과의 협
력을 모색하는 것도 못 할 일은 아닐 것이다.

“각하! 대립 국장의 의견은 장학량의 즉시 체포입니다. 그
것도 오늘까지는 반드시 그를 체포해야 한다는데, 그 이유
는 각하께서 내일 이곳을 떠나는 즉시 장학량이 총구를 거

   해동의 새벽

꾸로 돌릴 것이라는 확실한 분석 때문입니다.”

“일단 알았네! 다음은 또 뭔가?”

“이 보고서는 특무대 정보과 왕싱하오가 이곳 경호여단에 직접 올린 내용입니다. 어제부터 뤄양과 난징에 올리는 보고서를 이곳 경호여단을 통해 직접 올리라고 각하께서 지시하셨다고 하면서 오늘 오후 여섯 시경에 무전으로 알려 온 내용입니다.”

“그래! 내용이 뭔가?”

“사실관계만 적시되어 있는데, 조금 애매합니다만, 어제부터 시안 시내 곳곳에 서서히 인파가 몰려들고 있는데, 크게 무리를 지어 다니지는 않고, 삼삼오오 곳곳에 모여 있다는 겁니다. 특이 사항은 모두 제법 큰 가방들을 가지고 있는데 거의 모양이 비슷하다는 겁니다. 민간인 복장을 한 군인 같지만 확인되지는 않았다는 보고입니다.”

“흠. 확인되지는 않았다?”

“네! 그렇습니다.”

장효선의 보고를 받으면서 장개석은 다를 때와 달리 온몸에 약간의 미열과 함께 모골이 송연해지는 느낌을 받는다. 이 느낌은 10년 전 봄에 있었던 자신에 대한 납치 미수, 중산함 사건[21]을 떠오르게 한다.

“이것 봐! 지금 왕싱하오와 전화 연결이 될까?”

장제스가 갑자기 장효선을 보며 묻는다. 잠시 뭔가를 고민하던 장효선이 나지막이 다시 묻는다.

"전화는 아무래도 보안 문제가…… 괜찮으시겠습니까?"

"이미 보안 문제를 신경 쓸 상황은 지난 것 같은데! 왕싱하오와 통화 연결해!"

"정보과장 판쓰위에게 지시하겠습니다. 각하!"

"지금 판쓰위 어디에 있나?"

"뤄양 사령부에 있습니다. 이틀 전에 복귀했습니다."

"최대한 빨리 왕싱하오와 통화 연결하게!"

"예! 알겠습니다, 각하."

약 한 시간이 지나고, 민상국과 장개석이 통화를 한다. 기존 보고 내용에 더하여 심각한 새로운 사실이 알려진다. 해질 녘부터 시안 외곽을 양호성 휘하 군사들이 에워싸기 시작했다는 소식과 어제부터 민간인 복색으로 시내에 들어와 삼삼오오 모여 자리를 잡고 있던 3,000여 명의 병력 역시 양호성의 병사들이었다는 보고이다. 그리고 지금 현재, 장학량 휘하의 무장군인들도 속속 시안 주위로 모여들고 있다는 정보까지 함께 알려 왔다.

지금, 민상국과 장개석 사이의 유선 통화 역시 감청이 되고 있음은 의심의 여지가 없다.

1936년 12월 11일, 이미 반란은 시작된 것으로 보인다. 수만 병력의 반란군에 홀로 포위된 자신의 처지를 확인한 장개석이 전화기에 대고 민상국에게 강력한 메시지를 전한다. 감청 중인 장학량에게 전하는 말이기도 하다.

"이것 봐, 왕싱하오! 장학량이나 양호성이가 만 명도 안 되는 공산군과 손을 잡자고 시안 주변 60개 사단의 정규군과 전면전을 감수할 만큼 바보가 아니야! 장학량 이 자식! 주은래한테 속아서 가끔 정신이 나간 소리를 할 때가 있는데, 진짜 죽을 짓을 하겠어? 우리 쪽에서는 일단 지켜보자고!"

"다른 지시 사항은 없으십니까?"

"난징에 있는 군정부장 허잉친[22]에게 지금 상황을 최대한 빨리 알리게!"

"예, 알겠습니다!"

전화를 끊은 장개석과 민상국은 조금 전 장개석의 그 메시지가 최대한 빨리 장학량에게 전달되길 바랄 뿐이다. 내일 아침, 어떠한 미래가 현실이 되어 다가와 역사로 기록될지는 아무도 모른다. 자신을 쳐다보며 난감한 표정을 짓고 있는 장효선에게 장개석이 웃으며 이야기한다.

"가서 한숨 푹 자고, 나머지 업무는 내일 뤄양에 가서 처리하자고."

"예. 알겠습니다!"

장개석이 오랫동안 불문에 부쳐 왔던 장학량과 주은래의

내통 사실을 언급하며 '장쉐량이 저우언라이에게 속았다' 정
도의 표현을 쓴 이유는, 통화 내용을 도청하고 있을 장학량
에게 보내는 일종에 협상 메시지였다. 심각한 배신이나 반
란의 시도가 아닌, 실수 정도로 보아 넘겨주겠다는 것이며,
실제로 지난 몇 달간 장학량을 향한 그의 마음이 그러했다.

각종 권모술수가 판을 치고, 한순간의 방심으로 동료나 부
하에게 목숨을 잃기도 했던 혼란한 시절에, 장개석의 부하
에 대한 이 정도 도량은 보통 사람의 그것과는 완전히 차원
이 다른 크기였다.

간단히 샤워를 마치고 잠자리에 드는 그가 혼잣말한다.

"내일은…… 사람이 다치지 말아야 할 텐데……."

이호길의 부정(父情)

경성 계동.

어둠이 채 걷히기 전 주택가, 집집이 아침밥 짓는 연기가
피어오른다. 맵싸한 장작 냄새와 고소한 밥 익는 냄새가 골
목마다 진동한다. 해 뜨고 해 지는 자연현상에 일과가 맞추
어진 시골의 엉성함과 달리, 도회지는 일과가 문명의 이기

　　　　　　　　　　　　　　　해동의 새벽

라 할 수 있는 시계에 맞추어져 있기에 일출 시각의 변화에 상관없이 아침 식사 시간이 거의 엇비슷하다.

부엌에서 양주 댁 할멈이 정겨운 경기도 억양으로 윤성열을 부른다.

"성열이 총각! 어르신 진짓상 올려 주시게!"

김익현의 큰처남인 민경국의 집에서 오랫동안 부려왔던 사람 중 한 명인 양주 할멈은 어린아이에게조차 하대하지 않는다. 음식 솜씨가 좋고, 살림하는 손끝이 야무진 사람이라, 김익현의 계동 집 식솔의 구성이 갖춰지고, 각종 가재도구 등 살림살이가 정리될 때까지 당분간 이 집 곁방에서 지내기로 되어 있다.

"예—! 할매요!"

행랑채에 딸린 광에서 포대에 들어 있는 숯이며 석탄을 정리하던 성열이 재빨리 뛰어나와 손을 씻고 밥상을 받아 김익현이 기거하는 사랑채로 들고 간다.

사랑채에 밥상을 들인 성열이 다시 재빠르게 안채 부엌으로 달려가 자신과 민규 아범을 위해 마련된 밥상을 들고 행랑채로 들어간다. 민규 아범과 성열이 식사를 시작하고, 얼마 되지 않아 바깥에서 인기척을 내며 양주 할멈이 행랑방 문을 연다.

"반찬이 입에 맞으시나 몰라. 어르신 식성은 예전부터 가끔 차려 올린 경험이 있어서 나물과 육전, 맑은 탕국을 잘 드시는 걸 아는데, 우리 경상도 장골님들은 어떠신지…… 잡숫고 싶은 게 있으면 얘길 하세요. 아셨죠, 들?"

"아이고! 입에 착착 붙십니더. 씹기도 전에 고마 목구녕으로…… 할매! 할매도 아침 자셔야지예?"

성열이 만면에 웃음을 띠며 양주 할멈의 음식 솜씨 칭찬과 성의에 대한 고마움을 표한다. 과묵한 민규 아범에 비해 붙임성이 좋은 성열은 요 며칠간의 경성살이에 적응을 잘하는 듯하다.

앉은 자리에서 말없이 허리를 숙이며 감사함과 맛있음을 표시하는 민규 아범의 몸짓을 보고 양주 할멈이 방문을 닫으며 성열에게 당부한다.

"조금 있다가 어르신 숭늉 받으러 와요."

"예! 곧 가겠십니더!"

김익현은 독상(獨床)을 받을 때는 식사를 빨리 끝내는 편이다. 그래서 성열은 자신의 식사 중간에 일어나 김익현의 숭늉을 부엌에서 받아 그의 상을 물림과 동시에 숭늉을 올린 뒤 나머지 식사를 마친다. 남다른 붙임성과 싹싹함에 더해 상전의 취미와 기호, 오랜 습관을 재빨리 알아채는 영민함 덕에 지난 2년간 민규 아범을 대신한 상전의 심복지인(心腹之人) 역할을 무리 없이 해내고 있다.

     해동의 새벽

밥을 반쯤 남긴 상태에서 성열이 일어서려 하자 민규 아범이 성열의 팔을 툭 치며 말린다.

"밥 계속 묵고 있거라! 내가 갈란다. 디릴 말씸도 있고 하니 니는 밥을 계속 묵거라."

"예, 아재요. 고맙십니더."

"내는 다 묵었다. 니꺼 다 묵거들랑 기다리지 말고 밥상은 고마 치우거라."

"예, 알겠십니더."

성열이 식사를 계속하고, 민규 아범이 부엌에서 숭늉을 받아 들고 사랑채로 간다.

"어르신, 숭늉 들이겠심더."

"그래! 민규 아범이 왔구나. 들어오시게!"

김익현은 벌써 식사를 마치고 밥상을 옆으로 밀어 놓은 채, 어제저녁 때 배달된 석간신문을 읽고 있다. 소반에 담긴 숭늉 사발을 받아 들고 조심스레 입으로 바람을 불어가며 마시려는 찰나, 민규 아범이 차분한 목소리로 말을 꺼낸다.

"어르신."

"이야기해 보거라."

민규 아범이 사랑채에 들어올 때부터 뭔가 할 말이 있음을 알아챈 김익현이 보던 신문에 시선을 그대로 둔 채 대꾸한다.

"혹시…… 아래 뜰 개간사업 단도리는 우찌 하고 오싰는
지…… 올겨울은 제가 갑산에 있음서 쪼매 챙기 볼라 캤드
마는 이래 갑자기 경성에 딸리 와서…….''

"허허! 자네 없이도 지난 몇 년간 개간사업도, 경지정리도
잘되지 않았나? 게다가 열에 일고여덟 해는 자네와 내가 유
랑하느라 현장에 없었어도 큰 무리가 없었지 않았는가. 올
겨울이라고 해서 특별히 자네가 현장에 있어야 할 이유가
있는가?"

"…….''

김익현의 반문에 민규 아범이 대답하지 않고 우물쭈물한
다. 그런 민규 아범을 힐끗 한 번 쳐다보고는 다시 신문에
시선을 돌리다가, 갑자기 정색하며 다시 민규 아범을 쳐다
본다.

"거기 잠시 앉게……. 자네가 아무 이유 없이 말을 꺼냈을
리 만무한데, 이유를 말해 주게나."

이번에는 보던 신문을 접고 자세를 바로잡아 앉는다. 처
음에는 부담 없는 간단한 대화라고 생각하고 신문에 시선을
둔 채 민규 아범의 이야기를 들었는데, 과묵한 민규 아범이
작정을 한 듯 말을 꺼낸 데에는 뭔가 중요한 이유가 있을 것
이라는 생각이 갑자기 든 것이다.

"그기…… 쪼매 말씀디리기가…… 증거가 없는 일이라서

말입니더. 제가 겨울 일 함서 현장서 쪼매 알아보고 말쓰디 릴까 했는데…….”

“어허 이 사람! 답답해 숨넘어가겠네. 어서 말해 보게.”

“사실은 작년, 가을걷이하고부터 박 서방을 옥봉동에서 제가 두 번을 봤고, 들리는 말에 올해도 옥봉동에 자주 나타 나기 시작하면서…… 투전판에서도 봤다 카는 놈도 있고 해 서…….”

“요정 출입을 하고, 도박한다는 말인가?”

진주 옥봉동 인근은 기생집들이 많이 모여 있는 곳이다. 민규 아범이 진주로 살림을 내고 일 년 뒤부터 시중에서의 소문이, 김익현네 마름인 박 서방의 기생집 출입과 투전판 출입에 대한 무성한 뒷말들이었다.

건강한 남자의 주색에 대한 한두 번의 일탈은 그렇다 치더 라도, 그것이 일상화되고 습벽이 되어 버리면 이야기가 달 라진다. 상전의 재산을 관리하는 마름이 도박에 손을 대고 기생집 출입을 하기 시작하면, 부정(不正)한 일 처리는 당연 한 결과가 될 것이다. 게다가, 박 서방은 단순히 소작인 관 리만 하는 마름이 아닌, 상당한 현금을 만지는 대규모 토목 공사 현장까지 책임지고 있으니 일이 잘못되면 걷잡을 수 없는 수준의 사고가 생길 수 있다.

민규 아범은 최근 자기 대신 성열이 김익현의 수행을 잘하고 있으니, 이번 겨울에는 갑산에 들어가 유심히 박 서방의 행실을 지켜볼 심산이었다. 그런데 계획에 없던 경성 수행을 나섰고, 갑산에는 민지영조차 집을 비웠으니, 박 서방의 부정행위에 대한 의심이 들기 시작했던 민규 아범의 마음이 경성에서 지내는 요 며칠 내내 편치 않았다. 한 번 터진 마음속 의심의 홍수는 걷잡을 수 없는 법이다.

"제가 증거도 없이 생사람을 잡을 수도 있으이 고마, 말을 애낄랍니더. 그렇지만서도…… 이 짝 집수리도 대충 정리가 됐고, 어르신 곁에 성열이도 있으이, 고마, 저는 지금이라도 기차를 타고 가서 갑산서 올겨울 지냈시모 싶은데……. 유심히 지켜보고 나서 말씀을 올렸시마 싶습니더. 그라고, 쪼매 부끄럽십니더마는…… 민규 그놈아를…… 다리 몽댕이를… 고마 뿔라 놓고 왔는데…… 빽다구가 붙었는지 아이모 고마 빙신이 되는 거는 아인지…… 쪼매 궁금키도 하고……. 마음이 쪼매 그렇십니더……. 예…… 제가 오늘 말이 쪼매 많았십니더, 죄송합니더……."

민규 아범이 민규 걱정을 섞어 우물쭈물 더듬어 가며 말을 하는 동안 김익현은 잠시 눈을 감고 생각에 잠긴 듯했다. 계속 생각을 가다듬는 듯 눈을 감고 몸을 조금씩 좌우로 움직이던 김익현이 눈을 뜨고 민규 아범에게 말을 한다.

"민규는 병원에서 퇴원했다는 소식이 왔었네. 다리는……

 해동의 새벽

부러진 다리는 잘 붙었다고 하네. 한동안은 부목을 대고 있어야 한다는데…… 그건 완전히 완치될 때까지 기다려야 한다는 말일 테고, 지금은 목다리를 짚고 걷는 연습을 하고 있다고 들었네. 문제는 갈빗대가 금이 가서 한동안 통증이 가시지 않을 거라는데 민규 녀석이 참을성이 남다른 녀석이라 아픈 내색도 별로 하지 않는다는구먼. 그리고 학교에서 민규와 영하의 담임교사가 집으로 찾아와서 자네의 매질에 대한 자초지종을 다 들었다고 하는데…… 자네가 왜 민규에게 그 정도의 매질을 하고, 학교를 그만두게 했는지 이유도 알았다네. 그리고 나는 그 이유가 타당치 않다는 결론을 내리고 민규를 다시 학교에 보내기로 했으니 그리 알게!”

“어르신…… 민규 핵교 문제는…… 얼마 전에 기차간에서 벌씨로 말씀이 끝난 거로…… 민규는 아무리 생각해도…… 고마 농사일 가르칠랍니더.”

“어허! 이 사람 이거…… 자네가 이렇게 고집을 부리면, 민규가 학교를 그만두고 나서 사람들이 나를 어떻게 보겠나! 지금은 사람들이 민규의 영민함과 천재성을 칭찬하고 있지만, 민규가 학업을 그만두고 나면 다음 날부터 영하의 우둔함과 멍청함을 흉보게 될 걸세. 영하의 성적도, 지능도 남들보다 떨어지지 않았는데, 자네가 괜히 고집을 피워 영하가 억울하게도 천하의 바보라는 소리를 듣게 하겠다는 것인가? 어찌 하나는 알고 둘은 모르는 소리를 하나? 왜 자꾸 일을 크게 만들어서 사람들 입에 오르내리게 하는 건가? 아니…… 도대체…… 영하보다 성적이 좋다는 이유로 민규를 그렇게 매질을 했다니…… 난 도저히 납득을 할 수가 없네! 어쨌든 민규는 학업을 계속하게 조치를 했으니 그리 알고. 음…… 그리고, 박 서방의 미심쩍은 행동은…… 자네가 이번 겨울, 갑산 객토장하고 토취장 일을 보면서 유심히 살피도록 하게. 그러나 한 가지 유념해야 할 게 있네. 절대 직접 자네가 나서서 그를 추궁한다거나 조사를 하는 모습을 보여서는 안 될 거야. 자네는 결코 박 서방을 감시하고 추궁할 수 있는 위치에 선 사람이 아닐세. 똑같이 내 집에 일하는 사람이지 박 서방의 윗사람이 아니란 걸 알고 있겠지? 괜한 미움 살 행동을 하지 말고, 또 다른 사람이 자네에게 앙심을 품게 만들면 안 되네. 알겠는가?”

“예…… 알겠십니더.”

“내일 아침 상행선[23]을 타고 떠나게. 그리고 가기 전에 내가 서신을 하나 적어 줄 테니 그걸 가져가서 박 서방에게 전해 주게. 자네를 객토 현장에 고용하라는 내용의 편지를 적어 줄 테니 말이야. 자네는 이제, 겨울에 공사장 일을 하게 되면 품삯을 따로 받아야 하는 처지가 아닌가? 우리 집에서 상시 부리는 사람이 아니니 말일세. 아. 그리고 민규의 월반

 해동의 새벽

은 안타깝지만 없던 일이 되어버렸다는구먼. 무단결석이 있어서 그리됐다고 하니, 그리 알게.”

“예. 알겠십니더, 어르신. 저는 이만 나가보겠십니더.”

사랑채를 나오면서 민규 아범은, 지난 십수 년 동안 가슴팍 한가운데를 무겁게 짓누르고 있던 큰 바윗덩이 하나를 덜어낸 것 같은 기분이 들었다.

민규 아범은 자신이 모시는 상전의 아들 영하 도련님과 민규가 한 달 차이의 동갑내기인 것이 처음부터 맘에 들지 않았다. 아니, 비슷한 시기에 각자 어미의 태중에 있을 때부터 근심거리였다. 마님과 함안 댁의 배불러 오는 시기가 비슷한 것도 신경이 쓰였고, 임신 기간 큰 고생 없이 지내던 함안 댁에 비하여 입덧도 심하고 잦은 의사의 왕진이 필요할 정도로 몸이 허약했던 마님을 볼 때마다 자신이 무슨 큰 죄라도 지은 것처럼 조바심을 냈었다.

한 달 먼저 태어난 영하 도련님보다 민규의 발육 속도가 빠른 것도 신경이 쓰였다. 걸음마를 먼저 시작한 민규를 보고 가슴이 덜컹하고 주저앉는 것을 느끼기도 했었다. 옹알이를 끝내고 말을 또박또박 배우는 민규를 대놓고 이뻐할 수가 없었다. “저 집은 천한 머슴의 아들이 더 영특하다”라며 수군거리는 마을 사람들의 뒷말이 들릴 때마다 서늘한 두려움을 느낀 적이 한두 번이 아니었다. 영하 도련님의 막

무가내식 생떼에 못 이겨 서당에 민규를 딸려 보내고는 서당에서 가장 영민한 아이가 민규라는 소문이 돌자 항상 불안한 마음을 갖고 살아왔었다.

그러던 중, 상전의 은혜로 진주에 살림을 내고부터는 한동안 그 고민의 무게가 덜어졌다고 생각하고 지냈었다. 민규 제깟 놈이 갑산마을 서당에 다니면서 몇몇 아이들에 비해 다소 머리가 좋다고 해도, 규모 자체가 비교도 되지 않고, 학생들의 수준 역시 다른 지역이나 다른 학교에 비해 월등하다는 진주제일공립에서는 큰 주목을 받지 않을 것으로 생각했기 때문이었다. 그런데 학교 담임선생의 호출을 받고 교무실을 찾아갔을 때, 민규가 자기 자신의 분수도 모르고 교장 선생과 경상남도 학무과에 보고가 될 정도의 성적을 '뽐냈다'는 사실에 민규 아범의 눈이 순간 뒤집어졌던 것이다.

민규를 키우면서 항상 걱정했던 것이 자칫 사람들의 칭찬에 취해 제 분수도 모르고 으스대기 좋아하는 인격을 갖게 될까였다. 그런데 이 녀석이, 영하 도련님과 같은 교실에서 공부하면서 영하 도련님을 제치고 혼자 잘나서 월반하고 나머지 학년 과정을 영하 도련님보다 상급생으로 다니게 됐다는 말을 듣고는 격분하지 않을 수 없었다. 그런 여러 가지 복합적인 이유로 결국 민규에게 가혹한 체벌을 하게 되었는데, 오늘 자신이 숭배하는 존재임과 동시에 무시무시한 공포의 대상이기도 했던 김익현으로부터, 민규의 비범함과 영하 도련님의 평범함이 그리 대수로운 일이 아니며, 오히려 문제로 삼는 것이 영하 도련님께 누가 되는 것이라는 말을 듣고는 십 년 넘게 가슴앓이했던 걱정거리가 순식간에 사라진 것이다.

김익현이 공연하게 마음에도 없는 말을 하는 것인지, 아니면 진심으로 하는 말인지는 그동안 모시며 함께 했던 긴 세월이 있었기에 충분히 가늠할 수가 있다. 분명한 것은, 더는 민규의 비범함에 신경을 쓰지 않아도 된다는 것이고, 마냥 어리광만 부리고 학업에는 관심이 없어 보였던 영하 도련님이 사실은 그동안 민규 아범이 생각하고 있던 둔재(鈍才)가 아니었다는 것이다.

가벼운 마음으로 행랑채로 돌아와 보니 성열이 행랑채에 붙어 있는 광에서 불쏘시개용 솔가리와 숯, 그리고 난로에 쓰이는 석탄을 정리하고 있다. 부서진 석탄은 따로 모아 점성이 뛰어난 부재료들과 섞어 틀에 넣고 작은 벽돌 모양으로 찍어 내야 한다. 석탄 부스러기가 들어 있는 포대들을 가지런하게 정리하고 있는 성열에게 민규 아범이 문밖에 선 채로 묻는다.

"어제 낮에 갔었던 용산 화물 창고는 쉽게 찾아갔드나? 오

늘 또 진주서 보낸 화물 찾으러 니 혼채 찾아가야 하는데,
갈 수 있겠나?”

“예! 아재요. 어제 기리 주싰던 약도를 보고 쉽게 찾았십
니더.”

“촌놈인 줄 알았더마는, 그래도 용타! 한 번에 찾아갈 줄
도 알고.”

“아이고 아재요! 내도 부산서 지게꾼을 맻 년을 했는디요.
짐꾼이 길눈 어둡으모 아무짝에도 몬 쓰는 거 아이요. 부산
카마 경성이 그래도 찾기가 수월터만요. 부산은…… 꼴목꼴
목이 얼매나 복잡한지…….”

“니, 말이다. 니, 예전에 처음에 갑산에 와서 했던 말
이…… 니가 보통핵교서 월반을 했다 캤재?”

“예. 근디 와요?”

“그기, 그래 애럽은 기가? 얼매나 애럽은 일이고?”

“마이 애럽지는 않십니더. 일 년에 한 학년에 두 명 정도
는 나온다 아입니꺼. 촌에 있는 보통핵교 수준이 고마고마
해서 쪼매만 잠을 줄이고 공부하모, 고마, 쉽다 아입니꺼.”

“아…… 그렇나?”

“예…… 근데 갑자기 그거로 와 묻는 깁니꺼?”

“별거 아이다! 사실은 우리 민규가…… 아이다.”

“아…… 예…… 근데 민규는 병원서 치료를 다 했는가 모

　　　　　　　　　　　　　　　해동의 새벽

르겠네…… 우짠다고 얼라를…… 참말로 우리 함안 아재 성격은…….”

성열이 혼자서 구시렁거리듯 민규 아범의 가혹한 매타작을 안타까워한다. 포대의 주둥이를 줄로 묶던 성열이 갑자기 일손을 놓고 벌떡 일어나 민규 아범에게 묻는다.

“아재요! 민규가 월반했십니꺼? 아따! 그거요…… 사실은 억수로 힘든 김니더. 그놈 참! 대단쿠마는요.”

“아이다! 아이다! 달 몽댕이 뿌라지는 바람에, 고마 핵교 결석을 해갖고…… 시키 줄라 카는 월반을 못 하게 됐다 카더라. 그라고, 니는…… 쪼금 전에는 밸로 애럽은 일은 아이라 캐놓고, 우찌 말이 틀리노?”

“참 내, 아재요? 내 잘났다꼬 떠드는 놈만치 못난 놈이 오데 있능교? 그라고…… 내가 댕깄든 진동보통핵교하고 진주제일공립하고는 수준이 엄청시리 다르지요!”

“맞나?”

“예! 진주제일공립은 수준이 높다 아입니꺼. 그나저나 월반할 놈을 그리 뚜디리 패가꼬 달몽댕이를…… 아쉽구만요! 그래도…… 민규…… 야!! 그놈 참말로 영특하고, 참말로 똑똑하구마!”

“시끄럽다 고마. 하던 일이나 마저 해라!”

퉁명스레 말을 던지고 광 입구에서 돌아선 민규 아범이 혼자서 배시시 웃는다. 잠시 하늘을 올려다보며 환하게 웃는 민규 아범, 심호흡을 크게 한다. 두 마리의 멧비둘기가 향나무 가지에 나란히 앉아 서로의 깃털을 골라준다. 민규 아범의 발소리에 놀라 후드득 날아간다.

라만차의 기사

인천 제물포.

경성과 인천을 잇는 너른 신작로, 두터운 해군 정복 위에 검정 망토를 어깨에 두른 차림으로 회색 말에 올라탄 고하세 사부로 중좌의 모습이 위풍당당하다. 그를 태운 대형 군마의 벌름거리는 콧구멍으로부터 하얀 김이 뿜어져 나온다.

고하세는 3년간 근무했던 상하이 주둔 해군사령부 정보과에서 조선총독부 관방국[24] 소속 정보과의 무관으로 새롭게 배속 명령을 받았다. 약 한 달 가까운 기간 동안 가족과 함께 본국의 수도 동경에서 휴가를 즐긴 뒤, 일본 고베항에서 출발한 민간 상선을 타고 오늘 아침 이곳 인천에 도착했다. 오늘 중 미나미 지로(南次郎) 조선 총독을 만나 전입신고를 하기로 예정되어 있는 그는 하선 후에 인천 주재 헌병대

 해동의 새벽

로부터 군마 한 필을 지원받아 경성으로 가고 있다.

고하세의 부인과 그의 아들은 며칠 전에 여객선과 열차를 이용하여 경성에 먼저 도착해, 혼마치(本町)에 마련된 관사의 세간살이들을 정리하고 있다.

인천에서 경성으로 가는 길은 생각보다 험했다. 며칠 전 내린 눈이 녹아서 군데군데가 패여 있는 데다 진흙탕이 곳곳에 깔려 있다. 각종 수레와 행인들, 승용과 화물용 자동차들의 질서 없는 보행과 운행으로 도로가 매우 어수선하다. 열악한 도로 사정으로 주행 중간중간에 말을 멈춰 세워야 할 상황이 자주 발생하자, 괜스레 사서 고생을 선택한 자신이 한심하게 느껴진다. 승용차를 내어 주겠다고도 했고, 열차를 이용하는 게 좋겠다는 인천 주재 헌병대 간부의 호의 섞인 조언을 무시한 대가를 톡톡하게 치르고 있는 셈이다. 말을 타고 천천히 달리며 오랜만에 느긋하게 조선 풍경을 구경할까 하는 한가한 생각으로 승마를 선택했는데, 기대와 달리 겨울철 인천과 경성 사이에는 그다지 즐길 만한 풍광이 없는 편이다.

그가 조선의 구석구석 풍광을 보고 싶은 충동을 하게 된 데에는 그의 어린 시절 조선에 대한 아름다운 기억들이 한몫했다.

20여 년 전, 용산에 있는 조선 주둔 육군 장교로 복무했던 부친과 함께 5년간의 유년 시절을 경성에서 보냈던 고하세 사부로에게 이곳 조선은 제2의 고향과도 같은 곳이다. 조선에 있는 동안, 전교생의 약 2할에 해당하는 조선인 동기들과의 추억이 무척이나 많았다. 그리고 보통의 일본 학생들과는 달리 서당에서의 조기교육 덕에 상당한 한문 실력을 갖추고 있던 조선인 동기들로부터 자극을 받아 열심히 연마했던 어릴 적 고급 한문 실력이 성인이 되어서도 그의 생활에 도움이 되어 왔다.

조선에서 보낸 그의 어린 시절은, 아름다운 시절이었음에 더해 매우 유익했던 시절이었음도 틀림이 없다.

불규칙한 속도와 수시로 여러 방향으로 전환해야 하는 오늘 같은 승마는 매우 피곤하고 힘이 드는 일이다. 답답하고 짜증이 나는 자신의 감정을 누르고 예민해진 말을 조심스레 달래가며 길을 가는 도중, 영등포 나루터 어귀에서 길 가던 사람들과 수레, 자동차들이 멈춰 서 있는 게 보인다. 조금 더 다가서 보니 여러 구경꾼이 웅성대며 한곳을 바라본다.

천천히 사람들 사이를 헤쳐 가던 고하세 사부로의 높은 마상 시야에 개골창에 앞바퀴가 빠져 있는 미제 포드 승용차와 운전사 복장을 한 사내에게 욕설해 가며 매질을 하는 중년의 신사가 보인다.

 해동의 새벽

그 옆, 길 한가운데 진창에는 제법 큰 짐 보퉁이가 널브러져 있고, 아낙네 한 명이 온몸에 진흙 범벅인 채로 주저앉아 울고 있다. 반항조차 못 하는 사내에게 계속 손찌검하던 중년의 신사가 분이 덜 풀렸는지 발길질까지 하기 시작한다. 때리다 지쳐 숨을 고르던 신사가 이번엔 주저앉아 울고 있는 아낙네의 옆구리를 걷어찬다. 그의 발길질에 아낙이 비명도 지르지 못하고 나동그라진다. 괜한 시비에 휘말리기 싫었으나 여인에게까지 발길질하는 그 신사를 보고서는 안쓰러운 마음이 들어 말에서 내려 다가선다. 해군 장교 정복 차림에 군도까지 차고 있는 고하세 사부로의 접근에 사람들이 흠칫 놀라 뒤로 물러선다.

고하세가 구경꾼 중 자신과 가장 가까운 곳에 서 있는 한 여인에게 서툰 조선말로 묻는다.

"저 사람들이 왜 매를 맞고 있스무니까?"

"아이고머니나! 조선 사람이우? 칼 찬 조선 사람은 처음 보네!"

일본군 장교 복장의 군인이 조선말로 자신에게 말을 시키자 처음엔 혼비백산하던 아낙이 고하세에게 오히려 조선 사람인지부터 퉁명스레 묻는다. 이때 해군 계급장을 볼 줄 아는 사내 하나가 얼른 끼어든다.

"아이고 중좌 나리! 제가 말씀드리겠습니다요!"

대화에 끼어든 사내가 깍듯이 나리라고 부르며 극존대하는 것을 보고서는 조금 전에 퉁명스레 말을 되받은 그 아낙이 뭐가 두려운지 슬금슬금 뒷걸음질 치며 꽁무니를 뺀다.

"무슨 일 있으므니까?"

"아니…… 저 자빠져 있는 여편네가 똑바로 길을 가다가 갑자기 시궁창을 피해서 몸을 이렇게! 이렇게! 휙 하고 돌리는 순간! 아! 저기 저 검정색 다꾸시(タクシー, 택시의 일본식 표현) 운전수가 그걸 피해서 이렇게! 다꾸시를 옆으로 이렇게! 돌리면서, 저쪽 구댕이에다가 차를 그냥 갖다가 빠뜨렸단 말입니다. 저 여편네는 저렇게 자빠지구요! 그런데 저 못난 다꾸시 운전수 놈이 다꾸시에서 내려서는 저 여편네한테만 신경을 쓰고…… 그러니까 저 다꾸시 주인 양반이 얼마나 화딱지가 나겠습니까요. 기와집 열 채를 팔아도 살 수가 없는 다꾸시를 저기다가 푹 처박아 놓고는…… 저런 못난 놈! 예…… 예, 맞을 짓을 했지! 그렇게 된 것입니다요, 중좌 나리! 예, 예."

자기 몸을 우스꽝스럽게 막 흔들어 대며 승용차는 다꾸시(Taxi)로 부르면서 열심히 설명하는 사내로부터 대강의 상황을 파악한 고하세 사부로가 그들에게 다가선다. 곧이어 차량의 주인에게 매질을 멈추게 하려는 심산으로 말을 시킨다.

"스미마셍. 다이조부데스까?(실례합니다. 괜찮습니까?)"

고하세의 질문에 차량 주인이 힐끔 뒤를 돌아본다. 그의 차림새를 보고 곧바로 발길질을 멈춘 뒤 몸을 돌려세우며 고하세를 상대로 허리를 깊숙이 숙이면서 대답을 한다.

"다이조부데쓰. 하이, 다이조부데쓰요!"

일반적으로 경기도 소재 군수를 주임관 5등 문관에게 맡기고, 전라도, 함경도 소재 군수는 주임관 6등 문관에게 맡기는데, 일본 해군 중좌면 주임관 4등에 해당된다. 당시의 일본 해군은 사관학교 격인 해군병학교 졸업생 말고도 제국 대학에서 공학을 전공한 명문 사립대 출신의 엘리트도 많았다. 그 때문에 육군 장교들과는 또 다른 취급을 받아 왔기에 해군 장교의 위세는 상당했다.[25]

차량 주인의 발길질이 멈추고, 고하세가 이 남자의 흥분을 가라앉히기 위해 한 발짝 더 다가서려는 찰나에 사람들 사이에서 중절모를 쓴 신사 하나가 조금 전까지 아낙네에게 발길질하던 차량의 주인에게 다가서며 욕설과 함께 다짜고짜 뺨을 후려친다.

"이런 후레자식을 봤나! 다이조부는 무신 놈의 다이조부야! 네놈 다이조부가 아니고, 저기 아무 잘못도 없는 여인네가 다이조부가 돼야지. 이 인간 같지 않은 놈아! 길을 가던 사람을 차로 쳤으면 사과를 하고 다치지 않았는지 물어보는 게 순서지. 그리고 보행자를 먼저 챙기는 운전수는 또 무슨 죄가 있다고 매질인 거야! 이 엄동설한에 흙탕을 뒤집어쓴 저 여인네를 먼저 걱정해 준 게 또 무슨 죄냔 말이다. 얼른 여인네에게 네가 사과해 이놈아!”

느닷없이 나타나 차량 주인에게 손찌검까지 해가며 호통을 치는 중절모 신사를 향해 구경꾼들이 고개를 끄덕여 가며 손뼉을 친다. 반면 느닷없는 욕설 세례에 뺨까지 얻어맞은 차량의 주인은 순간 얼떨떨했고, 야코가 죽기는 했지만 많은 사람이 보는 데서 망신살이 뻗쳤으니 그냥 넘어갈 수는 없는 노릇이다. 불뚝 튀어나온 배를 내밀며 자신을 때린 중절모 신사에게 삿대질하며 소리를 지른다.

“아니! 내가 부리는 운전수의 잘못을 주인인 내가 가르치고 바로잡지 누구에게 훈육을 맡기겠소! 게다가 저런 천한 년한테 길을 걸을 땐 똑바로 걸으라고 야단치고 가르친 게 뭐가 잘못됐단 말이오! 천한 것들에게 잘못을 가르치려면 매질이 제일이오. 조선놈은 맞아야 정신을 차린다는 말도 모르는 게요?”

조선놈은 맞아야 정신을 차린다는 말은 일본 순사나 군인들이 자주 쓰는 말이다. 옆에 일본 해군 장교가 군도를 차고 서 있으니 그 장교의 역성을 기대하는 말이기도 했다. 이 말을 듣자마자 중절모의 신사가 곧바로 받아친다.

“네 이놈! 신분에 귀천이 없어진 지가 언제인데 아무한테

 해동의 새벽

나 천것이라고 하대를 하느냐! 그리고 이놈, 박가놈아! 네놈 아비가 경기도 시흥 일대에서 무슨 짓을 해서 돈을 벌었고 어떻게 면천을 했는지 경성 바닥에서 모르는 사람이 없거 늘, 네놈이 신분의 귀함과 천함을 논할 자격이 있다고 생각 하느냐!"

자신이 누구인지 다 알고 있다는 듯 야단을 치는 중절모 신사의 기세에 눌렸는지 차량의 주인이 목소리를 낮추고 묻 는다.

"댁은 누구시길래 남의 성씨를 들먹이고 집안일까지 들먹 이는 거요?"

"나 조태호다! 경성 바닥에서 사업하는 놈 치고 나 모르면 경성 사람이 아니라고 소문난 조태호야. 총독부 식산국의 개라고 소문난 조태호란 말이지. 네놈이 네 아비 때부터 해 오던 도축업과 가죽 장사로 돈깨나 벌었다는 걸 알고는 있 다마는, 네놈 행실을 보니 입고 다니는 옷차림만 바뀌었지, 아직 사람 구실 하려면 멀었다는 생각이 드는구나. 어서 저 여인네한테 미안하다고 먼저 사과를 하거라. 개골창에 빠진 네놈 자동차는 저기 서 있는 내 차로 견인을 해서 꺼내 줄 테니 말이야, 이놈아!"

어디선가 들은 적이 있는 이름 같기도 하고, 자신의 아버 지가 백정 출신에 가죽 장사를 하던 행수였다는 사실을 알고 있는 상대방과의 신분 차이를 논하는 것은 더 무의미하다는 걸 알아챈 차량의 주인이 우물쭈물한다. 이때, 이 소란을 말없이 지켜보던 고하세 사부로가 조태호에게 천천히 다가가 조심스레 묻는다.

"혹시…… 나를 모르시겠스므니까? 내 이름은 고하세 사부로이므니다."

자신의 이름을 대며 더듬더듬 어눌한 조선말로 질문을 하는 고하세 사부로를 유심히 바라보던 조태호가 불현듯 기억이 났는지 고하세의 어깨를 손바닥으로 가볍게 치며 큰 소리로 묻는다.

"상국이 친구, 고하세 군?"

"예. 형님! 태호 형님 맞스무니까?"

"그래. 맞아! 내가 조태호일세! 자네가 해군 장교가 됐다는 얘기는 얼마 전 상국이 매형인 김익현이한테 들었어. 야! 이게 얼마 만인가! 그래, 부친께선 건강하시고?"

"하하, 예. 형님! 형님께서도 여전하시군요! 오또코(おとこ, 男子)이므니다. 나의 아버지는 이치가야[26]에 계시므니다."

"역시! 그 어른은 육군에서 승승장구하고 계시는구먼! 그나저나 조선에는 언제 온 것인가? 자네가 왔다는 소식은 들은 바가 없는데…… ."

"지금."

    해동의 새벽

“뭐라고? 뭐라고 했나?”

“지금. 스이사키.”

“아! 지금…… 지금 일본에서 왔다는 건가?”

“예! 지금 왔스므니다.”

“아! 그래? 이거 참 우연치고는 대단한 우연일세! 가만있자. 우리 이럴 게 아니라, 잠시만, 잠시만.”

조태호가 고하세와의 대화를 잠시 중단하고 자신 차량의 운전수를 불러 개골창에 앞바퀴가 빠져 있는 차량을 밧줄로 묶어 견인해 주라고 시킨다. 구경꾼 여러 사람과 조태호, 고하세 사부로까지 소매를 걷어붙이고 힘을 합쳐 그 차량을 길 안쪽으로 끌어낸다. 이어서 조태호가 아낙네를 피하느라 차량을 빠뜨리는 바람에 혼쭐이 나고 매질까지 당한 박가놈의 운전수에게 자신의 명함을 내밀며 호기롭게 말을 한다.

“이보시게! 자네 이리 좀 와보게. 앞으로 자네 주인 놈이 이 일로 계속 자네를 못살게 굴거들랑 날 찾아오게! 일자리는 얼마든지 소개함세. 자네는 사람이 됐어! 사람이 먼저인 게야. 사람이 먼저지 돈이 먼저인가, 물건이 먼저인가? 하여튼 나중에라도 꼭 내게 찾아오게!”

“…….”

공손하게 두 손으로 명함을 받아 든 그 운전수는 자신의 고용주 눈치를 보느라 대답도 잘 하지 못한다. 차를 빠뜨리고 많은 사람 앞에서 뺨까지 두들겨 맞으며 개망신을 당했던 차량 주인도 일본군 해군 중좌를 마치 어린아이 대하듯 하는 조태호에게 기가 눌려 언감생심 대들 생각은커녕, 후환까지 걱정하며 서둘러 자리를 떠난다. 대충 사고 현장이 수습되고, 모였던 구경꾼들도 해산된 후에 조태호가 고하세에게 묻는다.

"지금 일본에서 오는 길이면, 당장 어디로 가는 길이며, 어디서 묵기로 되어 있나? 조선에는 해군부대가 경상도 진해하고, 함경도 원산, 이렇게 두 군데에 있는 걸로 아는데, 어디로 발령이 난 겐가? 경성에 있는 동안은 내 집에서 지내도 된다네."

"저는…… 총독부 관방국 무관으로 발령이 났스므니다. 지금 곧바로 총독 각하께 전입신고를 하러 가는 길이므니다. 그리고 제 아내와 아들은 며칠 전 이곳에 먼저 와서 혼마치에 관사를 정리중이므니다."

"아! 총독부 관방국! 내가 총독부는 내 집 드나들 듯하네. 그렇다면 내일 오후쯤 자네를 찾아가도 괜찮겠는가?"

"예! 형님. 아무 때나 오셔도 됩니다. 기다리고 있겠스므느다."

"그래! 그렇게 하세! 지금은 총독 각하를 찾아뵈러 가야 한다고 하니 아쉽지만, 자네를 놓아줘야겠네. 그러나 내일

 해동의 새벽

은 허리띠 풀어 놓고 맘껏 먹고 마시자고! 자 이제, 어서 말에 오르시게.”

“아니므니다. 형님부터 차에 오르십시오.”

“아닐세! 자네가 먼저지! 먼저 말에 오르게.”

“아니므니다. 법도…… 법도가 그게 아니지 않스므니까. 연장자가 먼저, 형님이 먼저 차에 오르시는 게 맞스므니다.”

“허허 이 사람! 자네는 어린 시절의 고하세 사부로가 아니야! 지금 자네는 충직한 천황 폐하의 군인일세. 천황 폐하를 위해 목숨을 걸고 근무하는 해군 장교보다 내가 결코 윗사람일 수는 없는 것일세. 어서 말에 오르시게.”

‘천황 폐하’라는 표현 하나만 가지고도 군인과 관료는 부동의 차려 자세가 자연스레 연결된다. 비겁하고 비굴스러운 행동을 전혀 비굴스러워 보이지 않게, 전혀 비겁해 보이지 않게 할 줄 아는 재주가 지금의 조태호를 있게 만들었다.

남들이 자신을 향해 수군대는 ‘조선총독부의 개’라는 표현을 자기 입으로 아무렇지 않게 내뱉으며 능치고, 불쌍하고 힘없는 사람들에게는 한없이 자애롭게 대하는, 그리고 힘 있는 사람들에게는 요령껏 자세를 낮추는 처세술이 조선인 실업가 조태호를 있게 한 것이다.

자기와 어릴 때부터 좋은 추억이 많았던 고하세 사부로가 천황의 대리인, 아니 어쩌면 조선에서는 천황보다도 더 실무적 권력을 많이 가진 조선 총독의 비서실 무관으로 배속됐다. 게다가 부임 첫날 우연히, 그리고 극적으로 만나게 된 것은 조태호에겐 또 다른 기회일 수 있다.

고하세 사부로에게도 이 우연한 만남이 싫거나 불편하지가 않다. 자신이 기억하는 조태호라는 인물은 동생뻘 되는 아이 모두에게 한없이 너그럽고, 연장자들에게 괜한 객기를 부리지 않고 공손하게 대할 줄 아는, '좋은 형님'이었기 때문이다. 나름 이해가 될 만한 양보의 이유를 들은 고하세가 먼저 말에 올라 출발을 하고, 조태호가 곧이어 자신의 운전수에게 호기롭게 소리친다.

"산초야, 로시난테를 깨워라!"

"예, 라만차의 기사님!"

돈키호테 조태호를 태운 검정 로시난테가 흰 매연을 내뿜으며 경인 도로를 힘차게 달린다. 사람들이 차가 시야에서 사라질 때까지 물끄러미 응시한다. 늙은 소 한 마리가 등짐을 지고 사람들과 뒤섞여 느릿느릿 걷는다. 잠시 걸음을 멈추더니 시원하게 오줌을 싼다. 옆에 걷던 어린 여자아이가 흠칫 놀라 물러선다.

　　　　　　　　　　　　　해동의 새벽

시안사변

산시성(山西省) 시안(西安).

12월 12일, 시안 외곽의 온천 휴양시설인 화칭쓰의 새벽은 고요하다. 전날 민상국과의 통화 내용을 생각하며 밤새 잠을 설친 장개석이 푸석한 얼굴로 침대에서 내려온다. 아침 다섯 시 이전의 기상은 그의 오랜 습관이다. 평소와 같이 맨손체조를 시작한다. 조찬 약속이 없는 날이라 땀을 흘릴 때까지 체조를 마친 후, 가벼운 식사와 함께 각종 보고서를 검토할 생각이다.

열흘 전, 급작스럽게 결정한 시안의 군부대 순방 직후부터 어제의 민상국과의 전화 통화까지, 매 순간순간 보고되는 이곳 시안과 옌안에서의 정세 보고는 일관되게 장학량과 양호성의 배신을 가리켜 왔다. 그러나 정황 보고만 믿고 섣불리 장학량과 양호성을 경계하는 모습을 보일 수는 없다. 장학량과 양호성도 엄연히 장제스의 지휘를 받는 부하들인데, 다른 부하들의 보고만 믿고 섣부른 행동을 하게 되면 여러 부작용을 불러올 가능성이 크다.

부하들은 상관의 의심을 본능적으로 알아챈다. 자신의 충심을 부정당하면 순식간 충심이 역심으로 변하게 되는 법이다. 지도자는 함부로 부하를 의심해서는 안 된다.

장개석은 지금 장학량와 양호성을 체포해야 하나라는 고민을 깊이 하고 있다. 그러나 섣불리 결정을 내리지 못하고 있다. 지도자가 설득력이 부족한 결단을 혼자 내리게 되면, 설사 그 일이 효과적이고 정당하다 하더라도 독재로 비치기에 십상이다. 지도자가 자칫 독재자의 이미지를 얻게 되면 그에 대한 반발은 걷잡을 수 없이 번져 가게 된다. 대중의 지지가 절대 선(善)일 수는 없지만, 공화정치와 민주정치를 위해서는 꾸준하게 다수의 동의를 구해야 한다. 그런데도 민심의 이반이 느껴질 때면 지도자는 자신의 명운을 걸고 재신임의 승부수를 던져야 하는데, 장개석은 지난 1927년 공산주의자 숙청 사건의 책임을 지고 하야(下野)를 했었고, 4년 뒤 1931년 만주사변 발발 직후에도 일본 관동군과의 정면승부를 회피했던 책임을 지고 자진해서 하야를 발표했었다.

그 두 차례의 재신임 승부수에서, 승자는 결국 장제스 본인이었다.

대다수 국민의 생각은 당시 격랑에 휩쓸리고 있는 중국의 운명을 책임질 수 있는 사람은 결국 장개석밖에 없다고 판단했고, 두 번 모두 열화와 같이 그의 복귀를 바라고 지지했었다. 그러나 변덕스러운 것이 민심, 지금 또 한 번 장개석

    해동의 새벽

을 시험에 들게 한다.

장개석, 그는 중국인들에게 강력한 지도자이기도 했고, 지독한 혐오의 대상이기도 하다.

지난 12월 4일 아침, 가장 믿음직한 요원인 민상국으로부터 자신의 신변을 위협하는 여러 징후가 있음을 알리는 보고가 왔지만, 시안 방문을 강행한 이유에는 그의 승부사적 기질이 한몫을 담당했다. 장학량과 양호성에게 공산군 토벌 작전을 정식으로 명령할 때 중국 최대 신문 다궁바오(大公報)의 주필을 즉흥적으로 동석시킨 이유 역시도 그의 승부사적 기질 때문이었다.

약 30분간 이어진 체조와 스트레칭으로 그의 이마에 약간의 땀이 배어 나온다. 수건으로 이마의 땀을 닦아 내는 순간, 새벽의 적막함을 깨뜨리는 한 발의 총성이 들려온다. 곧이어 소란스러운 고함과 이곳저곳에서 서로 응사하는 듯 요란한 총성이 계속 들려온다. 호위 병사 한 명이 세차게 출입문을 두드린 후 상기된 얼굴로 장개석의 침실로 들어온다.

"각하! 정문을 통해 상당수의 무장병력이 침입했다는 보고가 있습니다! 제1 저지선 초소는 이미 무너졌고, 현재 제2 저지선에서 아군과 적군 사이 교전이 있는바, 각하의 안전을 위해 호위병 스무 명이 각하를 에워싸고 동쪽 옆문을 통해 큰길 쪽으로 탈출하는, 비상 작전계획 제3안에 따라 각하를 안내하겠습니다.”

경호여단은 장개석이 머무는 곳이 달라질 때마다 그곳 각각의 지형지물과 기후환경에 따라 여러 작전계획을 세워 두고 경호 훈련을 한다. 그리고 실제 상황이 생겼을 시, 비상 작전계획안 중 하나를 선택해 그 안을 공유하며 일사불란하게 움직인다.

호위병의 보고를 들었음에도 장개석이 탈출 작전을 보류시킨다.

“작전계획 제3안을 중지하라! 우선은 적의 병력 규모와 그들이 어느 쪽 소속 인지부터 확인하라! 홍군인지, 아니면 동북군인지, 그도 아니면 양호성의 서북수정 소속 병사인지 확인하라!”

장개석의 명령에 따라 호위병이 복도 벽에 설치된 대형 무전기로 달려가 작전 중지와 함께 상황 파악을 명한다. 곧이어 장제스의 조카인 장효선이 달려온다. 갖춰 입은 옷의 구김을 보아 밤새 비상대기 중이었음을 알 수 있다. 건강한 조직일수록 수장의 조바심보다 책임자의 의무감이 더 빛을 발하는 법이다. 장효선으로부터 빠르고 정확한 상황 보고가 나온다.

“각하! 조금 전 제4초소로 달려가 내부통신망을 통해 확인한 바에 의하면 침입한 병사들이 하나같이 가죽 모자에 털 장화를 신었다고 합니다. 따라서 상대방은 동북군 소속이라 생각이 듭니다. 그리고 적의 병력은 대략 천 명 정도 돼 보인다고 합니다!”

장효선의 설명이 있는 동안 호위병이 헐레벌떡 뛰어와 보고한다.

“동북군 소속 장교와 사병 천여 명이 경호 저지선 제3선을 뚫었다고 합니다. 지금 우리 쪽이 열세이고 동문으로의 탈출도 불가능하게 되었습니다. 작전계획 제1안으로 계획을 변경해서 각하를 모시고 탈출하겠습니다!”

“아니야! 아니야! 이자들은 지금 나를 해치려는 게 아니라 나를 억류하고 공산당 토벌 작전 취소를 요구하려는 것이야. 어둠 속에서 섣부르게 움직이다가 날아다니는 유탄에 다칠 수도 있으니 침착하게 상황을 지켜보는 게 아무래도 나을 것 같네! 장학량이 나를 사살해도 좋다는 명령은 절대 내리지 않았을 거야. 그놈도 살자고 이러는 것…….”

장개석이 침착한 목소리로 호위병과 장효선을 상대하는 중간, 기관총의 자동연발 소리가 요란하게 들린다. 동시에 장개석의 침실 창문을 통해 총알이 빗발치듯 쏟아져 들어온다. 조금 전 탈출을 종용하던 호위병의 머리가 순식간에 반쯤 깨져 날아가고, 반동 때문에 벽에 비스듬히 기대어진 그의 가슴팍과 어깨에서 피가 솟구친다. 그리고는 스르륵 주저앉았다가 옆으로 쓰러진다.

반사적인 방어본능에 장개석이 몸을 낮추고, 그런 그를 장효선이 몸을 던져 감싸 안는다. 유리 파편과 부서진 나뭇조각들이 나뒹굴고, 계속해서 기관총 총탄이 침실 안으로 쏟아져 들어온다. 장효선이 장제스의 몸을 끌어안은 채 소리친다.

"각하! 저들은 지금 조준 사격이 아닌 무차별 난사를 하고 있습니다. 이곳이 각하의 침실인 걸 알고 있을 텐데 말입니다. 조금 전 사격은 맥심 기관총 소리가 틀림없습니다. 그리고 저 아래쪽에서 들려오는 기관총 소리는 토미 기관총 소리 같은데, 요인 억류와 납치 목적의 침투에 맥심을 끌고 작전을 하는 경우는 없습니다. 이건 각하를 포함한 무차별 살상 목적의 작전이 틀림없습니다. 어서 피하셔야 합니다!"

계속해서 총탄이 날아다니는 아수라장 속에서 호위병 셋이 반쯤 열려 있는 침실 문을 세게 밀치며 뛰어 들어온다.

"각하. 모든 방어선이 무너졌습니다! 1층 보초병 모두 사살을 당했고 지금 이 건물 안에서 각하를 호위할 사병은 저희 셋밖에 남지 않았습니다. 지하통로 끝과 건물 뒤쪽 비상문에는 아직 저희 쪽 병력이 남아 있을 테니 작전계획 제7안을 명령해 주시기 바랍니다. 작전계획 제7안은 뒷산 정상의

　　　　　　　　　해동의 새벽

제17호 초소를 통한 대피 계획입니다. 지금은 그 방법 말고는 가능성이 없습니다.”

방금 뛰어 들어온 호위병 중 가장 선임으로 보이는 병사가 장제스에게 다급한 목소리로 상황 보고를 하며 작전명령을 요구한다. 이에 장효선이 직접 명령한다.

“내가 명령한다. 지금 호위 병사 세 명은 각하를 모시고 작전계획 제7안을 실시한다! 지금 내 계급이 가장 높으니 명령체계에는 문제가 없다고 본다. 제7안대로 지하통로를 지나 건물 뒤 비상구를 통과한 후 뒷산 정상 17호 초소를 점거한다. 나는 이곳 화칭쓰 경내에 남아 있는 병력을 모아 뒤따라가겠다. 너희들 셋은 각하를 모시고 즉시 출발한다! 그리고 각하! 몸조심하십시오! 곧 뒤따라가서 뵙겠습니다.”

“알겠다! 장효선. 몸조심해라. 나중에 보자!”

최초의 침입 보고가 있었을 때만 해도 그는 장학량이 자신을 억류한 뒤 담판을 지으려는 계획을 실행한다고 생각을 했었다. 그러나 조금 전 자신의 침실을 향한 중기관총 난사는 분명 살상 목적이라고 판단할 수밖에 없다.

몸을 피해야 한다고 결심한 순간 잠옷 위에 두꺼운 코트만 걸치고, 양말을 찾아 신을 사이도 없이 맨발을 구두에 찔러 넣고 호위병 셋과 함께 복도를 달린다. 계단을 통해 지하통로까지 달리는 동안 아군 병사와는 단 한 번도 마주치지 못했다. 지하통로와 뒤쪽 비상문에도 기존에 배치됐던 병사들이 보이지 않는다. 뒷산으로 통하는 큰 출입문이 잠겨 있다. 장개석이 세 명의 호위병의 도움을 받아 담장 위에 오른다. 담이 높지 않아 안심하고 뛰어내리는 순간, 다리 한쪽이 어둠과 수풀에 덮여 보이지 않았던 수로에 빠진다. 무릎 아래가 떨어져 나갈 듯한 극심한 고통에 자신도 모르게 비명을 지른다. 혹 뼈가 부러진 게 아닌가 싶은 마음에 조심스레 정강이 쪽을 만져 본다. 다행히 골절은 아닌 것 같다. 고압전기에 감전된 듯한 찌릿함을 견디고 땅을 짚고 일어선다.

그에 이어 세 명의 호위병이 담장을 넘는다. 그들을 발견한 적군이 총을 마구 쏘아댄다. 총알이 빗발치듯 날아온다. 호위병 한 명이 비명과 함께 바닥에 나뒹군다. 신음과 함께 숨을 가쁘게 내쉬다 가냘픈 목소리로 연신 엄마를 찾는다. 그러다 이내 숨을 멈춘다.

남은 호위 병사 둘이 다시 넘어진 장개석을 부축해 일으킨다. 한 명은 장제스를 부축해 걷고, 다른 한 명은 이들에 앞서 수풀과 나뭇가지를 헤쳐가며 산 정상을 향해 부지런하게 나아간다. 어둠 속 숲의 나뭇가지들이 장개석의 얼굴을 찔러댄다. 다친 다리는 계속해서 욱신거린다. 장개석을 부축한 호위병의 가쁜 숨이 극에 달했음을 알아챈 장개석이 잠시 숨을 돌리자고 제안한다. 그를 포함한 세 사람, 작은 바위에 걸터앉아 가쁜 숨을 고르며 산 아래를 내려다본다.

화칭쓰 경내에서는 계속해서 총격이 벌어지고 있다. 이들을 찾는 사나운 수색견의 컹컹대는 짖음도 들려온다. 총성이 계속 울리고, 적들의 총구에서 쏟아져 나오는 반짝이는 총알 세례 불빛들이 보인다. 세 사람이 짧은 휴식을 마치고 다시 걷기 시작한다. 장개석의 구두 안쪽 맨발 바닥이 미끄럽다. 수로에 빠지며 심하게 패인 발뒤꿈치 살갗을 구두 뒤축이 계속 파고들면서 구두 안에 피가 흥건하게 고인 탓이다. 부지런히 산을 올라 산 정상 제17초소를 약 10m쯤 남겨 두었을 때, 그를 부축하던 호위병과 앞서 걷던 호위병이 그를 나무 그루터기에 앉히고 숨을 헐떡이며 말을 한다.

"각하! 저희 둘이 먼저 초소에 올라가서 안전을 확보한 후 모시러 오겠습니다. 척후를 위한 접근은 혼자 갈 수 없으니 각하께서 혼자 이곳에서 기다려 주셔야겠습니다. 금세 다녀오겠습니다!"

"……."

대답 대신 고개를 끄덕이며 어서 다녀오라는 듯 손을 흔든다. 발꿈치 통증에, 구둣발로 산을 오르느라 기진맥진한 장개석은 거친 숨만 몰아쉰다. 두 명의 호위병이 상체를 낮춘 상태로 초소 입구에 다다르고, 초소 안쪽에서 이들에게 암구호를 요구한다. 호위병 한 명이 경호여단의 당일 암구호를 외치자, 안에 있던 병사가 자동소총을 난사한다. 두 호위병 모두 비명을 지르며 쓰러진다. 이곳 제17초소도 장학량의 동북군 군사들에게 점거된 상태였다. 초소 입구에서의 자동소총 난사에 놀라 바싹 엎드린 장개석의 머리 위로 적이 난사하는 총알이 날아 지나간다.

잠시 뒤, 총성이 멈추고 초소 주위가 조용해진다.

차분하게 숨을 고른 장개석이 얼마 전 지도를 보며 머릿속에 숙지했던 이곳 화칭쓰 주변의 산세와 등고선, 마을의 위치 등을 기억해 낸다. 바오딩 군관학교와 일본 육군사관학교 예비 과정인 도쿄 진무학교 생도 시절부터 생긴 버릇 중 하나가 제일 먼저 자신이 머무는 지역의 위치와 주변에 대한 지리를 익히는 것이었다. 구름 사이 드문드문 보이는 하늘의 별자리를 보고 네 방위를 가늠한 후, 인근 민가를 향해 산에서 내려갈 결심을 한다.

산허리를 돌아 서쪽으로, 네 발로 기듯 안간힘을 다해 나아가던 장개석의 뒤에서 별안간 누군가가 소리를 지르며 총을 쏜다. 자신의 위치가 노출됐다고 판단한 장개석이 다리의 통증도 잊은 채 쩔뚝이며 달리기 시작한다. 그러나, 통증은 그렇다 치더라도 겨울 산에서 구둣발로 달리는 것은 아무래도 무리다. 쌓여 있던 활엽수 낙엽에 미끄러져 중심을 잃고, 곧바로 가파른 경사를 따라 낙엽 더미들과 함께 몸이

                                                    해동의 새벽

쓸려 내려간다. 작은 묘목, 키 작은 도토리 나뭇가지라도 붙잡아 멈춰 보려 시도해 봐도 워낙 가파른 경사라 어쩔 수 없다. 한참을 미끄러지고 굴러가다가 몸이 잠시 허공 위로 솟구치더니 이내 천 길 낭떠러지로 떨어지고 만다. 벼랑에서 떨어질 때조차 정신을 잃지 않기 위해 안간힘을 써 보지만 '쿵' 하고 자신의 몸이 바닥에 떨어지는 소리와 함께 그의 의식은 서서히 사라져 간다. 몸이 마치 늪에 빠져 가라앉는 듯한 느낌이 온다. 몸 전체의 감각이 사라지고, 발의 통증도 느껴지지 않는다. 호흡과 심장 박동도 서서히 느려진다. 무의식의 암흑 속으로 자신이 사라져감을 느낀다.

'아! 이대로 끝나는 것인가. 이 나라와 중화민족의 미래는 어떻게 될 것인가! 만약 장학량이 집권하면, 채 1년도 못 돼 이 나라는 승냥이 떼와도 같은 일본과 서구 세력에게 산 채로 살점과 내장을 모두 뜯어 먹히는 신세가 될 것이다. 마오쩌둥(毛澤東)은 전 국민을 공산주의라는 허울 좋은 마취제로 마비시켜 놓고 대를 이어 국민을 착취하고 쥐어짜며 이 나라 권력을 독점할 것이다. 왕징웨이(汪精衛), 친일 한간인 그자는 일본에 이 나라를 고스란히 넘겨줘 버릴 것이다. 저우언라이(周恩來), 공산주의자이지만 차라리 국민에겐 그의 집권이 나을 수도 있다. 하지만, 권력의지가 부족한 그는 영원한 제2인자 자리만 택할 것이다.'

숨이 멎어가는 짧은 순간에도 복잡한 상념이 무의식 속의 그를 괴롭힌다. 무너진 청제국(淸帝國) 시대 이후, 대륙을 수십 조각으로 갈가리 찢어 할거하던 군벌 세력들을 차례로 무릎 꿇린 뒤, 이 땅을 침탈한 열강들과의 25년 투쟁이 한순간 끝나게 되었다.

갑자기 불기 시작한 세찬 겨울바람이 낙엽을 휘몰아 온다. 서서히 식어가는 그의 몸을 낙엽들이 덮기 시작한다. 진눈깨비마저 흩날리기 시작한다. 이렇게 시간이 흐르게 되면, 사람들은 중화민국의 최고 지도자 장개석의 시체마저도 찾을 수 없을 것이다. 여명 직전의 하늘, 산등성이 너머에서 송골매가 내는 '삐익- 삐익' 쇳소리가 들려온다.

환영모임의 수혜자

경성(京城) 계동(桂洞).

저물녘 계동 집 대문을 나선 김익현이 골목 안으로 갑자기 불어닥치는 스산한 바람에 옷깃을 세운다. 소스라치는 그를 본 윤성열이 김익현에게 묻는다.

"어르신 마후라 챙기 올까예?"

“아니다. 괜찮다. 인력거나 어서 잡아 오너라.”

식민지 시설 서민들이 사용하던 우리말도 심각한 수난을 겪게 되는데, 목도리라는 우리말 단어 대신 영어인 ‘Muffler’의 일본식 엉터리 발음인 ‘마후라’ 역시 어느새 사람들의 생활 속에 자리 잡았다.

“청풍으로 가실 기지예?”

“오냐!”

눈치껏 자신의 상전이 갈 목적지를 알아챈 윤성열이 큰길가로 인력거를 잡으러 달려간다.

오늘은 막내 처남 민상국의 소학교 동기이자, 연초에 일본에서 자신과 민지영을 초대해 민상국의 소식과 함께 부부를 극진하게 대해 주었던 고하세 사부로의 경성 총독부 부임을 환영하기 위한 만찬이 있는 날이다.

시간과 장소는 조태호가 정했는데, 건물만 600여 평에 달했던 조선 최대의 요릿집 명월관이나 조선 궁내부 출신 안순환이 운영하는 태화관에 비해 그 규모는 조금 작아도 정갈한 음식과 행수기생의 품위가 눈에 띄게 괜찮았던 청풍이 조태호, 김익현에게는 단골로 이용하는 요릿집이 되었다.

골목 어귀를 막 벗어난 김익현의 앞에 가을 코트를 멋지게 차려입은 젊은 신사 한 명이 나타나 반갑게 그에게 알은체한다.

"대부님! 익현 대부님 아니십니까?"

"아니! 이게 누군가? 명수 씨 아닌가?"

2년 전, 일본 우베 일일신문 편집국장으로 있으면서 갑산 마을 김익현을 찾아와 조선으로의 귀환과 함께 고향의 면장 직 수락과 금융조합장 출마에 대해 상의하고 갔던, 당시 28세의 청년 김명수를 계동 골목에서 우연히 마주친 것이다.

"자네가 작년에 고향으로 돌아와 금융조합장에 선출되고, 면장으로도 임명되어 그 직을 수행하고 있다는 소식은 벌써 들었네. 반가운 일이야! 그래, 이곳 계동에는 무슨 일인가?"

"경기도 시흥인가…… 그쪽에서 면장일 하던 정세권 씨가 북촌 일대에 집들을 모조리 사들인 후 신식으로 설계를 해서 수백 채를 새로 지어 팔고 있다는 소문을 듣고 호기심 차원에 이집 저집을 구경해 봤지 않습니까. 처음에는 왜인들처럼 오밀조밀 지었을 것 같다는 예상을 했는데, 우리 조선식으로 참 잘 지어 올렸기에 저도 이 골목 안에 한 채 장만했습니다. 저 골목 안 왼쪽 일곱 번째 집이 저의 집입니다."

"아! 그런가? 정세권 씨가 면장을 지낸 분이셨구먼. 내 집은 이 골목 안 두 번째 집일세! 내 집은 비교적 헌 집이라 얼마 전에 수리를 마치고 지금은 나 혼자 지내고 있다네. 그나저나 정말 반가운 일일세. 이젠 자네와 이웃사촌까지 돼 버렸어! 정세권 씨 덕에 전국 팔도 사람들의 경성집이 이 근처에 다 모여 있게 됐다 싶네!"

"예! 맞습니다. 대부님. 저쪽에는 전라도 고창 출신 동아일보 김성수 선생, 그리고 화동 방향에는 평안도 출신 화신 백화점 박흥식 씨 집이 있더만요."

두 사람이 반갑게 인사를 하며 대화를 나누는 동안 윤성열이 운현궁 앞에 삼삼오오 모여 손님을 기다리던 인력거꾼 중 2인승 인력거를 모는 차부(車夫)를 호출해 데리고 온다. 자기가 모시는 상전과 김명수의 말과 몸짓만 보고서도 두 사람 사이에 있을 다음 전개를 지레짐작한 것이다. 윤성열의 짐작이 맞았던 것인지, 아니면 2인승 인력거가 다가오는 것을 보고 김익현이 마음을 먹은 것인지, 김익현이 김명수와 동행을 제안하고, 두 사람이 함께 인력거에 오른다. 윤성열은 인력거의 속도에 맞춰 함께 달린다.

"대부님. 그나저나 어딜 가는지는 알고 따라가는 게 순서 아니겠습니까?"

"하하! 왜, 자네를 어디 팔아먹으려 데리고 갈까 두려운가?"

"팔리기라도 하면 다행이지요! 저 같은 인물을 누가 돈 주고 데려가겠습니까? 저를 어디에다가 버리고 오실까 봐 그러는 겁니다. 하하!"

"내 친구 조태호라고…… 함경도하고 평안도 일대에서 광산업을 하는 친구인데, 그 인물과 고하세 사부로라는 일본 해군 중좌를 만나러 가는 길일세. 고하세 사부로는 나의 막내 처남과 소학교 동기였는데, 부친은 육군의 장성이시라네. 그 친구가 며칠 전에 이곳 총독부 관방국에 무관으로 발령받아 왔는데, 어린 시절 경성에서 성장했던 고하세 사부로 군의 경성 발령을 환영하는 식사 자리가 잡혔어. 조촐하게 자네를 포함해서 네 명이 함께 식사하게 될 것이야.”

“어이구! 영광입니다. 그런데 제가 참석하기에는 아무래도 격이 맞지 않는 모임 같습니다. 괜찮겠습니까?”

“허허 이 사람, 공적인 만남이 아닌 사적 인연들끼리 모이는 자리이니 전혀 신경을 쓰지 않아도 될 것이야.”

김익현이 웃으며 대수롭지 않게 넘겼지만, 주임관 8등에 해당하는 면장인 김명수와 주임관 4등에 해당하는 조선총독부 무관은 함께 술자리를 갖기에 격이 맞지 않는 사이임이 틀림없다. 다만, 사적인 모임인 데다가 김익현이 일가친척으로서 동행을 제안했기에, 누가 따지고 들지 않는 이상 큰 무리가 없는 모임이 될 것이다.

김익현과 김명수가 청풍에 도착했을 때, 이미 조태호와 고하세 사부로가 먼저 자리를 잡고 앉아 있었다. 조태호는 한복을, 고하세는 해군 군복을, 그리고 김익현과 김명수는 양복 차림이다.

　　　　　　　　　　　　해동의 새벽

김익현이 방으로 들어서자 고하세 군이 벌떡 자리에서 일어나 허리를 깊이 숙이며 인사한다.

"자형! 안녕하시므니까? 지난 3월에 헤어지고 많이 보고 싶었스므니다. 누나는 안녕하시므니까?"

"나도 내 안사람도 자네 덕분에 잘 지내고 있다네. 사실은 이번에 경성에 올 때 같이 오기로 했었네만 갑자기 일이 생겨서 내년 초나 경성에 올 수 있을 것 같다네. 우리 내자는 자네가 경성에 와 있다는 사실을 아는 순간 아마도 당장 채비를 서둘러 경성으로 온다고 할 걸세. 그나저나 경성에 온 것을 진심으로 환영하네! 앞으로 경성에서 지내는 동안 불편한 점이 있거들랑 무엇이든지 내게 알리게. 내가 힘닿는 대로 모두 맡아 해결해 주겠네. 지난봄에 나와 우리 안사람이 동경에서 자네에게 신세가 정말 많았었는데, 이렇게 그 신세를 갚을 기회가 왔구면!"

김익현의 진심 어린 환영의 말에 조태호가 큰 목소리로 말을 보탠다.

"예끼 이 친구! 내게도 고하세 군을 위해서 할 일 하나쯤은 남겨 줘야지! 이것 봐 고하세 군! 누가 자네를 못살게 굴거들랑 내게 일러주게! 옛날 자네가 소학교 다닐 때 청계천 거지들한테 장갑을 뺏기고 온 날, 내가 가서 그놈들을 흠씬 두들겨 패주고 장갑을 찾아다 준 적이 있었지 않나? 그 시절

처럼 누가 자네를 못살게 구는 경우 내가 달려가서 혼쭐을
내줄 테니 말이야!"

모두 조태호의 농담과 너스레에 한바탕 실컷 웃는다. 이어
서 김익현이 조태호와 고하세에게 자신이 데려온 김명수를
소개한다.

"여기 이 친구 김명수 군은 내지 우베 일일신문사 편집국
장을 하다가 2년 전에 조선으로 돌아와서 부산실업신문을
거쳐, 금융조합장 그리고 고향의 면장 일을 맡아 봉사하고
있다네. 경상도 합천이 고향이고, 경성에는 가끔 올라오는
데, 이번에 내가 마련한 계동 집 바로 곁에 이 친구 집이 있
어서 이제는 이웃사촌 간이 되었지. 나에게는 두 항렬 아래
의 집안 친척이고, 나이는 올해 서른이라네. 곧 설이 다가오
니 이제 서른하나가 되겠구먼."

"안녕하십니까? 김명수라고 합니다. 합천 금융조합장과
용주면장을 겸직하고 있습니다. 잘 부탁드리겠습니다."

모두 반갑게 인사를 나누는 가운데 일품요리들과 고급술
이 들어온다. 한자리에 모인 이들은 각자 이 시대에 맡겨진
각각의 역할들을 사회 곳곳에서 착실하게 수행하며 살아가
고 있는 사람들이다. 안타깝게도 당시 일본의 내각과 식민
지 조선총독부 관료들은 조선인 대부분을 어정쩡한 지위에
두고 통치를 했다. 그들은 종속적인 신민의 의무와 참정권

을 비롯한 국민의 권리 사이에서 조선인은 정처 없이 유랑하게 내버려 두었다. 이들에게는 선거권과 피선거권을 제한하였고 병역의 의무를 면제하는 대신, 군 요직으로의 출사 역시도 제한하였다. 이런 유랑의 영역에 속하면서 애초에 맡겨진 자신의 처지를 받아들이고, 그 처지에 맞춰 일상을 열심히 하는 사람들이 바로 광산사업가 조태호였고, 대지주 김익현이었으며, 식민지 말단의 금융과 행정을 책임지던 김명수였다. 그리고 태생적으로 지배자 계급에 속했던 고하세 사부로는 식민지의 불완전한 시민들과의 인간적 관계에 있어 천부(天賦)의 불평등을 인간적 매력으로 넘나들며 남들보다 넓은 자신의 영역을 만들어 가고 있다.

고하세의 인간적 매력은 그가 날 때부터 가지고 있었던 천성뿐만 아니라 부친으로부터의 철저한 학습 때문에 생성된 부분도 많았다. 고하세 군은 어려서부터 육군 장교에게는 콤플렉스로 작용할 수 있는 사쓰마번 출신인 부친의 유연함을 보고 배울 수 있었고, 식민지 조선 주둔군 장교의 우월적 지위를 함부로 남용하지 않았던 부친의 수도자급 독신(獨愼)을 보고 배워 왔다.

같은 듯 다른 이 모임의 참석자들이 술잔을 부딪치며 나누는 대화의 소재는 자연스럽게 그해 조선에 부임한 미나미 지로 신임 총독에 관한 이야기와 연초에 있었던 동경에서의 후쇼오(父祥) 사건[27] 등 각종 시사(時事) 잡담들이었다. 고하세가 경성으로의 이주에 대한 소감을 밝힌다.

"2년 전에 휴가를 보내기 위해 이곳 경성을 잠시 다녀간 적이 있었스므니다마는 그때보다도 더 많이 제가 살았던 동네가 바뀌었스므니다. 게이조에 사람도 집도 엄청나게 늘어났스므니다. 혼마치(本町)도 완전히 달라졌스므니다."

'게이조'는 경성(京城)의 일본식 한자 독음이다.

"자네가 부친을 따라 동경으로 돌아갈 당시에 비하면 인구가 거의 세 배 수준으로 늘어났을 거야."

조태호, 김익현, 김명수 이들 모두 일본어 구사가 유창하지만 지금 이들의 대화는 거의 조선어로 이루어지고 있다.

고하세 군이 김명수에게 눈길을 주며 묻는다.

"선생이 계시는 경상남도 합천의 인구는 얼마나 되므니까?"

"아…… 예, 약 25만 명이 조금 넘습니다. 경성의 절반에 못 미치지요. 하지만 면적이 넓다 보니 아무래도 관내 인구 숫자도 많고…… 그렇습니다."

"아! 그렇스무니까? 조선은 아직 인구의 도시 밀집 현상이 사회문제화되는 것 같지는 않은 것 같스므니다. 부산이나 진주 등의 주요 도시에 비해서도 경상남도의 농촌 지역 인구가 상당한 것을 보니 말입니다."

"아, 예…… 아무래도 일본처럼 공업 도시가 생기면서 도

시의 공산품 생산 노동력의 수요가 급격하게 늘어나는 현상
이 이곳 조선에서는 일어나지 않았기 때문일 것입니다. 조
선에도 산업시설이 많이 생기고, 공업화가 이루어지면 인구
의 도시집중 현상이 생기겠지요. 지금은 도청, 시청, 군청
등 행정관청의 위치와 상관없이 경작지의 넓이와 행정구역
의 넓이에 비례해서 인구의 분포 역시 그리 집계가 될 것입
니다. 총독부에 근무하시면서 자료를 분석하실 때 참고하시
면 편하실 겁니다."

"아, 예! 감사하므니다. 참고하겠스므니다."

김명수가 비록 잡담에 속하는 가벼운 대화이지만, 오랜 기
자 생활을 하면서 몸에 밴 사실관계 분석, 인과관계 정리를
덧붙여 설명하고 있다.

이때 바깥에서 소란스러운 일본말들이 오가는 소리가 들
려온다. 조선 요릿집이라고 해서 일본인 손님들이 없을 리
는 없지만, 지금의 소란은 손님들 간의 사소한 대화 소리가
아닌 듯하다. 잠시 바깥의 소동에 귀를 기울이던 김명수가
고하세 군에게 말한다.

"지금 바깥에서 고하세 사부로 중좌님을 찾고 있는 것 같
습니다."

"예! 내가 듣기에도 그런 것 같스므니다. 잠시만 나가보고
오겠스므니다. 실례하므니다."

고하세가 자리에서 일어나 바깥으로 나가고, 곧이어 소란스러웠던 바깥 상황이 정리된 듯 이내 조용해진다. 조금 전 바깥 상황에 귀를 기울였던 김명수에게 김익현이 묻는다.

"무슨 일인 것 같나?"

"총독부 관방국 소속 무관을 찾는 말 말고는 딱히 추리의 단초가 될 만한 단어는 듣지 못했습니다."

어색한 침묵이 잠시 방안을 맴돈다. 이때 행수기생인 단화가 예기(藝妓)를 불러 창(唱)이라도 시킬까 묻고, 조태호와 김익현이 좋은 생각이라 반긴다. 김익현이 지난번 큰 처남 민경국과 함께 이곳 청풍에서 들었던 그때 소리를 맛깔나게 잘하던 그 아이를 다시 찾아달라 이른다. 단화가 금세 누구를 말하는 것인지 알아채고, 설희라는 예기(藝妓)를 찾아 데려오라고 이른다.

이때 고하세 사부로가 방으로 돌아와 무릎을 꿇고 앉아 세 사람을 번갈아 바라보며 심각한 표정으로 양해를 구한다.

"자형! 태호 형님! 김명수 선생! 정말 죄송하므니다. 지금 중국의 산시성 시안에서 반란이 일어나서 그곳을 방문 중이던 쇼카이세키[28]가 실종이 되었다고 하므니다. 오늘 이른 새벽에 총격전이 벌어졌고 오후에 쇼카이세키의 병력을 장학량이란 자가 무장해제 시켰다고 발표했다 하므니다. 지금 조선총독부 소속 고등관리 전원과 조선 주둔군 장교들에게

　해동의 새벽

비상근무 명령이 내려졌스므니다. 그래서 오늘은 제가 먼저 일어나야 하므니다. 곧 가능한 미래에 제가 자형과 형님, 그리고 김명수 선생을 다시 초대하겠스므니다."

무릎을 꿇은 상태에서 자초지종을 설명한 후 엎드려 절을 하며 양해를 구하는 고하세 군에게 세 사람 모두, 어서 가보라며 외려 그를 내쫓듯 내보낸다. 보내는 사람들이 적극적이니, 가야 하는 사람의 마음이 다소 가벼워진다. 이들의 대화와 행동을 지켜보는 기생들의 눈이 휘둥그레진다. 나이 차이가 그다지 커 보이지도 않고, 사회적 지위 역시 장삼이사 정도의 평범해 보이는 조선 장년(壯年)들에게 해군 제복을 멋들어지게 차려입은 중령 계급의 총독부 무관이 무릎을 꿇고 엎드려 절을 하는 모습이 너무 신기해 보였던 것이다. 게다가 이 집 단골 조태호는 평소 일본인을 접대할 때, 보기 민망할 정도로 몸을 낮추는 모습만 보였기에 오늘 이 상황은 보는 이로서는 많이들 놀라운 일인 것이다.

유심히 이들의 관계를 가늠해 보던 도기(賭技) 단화가 김익현의 곁으로 다가가 그의 옆에 앉은 어린 기생을 살짝 밀어내고, 그에게 몸을 붙인다. 오늘 몇 시간 동안 지켜본 결과도 그렇고, 지난번 민경국과 동아일보, 매일신보 부장들과의 술자리에서도 김익현이 티가 나듯 안 나듯 주빈(主賓)이었던 기억이 나면서, 기생집 부엌데기 시절부터 시작된 삼십 년 화류계 촉이 발하면서 욕(慾)이 동한 것이다.

눈치에 있어서 조태호는 보통이 넘는 수준이다. 단화의 행동을 본 조태호가 슬며시 장난기가 발동하고, 친구의 반응도 지켜볼 겸 한마디 던진다.

"익현이 자네, 계동 집은 지금 텅텅 비어 있고 부리는 아랫것들만 몇이 있는 것 같은데, 갑산에서 가솔들이 올 때까지 당분간 이곳 청풍의 내실에서 지내는 건 어떤가? 조석으로 끼니를 챙겨 줄 사람도 마땅찮을 텐데 말일세!"

조태호의 선수에 단화가 갑자기 얼굴을 붉힌다. 자연스러운 반응이었다면 벌써 단화는 익현에게 마음이 넘어간 셈이고, 그녀의 연기라고 치자면 그야말로 배겨낼 사내가 없는 고단수에 가깝다.

"그래 볼까?"

김익현이 미소를 지으며 짧게 답한다. 조태호가 예상했던 반응은 이게 아닌데, 김익현이 천연덕스레 단화의 한쪽 손을 슬며시 끌어당겨 자신의 무릎 위에 올려놓고 쓰다듬기까지 한다.

단화도 순간 익현의 입장에 헷갈리기 시작한다. 남녀 간의 애정이란 것이 객관적 입장에서 지켜보면 너무도 쉽게 당사자의 마음을 읽어 낼 수 있다. 그러나 본인이 상대방의 매력에 취해 버리는 순간 그 상대방의 마음을 도저히 읽어 낼 수

　　　　　　　　　　　　　　　해동의 새벽

없게 되는 것이다. 상대의 마음을 읽지 못하고 헷갈리고 의심이 드는 순간부터 당사자는 안절부절, 조바심 그리고 애절하고도 고통스러운 치정의 세계로 들어가게 된다.

이때, 남도창을 잘하기로 소문난 예기 설희와 고수(鼓手)가 방으로 들어와 자리를 잡는다. 오늘은 조태호의 청에 의해 판소리 적벽가 몇 대목을 듣기로 한다. 한 시간이 넘는 동안 현란한 적벽가 주요 대목의 감상이 끝나고, 음악과 술에 취해 시간 가는 줄 몰랐던 조태호가 김익현에게 다소 무거운 주제의 질문을 던진다.

"이보게 익현이. 자네가 불과 며칠 전에 예견했던 지나와 일본 간의 전면전이 정말 임박한 것 같구먼. 장제스는 지난 6년 동안 일본과의 전면전을 피해 온 자가 아닌가? 장제스가 장쒜량의 손에 죽거나 실권을 할 경우, 장쒜량은 자신의 옛 영지인 만주 지역 탈환을 위해 일본과 전면전을 일으킬 것 아니겠나."

이미 음악과 술에 불콰하게 취해 단화의 가슴께에 반쯤 눕듯이 기대앉아 있던 김익현이 조태호의 질문에 대답하지 않고 김명수를 바라본다. 김명수의 대답을 듣고 싶다는 말 없는 표현인데, 조태호도 김익현의 뜻을 알아채고 그를 쳐다본다.

순간 당황한 김명수가 두 사람을 번갈아 바라보며 묻는다.

"아니…… 왜 저를…… 바라보고 계십니까?"

"젊은 우리 김 조합장의 의견도 한번 들어보고 싶어서 그러지. 한 말씀 해주게나."

김익현이 옅은 미소를 지으며 김명수에게 의견을 묻는다. 오늘 모임 내내 질문에 대한 답이나 필요했던 말이 아닌 경우에는 거의 대화에 참여하지 않고 주로 경청만 해왔던 김명수로부터 오늘 술자리가 파하기 전에 현 시국을 바라보는 그의 견해를 한마디 듣고 싶었다.

장제스가 납치·실종되었다는 소식을 들은 지 한 시간 남짓 지난 이 시점에 무슨 분석이 나올 것이며 무슨 예상을 기대할 것인가 싶지만, 실제 김익현이 알고 있는 기자 김명수는 국내외 정세에 관하여는 가히 예언자 수준의 분석력이 있는 사람이었다.

약 5년 전 만주사변 직후 김익현이 일본을 방문했을 때 당시 신문사 취재 기자였던 김명수로부터, 1931년도 말과 1932년도 초 사이에 해군도 중국을 상대로 무력을 행사할 것이고, 그 장소는 아마도 칭다오, 다롄, 톈진, 혹은 상하이가 될 것이라 했었는데, 그런 의견이 있은 지 불과 석 달이 지나지 않아 일본 해군이 주도한 상하이 사변이 일어났었다.

그리고 또다시 김명수가 '일 년 안에 육군이 한 번 더 실력

 해동의 새벽

행사를 위해 베이핑(예전의 베이징) 근처를 무력으로 점령할 것이다'라고 예견했고, 곧이어 그의 말대로 1933년 2월, 일본 육군의 러허성(熱河省) 침공이 일어나 그곳마저 결국 만주국 영토에 편입되었다.

김익현의 이런 기대와는 달리 조태호는 이제 갓 서른 살의 젊은이가, 그것도 경상도 내륙 지방인 합천에서 금융조합장으로 있으면서 시골 지주나 농민들을 상대로 잔돈푼이나 세고 있을 청년이, 그 무슨 신통한 의견이 있겠나 하는 얕잡아 보는 마음이 있다. 그런 조태호가 한번 떠보듯 넌지시 묻는다.

"그래! 아우님 의견도 한번 들어보세. 사실 지나라는 데가 은근히 재미있는 동네야. 나나 여기 익현이의 경우 난징과 상하이에서 몇 년 살아보지 않았나? 어디, 아우님은 지나쪽에 무슨 연고라도 있는가?"

조태호의 말투에서 자신을 무시하는 듯한 느낌을 감지한 김명수가 약간의 호승심을 갖는다. 그러나 상대는 경성고보 수석에, 일본 메이지대학, 미국 예일대학 출신이다. 마찬가지 김익현도 어려서부터 일가친척 사이에 천재로 소문이 자자했고 경성고보, 난징대학 출신의 수재이기에 그의 앞에서 섣부르게 밑천을 드러내기는 쉽지 않다.

불과 두어 시간 전, 고하세 사부로 중좌가 툭 던져 놓고

간 장제스 납치·실종 사건에 대한 정보라고는, 장소는 시안이고 주도자는 장쉐량이라는 것밖에는 없다. 그러나 사실 김명수의 머릿속에는 지난 두 시간여 동안, 이 주제에 대한 여러 가지 생각들이 복잡하게 엉켜 있었고, 마치 어려운 수학 문제에 각종 공식을 대입하여 하나하나 풀어가듯 정리를 하고 있었다. 따라서, 그는 순식간에 던져진 이 문제를 풀어낼 나름의 밑천을 가지고 있기는 했다.

김명수가 잠시 생각을 가다듬은 후, 겸양하게 말을 시작한다.

"저는 지나에는 특별한 연고가 없습니다. 그리고 지금은 신문쟁이 일을 그만두었지요. 다만 예전에 신문 기사를 쓰기 위해 만주 신경하고 북경, 그리고 상해는 한 번씩 가봤습니다만, 두 번 모두 사회 곳곳을 들여다볼 여유가 없이 필요한 자료만 찾아보고 돌아왔지요. 훌륭하신 두 분 어른에 비하면 졸렬하기 짝이 없는 짧은 경험만 있을 뿐입니다. 따라서 딱히 이번 장제스 위원장의 납치·실종 사건에 대한 이렇다 할 의견은 없습니다."

"허허! 우리 아우님 겸손이……. 하기야, 사람들이 대부분 자기 생업과 관련된 일이 아니면 다들 신경을 끊고 살지. 게다가 관동군에 쫓겨난 장쉐량이나, 양쯔강 남쪽 자기 근거지만 지키기 급급했던 장제스는 사실 국제적으로는 관심 밖

                                             해동의 새벽

의 인물 아닌가."

조태호가 웃으며 대충 화제를 마무리한다. 조태호의 마음 속에는 김명수가 중국 내륙 사정에 관하여 아는 것이 별반 없을 거란 자신의 판단이 맞았다는 아주 사소한 자기만족만 있을 뿐이다.

이때, 김익현이 다소 흐트러졌던 자세를 바로잡고, 술상 가까이 몸을 당겨 앉으며 김명수에게 구체적 사안에 대해 다시 묻는다.

"장쉐량이 장제스를 왜 배신했다고 생각하나?"

그의 질문에 김명수가 옅은 미소를 띠며 조곤조곤 답한다.

"이유는 아주 간단해 보입니다. 살기 위해서 그런 거겠지요. 이 자는 싸움을 두려워하는 자 아닙니까? 그저 자기가 가진 것을 지키면서 편하게 살고 싶은데, 장제스는 계속 장쉐량에게 공산군과의 정면승부를 요구해 왔으니…… 옛날 버릇이 나온 거지요."

김명수의 거침없는 대답에 조태호도, 다른 기생들도 의외라는 표정을 짓는다. 조태호의 질문에는 모르쇠로 대하다가 김익현의 개별 사안에 대한 구체적 질문에는 딱 떨어지게 대답하는 그를 조태호가 유심히 바라본다.

"옛날 버릇이라니, 그게 무슨 말인가?"

김익현이 또 묻는다.

"자신의 아비인 펑톈 군벌 장쭤린이 일본의 손에 암살당한 직후 권력을 잡은 장쉐량이 딱 6개월 뒤에, 동북역치[29]를 저지르지 않았습니까? 달려드는 장제스를 상대하는 게 두려우니 같이 싸우던 자기편을 향해 느닷없이 총부리를 겨누었지요. 그런 방식으로 손쉽게 자기편을 죽이고 장제스에게 항복했잖습니까? 세상에 어느 주군이 결사 항전을 주장하는 자신의 장수들을 죽이고 적에게 투항한단 말입니까. 그런데 장쉐량은 그런 짓을 저질렀지요. 이번도 마찬가지, 장제스가 자신을 국민당군의 제2인자로 만들어 주고 동북군도 계속 거느리게는 했지만, 그 대신에 공산군과 계속 싸우라고 압박을 하니 공산군과 싸워서 이길 자신은 없고, 결국 독려하러 찾아온 같은 편 장제스를 순식간에 납치한 것이지요. 동북역치와 한 가지 다른 점은 장제스를 죽일 배짱이 없으니 일단 사로잡아 놓고 공산당과 난징에 있는 국민당 정부 사이에서 계속 협상을 할 겁니다."

김명수의 그럴듯한 설명에 김익현은 고개를 연신 끄덕이고, 조태호가 유심히 그를 바라보며 묻는다.

"이보게 아우님! 그렇다면 지금 아우님의 생각에는 장제스가 살아 있다는 말인가? 아니, 장쉐량이 그를 죽이지 못할 것이란 말인가? 동북역치 때는 친일, 반장제스 성향의 장수들과 장쉐량의 부친 때부터 참모 역할을 했던 펑톈 군

　　　　　　　　　　해동의 새벽

벌 원로들을 대부분 죽이지 않았나?"

"장쉐량은 장제스를 못 죽입니다! 장제스를 죽이고 나면 그가 갈 곳이라고는 마오쩌둥과 저우언라이 진영인데, 공산주의자들이 장쉐량을…… 사치와 향락의 대명사인 장쉐량을 포용하지 못한다는 걸 본인도 알고 있습니다. 그리고 공산군은 지금 1만 병력도 못 되는데, 200만 군사력의 국민당군과 전면전을 벌일 배짱이 장쉐량에겐 없습니다. 그저 싸우기 싫은데 계속 싸우라고 등을 떠미는 장제스를 일단 억류하고 겁을 줘서 지금의 곤란한 환경을 벗어나려고 저지른 꿩 대가리 같은 짓을 저지른 것입니다. 다른 의미는 하나도 없습니다. 굳이 있다면 저우언라이나 마오쩌둥과의 사전 교감 정도가 있지 않았을까……. 그리고, 일본과의 전쟁은…… 장쉐량은 그런 도박을 할 정도의 배짱도 없습니다. 일본과 싸울 역량을 가진 자는 지나에서는 장제스 한 사람 말고는 없다고 봅니다."

김명수는 장개석이 무사하다는 확신을 가진 듯하다. 사람의 마음이란 게 정말 희한하다. 처음, 시안에서의 장개석 납치·실종의 화두를 던지고 김명수가 우물쭈물 대답하지 못할 때까지 약간의 우월감에 뿌듯해했던 조태호가 평소의 인품과 전혀 어울리지 않게 슬며시 김명수에 질투하기 시작한다.

괜한 트집이라도 하나 잡고 싶었는지, 논점을 장개석의 생사에 맞춘다.

"우리 아우님께서는 장제스가 살아 있다고 보는 것인가? 차라리 죽여 놓고 권력다툼에 들어가는 것도 상당한 병력을 보유한 장쉐량으로서는 오히려 유리하지 않을까 싶은데 말일세. 십만 이상의 병력을 보유하고 있는 장쉐량이 시안 일대를 근거지 삼아 농성을 하며 국민당 정부와 협상을 벌인다면 오히려 지금보다 더 나은 지위를 누릴 수도 있을 텐데, 그리 생각하는 건 어떤가?"

"태호 형님. 장쉐량은 절대 장제스를 못 죽입니다. 저는 확신합니다."

"허허……. 글쎄…… 조금 전 고하세 군이 사건의 발생에 대해 말을 하면서, 굳이 장제스의 납치라고 하지 않고 실종이라고 하고, 국민당군의 무장해제를 발표했다고 했으니…… 내 느낌엔 아무래도…… 음……."

조태호가 끝까지 김명수의 의견에 동의하지 못하고 여지를 남긴다.

교육 수준이 높고 사회적 성취도가 상당한 남자들은 상대방과의 이견에 필요 이상의 민감한 모습을 보이는 경우가 많다. 특히, 대화 상대와의 관계에서 기 싸움이라는 유치한 감정이 개입되는 경우에는 그 정도가 심해지는데, 필요 이상으로 기 싸움이 개입된 논쟁이 치열해지는 경우 생각지 못한 감정적 갈등을 불러오기도 한다. 이를 우려한 김익현이 분위기를 반전시키는 제안을 한다.

"이것들 보시게. 태호, 그리고 명수. 우리 장제스의 생과 사를 가지고 작은 내기를 하나 하는 게 어떤가? 어차피 난리 중에 사람의 죽고 사는 일이라는 게 운에 달린 일인 것인데, 장제스가 살아 있고, 그 인물이 산 채로 문제가 해결되면 우리 태호가 명수의 소원을 하나 들어주기로 하고, 만약 장제스가 이미 목숨을 잃었거나 시안에서 이번에 벌어진 사건의 과정에서 죽게 된다면 마찬가지 태호가 명수에게 아니지, 명수가 태호의 소원을 들어주는 거로 하세나. 어떤가?"

김익현의 제안에 방 안 분위기가 순식간에 부드러워진다. 김익현의 발언에서 장개석의 삶과 죽음이라는 지금의 쟁점을 '운'에 맡길 일이라는 정의를 내린 점이 묘수였다. 조태호가 호방하게 웃으며 제안을 받아들이고, 김명수는 이에 한 술 더 뜬다.

"아이고! 저는 벌써 태호 형님께 부탁드릴 소원이 준비돼 있습니다!"

"하하! 이 사람. 말해 보시게!"

"제가 이 내기에서 이기게 되면 우리 합천 금융조합에 태호 형님께서 광산법인의 여·수신을 터주십사 하는 겁니다."

　김명수의 넉살에 조태호와 김익현이 박장대소를 하고, 이내 분위기가 더욱 좋아진다. 조태호가 크게 웃으며 대답한다.

"그 정도 소원이야 별것 있겠나. 마침 원산 금융조합 조합장이 나와 절친한 사람이었는데, 이 친구가 얼마 전 연임을 위한 선거에서 안타깝게 낙선을 했네. 그동안 열어 두었던 원산 금융조합 쪽 여·수신 모두, 당좌까지 그대로 합천 금융조합으로 당장 옮기겠네. 그러나 자네가 다음 금융조합장 선거에서 낙선하게 되면 그때는 거래를 끊어도 상관없겠지? 그리고 자네는 다른 소원을 하나 더 생각해 보시게. 지금 거래처를 옮기는 선의는 자네와 익현이 사이를 생각해서 조건 없이 표하는 것이니, 이번 내기에서 자네가 이긴다면 이것 말고 다른 소원을 하나 더 들어주겠네!"

　조태호 역시 기본적으로 훌륭한 실력과 인품을 가진 사람이다. 토론 중에 생겼던 약간의 긴장을 모를 리 없고, 그 긴장에 따르는 약간의 불편한 공기를 못 느꼈을 리 없다. 마침, 김익현의 중재에 기뻐하고 고마워하며 초면의 김명수에게 범했던 다소간의 실례를 만회할 기회를 놓치지 않는다. 그에 더하여, 대화 과정에서 약간 깔보았던 김명수의 깊이를 다시 보게 되면서부터, 그를 향해 부지불식간 호감이 싹텄다고 할 수 있다.

　사람 좋은 세 사람의 환담과 즐거운 술자리가 자정 넘어까지 이어지고, 청풍 이곳저곳에서 노랫소리, 가야금 소리가 어우러진다. 마치 오늘 환영 만찬의 주인공은 고하세 사부로 중좌가 아닌 김명수 합천금융조합장인 듯하다.

밤이 깊어 가고, 이들의 취중 대화가 계속 이어지는 동안, 술잔을 든 김명수가 머릿속으로 혼자 생각을 읊는다.

'내가 앞으로 금융조합장 선거에서 낙선할 가능성은, 내가 출마를 포기하거나, 죽지 않을 바에 없을 것이야. 경성의 조태호와 김익현을 내 고객으로 확보하다니. 참 살다 보니, 별 일이 다 생기는구먼!'

요정 청풍 한켠 손님방에서 들려오는 예기의 단아한 정가(情歌) 소리가 경성의 달 밝은 밤 정취를 더한다. 북악산 소쩍새도 그 소리에 제 울음을 보탠다.

장개석의 활로

산시성(山西省) 시안(西安).

12월 18일, 장제스가 머물던 화청지가 동북군에게 습격당한 날로부터 엿새가 지났다. 시안은 전날 내린 폭설로 인해 마을 주변 들판은 온통 눈을 뒤집어쓴, 순백색의 세상이다.

외곽에 마련된 국민당 사령부의 안전가옥에서 민상국이 난 징으로부터 암호로 내려온 지령을 해독하고 있다.

동화 같은 하얀 세상의 다른 면, 멀리 보이는 시가지 이곳 저곳은 며칠간 계속되었던 공습 폭격 때문에 불타고 무너진 시커먼 구조물과 그 위에 쌓인 눈이 불규칙하게 뒤섞여 상 처 난 도시를 더 처참해 보이게 한다.

바깥에서 대문을 공연히 여닫으며 내는 경첩 소리가 두 번 씩 규칙적으로 들려온다. 민상국 일행만이 알고 있는 약속 된 소리다. 곧이어 추위에 두 볼이 상기된 민간인 복색의 장 군 중위가 거실로 들어온다.

"공항은 여전히 문제가 없지?"

"동북군도, 서북군도 이제는 포기를 한 듯합니다. 공항을 장악하기 위한 더 이상의 공격은 없었습니다."

동북군은 장학량의 군대이고, 서북군은 양호성의 지휘를 받는 군대이다. 장개석이 이곳 시안을 방문하기 하루 전날 인 12월 3일, 민상국의 요청과 건의, 그 뒤 장개석 사령관의 직접 명령에 따라 공항 주변의 병력 배치와 작전에 대해서 는 지휘권이 민상국에게 부여됐었다. 급작스레 결정된 장개 석의 12월 4일 시안 방문계획이 꺼림칙했던 민상국이 여러 현지 상황을 파악한 후, 시안공항 일대의 참호와 대공포 진 지에 중화기를 추가로 배치하고 비상식량을 한 달 치 이상

                                     해동의 새벽

확보해 두었었다.

그리고 장학량과 양호성의 반란이 일어난 12월 12일, 장제스 사령관이 머물던 화청지가 공격을 당해 반란군에게 점령되고, 시안 일대 주요 거점에 배치되어 있던 호위여단 병력이 반란군에 쫓겨 각 거점을 빼앗겼음에도 공항 주변의 대공화기 진지와 공항의 부속시설, 활주로 주변의 참호는 민상국 휘하 국민당군 병력이 계속 장악하고 있다.

"자네 눈에도 적의 사기가 완전히 떨어진 것으로 보이는가?"

"시가지 곳곳은 지금 군복 입은 부랑자 수준의 동북군과, 군복을 벗어 던진 서북군 소속 병사들이 총알도 없는 빈 총을 들고 텅 빈 시가지를 배회하고 있습니다. 지급된 탄환은 벌써 약탈을 위해 다 소진해 버렸고, 서북군의 시가지 내 병기창도 텅텅 비어 있습니다. 민간인 복장을 한 저에게 다가와서 뭐라도 빼앗을 게 있을까 위협하는 녀석들이 제법 있었지만, 저의 권총을 보고, 그리고 위협사격 소리만 듣고는 겁을 집어먹고 흩어져 달아나 버렸습니다. 지금까지 장학량과 양호성이 이런 병사들을 데리고 초공 작전을 하고 있었으니 공산군이 쉽게 토벌이 될 수 있었겠나 싶습니다."

지난 12월 12일, 새벽에 장제스 사령관이 묵고 있는 화청지가 반란군에게 점령됨과 동시에 시안 시가지와 인근에 배치되어 있던 국민당군 주요 호위 병력이 사살되었다. 그렇게 반란이 성공한 듯했지만, 장개석이 살아 있다는 소식에 더해 국민당군이 시안 일대를 봉쇄하였다는 사실이 전해지며 반란에 동원되었던 반란군의 지휘체계가 붕괴하였다. 지휘체계가 무너지고, 지휘관 없이 배회하던 그들은 일순간 민가를 약탈하는 강도단이 되어 버렸다. 자제력이 부족한 자들에게 무기를 쥐어 주게 되면 벌어지는 필연이다.

"시안으로 통하는 주변 모든 도로가 국민당군에 의해 폐쇄되고 시안을 포위하고 있는 병력의 규모가 40만 명이 넘는다는 소문이 번지면서 다들 앞다투어 탈영하고 있습니다. 게다가 부대에 있으나 탈영을 하나, 도시 전체가 봉쇄된 상황에서 식료품 수급이 마비됐으니 굶주림은 매한가지이기에 앞으로 하루 이틀 더 지나면 이들을 항복시키기가 아주 수월할 것 같습니다."

"정말 어이가 없는 수준으로 군을 운영하고 있었구먼."

"장개석 사령관께서 왜 이곳 병력을 다른 곳으로 재배치시키고, 직접 지휘하고 있던 주력 사단을 이곳으로 보내려고 하셨는지 이해가 갑니다. 그나저나 사령관께서는 괜찮으신지……."

"생명에는 지장이 없으신 거로 들었다. 지금부터는 정치력으로, 지략을 가지고 대응해 나가야 할 때가 됐다."

                                              해동의 새벽

날이 밝은 후 화청지를 장악한 장학량의 수색대가 뒷산에서 피신 중 실족하여 낭떠러지에서 떨어진 장개석 사령관을 발견했다. 그리고 양호성 측에 그의 신병을 넘겼는데, 양호성은 그를 서북수정 사령부 건물의 허름한 수감시설에 감금해 버렸다. 피신하며 입었던 심한 부상에 더해, 영하의 날씨에 추위와 굶주림에 탈진했던 사령관을 난방도 되지 않는 콘크리트 바닥의 수감시설에 가두었을 때, 장개석은 심한 모욕감을 느꼈다. 곧이어 장학량이 그를 찾아와 고통스러운 표정의 그에게 따뜻한 식사와 담요, 편안한 거처를 제안하며 대화를 요구했지만, 장개석은 이런 식의 모욕을 주느니 차라리 자신을 사살해 버리라며 불같이 화를 냈다. 치료도 거부했고 지급된 담요도 창살 바깥으로 던져 버리기까지 했다. 몇 시간이 지나 고통이 더해가는 장개석에게 다시 장학량이 찾아와 고통을 없애 줄 치료를 해줄 테니 국공합작의 필요성에 대한 자신의 의견을 경청해 달라고 했지만, 오히려 코웃음을 치는 쪽은 장개석이었다.

한때, 마약에 중독되어 봤던 장학량은, 다친 사람에게 고통을 없앨 때 쓰는 마취제나 진통제의 유혹이 얼마나 효과적인지 잘 알고 있었기에 장개석의 고통을 이용해 그를 어떻게든 굴복시키고 싶었다. 그러나 고집불통 장개석은 요지부동이었다.

그렇게 시간이 흐르고, 장개석이 납치되었다는 소식을 접한 난징의 중앙당 상무위원회는 긴급회의를 소집하여 즉시 장학량의 모든 직무를 박탈하고, 그를 체포할 것을 전군에 명령하였다. 심지어 장학량의 지휘하에 있는 서북초비사령부의 사단장, 여단장들에게도 그를 체포하라는 명령을 직접 내리기도 했다. 사건 직후 중앙당 상무위원회는 마치 이 사건을 기다렸다는 듯 일사불란하게 행동하고 결정을 내렸는데, 이러한 조치들은 이미 며칠 전 장개석이 난징에 비밀스럽게 당부해 두었던 구체적 대비였다.

그를 억류하고 압박하면 금세 상황이 유리하게 바뀔 것으로 예상했던 장학령과 양호성은 장제스의 완강한 고집과 난징 정부의 재빠르고도 강경한 대응에 적지 않게 당황하였고, 급기야 옌안의 공산당 지도부에 연락해서 문제의 해결에 도움을 요청하게 되었다.

지난여름, 어떠한 방식으로든 장학량과 주은래가 뜻을 한데 모으자고는 했으나 납치라고 하는 극단적 방법에 대한 합의는 없었기에 공산당으로서는 장학량이 그의 신병을 무력을 통해 확보했다는 소식이 뜻밖의 큰 수확이라 반색하게 되었다.

이 사건에 쾌재를 부르며 시안 현지에 몇 사람의 공산당 지도부 인사들을 보내면서 모택동이 당부한 것은, 어떻게 해서든 그를 옌안으로 데려와 인민재판을 거쳐 죽여야 한다는 것이었다. 이에, 그들은 장학량에게 장개석의 신병을 공산당 쪽에 넘겨주면 상당한 대가를 약속하겠다는 협상 카드를 가지고 비행기 편으로 시안으로 날아왔으나, 그때까지도 굳건하게 공항 인근 대공포 진지를 장악하고 있었던 국민당군이 시안 공항에 착륙하려던 공산당 측 비행기를 공격하는 바람에 결국 그날 착륙하지 못하고 옌안으로 기수를 돌려야 했다.

일련의 과정에서 처음에는 아무 생각 없이 상관의 명령 때문에 국민당군과 장개석을 향해 총부리를 겨누었던 동북군 병사들과 장교들은 차츰 일이 이상하게 돌아가는 것을 느꼈고, 나아가 난징 중앙상무위원회와 군사위원회에서 끊임없이 장개석에 대한 충성을 표명하자 하나둘씩 장학량의 명령을 무시하는 장교들이 생겨났다. 더욱 충격적인 일은, 양호성의 서북군 병사들이 국민당 호위병들을 무장해제 시키고 사살하는 과정을 통해 자신들이 가진 무력(武力)에서 나오는 묘한 매력을 경험하게 되었다. 그러면서 자제력을 잃고 민간인을 약탈하고 부녀자를 강간하는 일까지 빈번히 생겨나기 시작했다.

지난 10년 동안 시안을 지키고 시안의 치안을 담당했던 양호성의 군사들이 하룻밤 사이에 떼강도가 되어 민간인을 공격하는 일이 발생하자 불과 며칠 전만 해도 일본과의 투쟁을 소홀히 하며 자신의 정치적 야욕 때문에 같은 민족인 공산군을 토벌하려는 장개석에게 큰 반감을 가져왔던, 그리고 집회와 시위를 통해 양호성을 지지했던 시안 현지의 민심이 급격하게 장개석 쪽으로 돌아서게 되었다.

자신이 미처 생각지 못했던 방향으로 일이 흘러가게 되자, 장학량이 또 다른 인물을 외부에서 끌어들이게 되는데, 평소 장개석과 가깝게 지내던 외신기자인 오스트레일리아의 윌리엄 헨리 도널드를 시안으로 불러들여 그를 설득하게 했다. 그러나 여기서 더 큰 문제가 발생하게 되는데, 장개석을 만난 도널드 기자가 난징으로 돌아가면서 장개석의 비밀 서신을 그의 부인 송미령에게 전달하는 일이 생기게 되었다. 그 편지에는 장개석 개인의 유언과 함께 당장 시안 전체를 쑥대밭으로 만들기 위한 무차별 폭격을 실시하라는 명령이 들어 있었다. 이 명령서가 송미령의 손을 통해 난징 정부 군사위원회에 전달되자마자 국민당군은 즉시 시안을 포위하고 그 일대에 대규모 공습을 단행하게 된다.

국가의 수반이자 군 통수권자가 억류된 도시에 대규모 폭격을 감행한다는 일을 장학량과 양호성, 그리고 옌안의 공산 진영에서는 상상조차 하지 못한 일이었다. 자신의 목숨을 담보로 한 장개석의 과감한 폭격 명령은 국민당 정부 내부에서 엄청난 반향을 일으키게 되었고, 그 명령은 그의 지지세력 결집과 외연의 확장을 불러왔다. 그로 인해 가뜩이나 일이 맘대로 풀리지 않아 초조해하던 장학량과 양호성, 그리고 그들의 휘하 장교들과 병사들의 사기는 완전히 바닥으로 떨어지게 되었다.

국민당군에서 보낸 폭격기가 시안 일대를 저공비행 할 때, 시안의 대공화기 진지는 모두 민상국의 지휘 아래 놓여 있었기에 장개석 휘하 항공기 조종사들은 안심하고 맘껏 폭탄을 투하할 수 있었고, 심리전을 위하여 제작된 '시안은 국민당군의 40만 병력에 완전히 포위되었다'는 내용의 전단을 공중에서 살포함으로써 반란군 진영의 사병들을 줄이어 탈영하게 했다.

민상국이 장군 중위에게 나지막이, 그러나 강단 있는 목소리로 당부한다.

"장 중위! 이번 사건이 잘 마무리된다면 가장 큰 공은 시안 공항과 그 일대, 그리고 대공화기를 관리하고 운용했던 병사들에게 돌아가게 될 것이다. 그러니 이 말을 그들에게 전파해 주고, 앞으로도 빈틈없이 임무를 수행하도록 격려하라. 그리고 난징에서 찾아올 협상단의 안전을 위해 잠시 공습을 중단했지만, 폭격이 멈추어 있는 동안 동북군과 서북군이 자유롭게 이동할 수 없도록 우리 쪽 주요 참호와 진지에서는 경계를 소홀히 해서는 절대 안 될 것이다. 알겠나?”

“예! 알겠습니다!”

“장학량과 양호성은 이번의 공습과 대규모 병력이동을 보면서 사령관에게 무슨 일이 생기면 자신들도 살아남지 못할 것이라는 사실을 확인했다. 이제는 그들이 기댈 언덕이라고는 옌안의 모택동과 주은래밖에 없다고 생각할 수도 있다. 따라서 이제부터는 우리 장개석 사령관의 목숨은 모택동에게 달려 있을 수도 있다.”

“지금 왕 상교님께서 말씀하신 상황대로라면, 우리 사령관님은 죽은 목숨과도 다름없는 것 아닙니까? 9년 전, 수십만 명의 공산주의자들을 숙청한 당사자가 우리 사령관님이셨고 그 후 저들이 이야기하는 소위 대장정 역시 우리 사령관님의 공격을 피하기 위한 고난의 피난길이었지 않습니까. 이들은 우리 사령관님을 결코 살려두려고 하지 않을 것입니다.”

“자네 말이 맞아! 공산 진영은 당연히 그렇게 하고 싶을 걸세. 그리고 모택동 한 사람의 의지에 우리 사령관님의 목숨이 달린 것도 완전히 부정할 수는 없는 사실이라네. 350만 대군을 이끄는 군 통수권자가 불과 수천 명의 유격대만으로 근근이 버티고 있는 공산군의 우두머리에게 목숨을 내맡기고 있는 이 상황이 정말 우습지 않나? 한 가지 다행인

        해동의 새벽

것은 오늘 오후에 일이 상당히 고무적으로 돌아가고 있다는 소식이 들려왔다. 우리의 계획은 소련의 스탈린을 열심히 설득해서 사령관의 안전을 도모해야 한다는 것이었다. 그래서 모택동을 움직이는 소련의 코민테른, 그리고 그들의 지도자 스탈린의 우호적 결정에 모든 역량을 집중해 왔었는데 오늘 그 효과가 나타나기 시작했다는 정보가 들어왔다."[30]

민상국의 이러한 설명에 장군 중위가 호기심 어린 눈빛으로 그에게 묻는다.

"스탈린의 우호적 결정을 어떻게 이끌어 내고 있는지……여쭈어봐도 되겠습니까?"

"당연히 알려 줘야지! 정보장교의 능력은 경험으로 배가되는 것이다. 앞으로도 궁금한 것이 있으면 언제든지 물어보도록. 특별한 사정이 있지 않으면 자네에게 알려 주겠다."

민상국의 설명이 이어진다.

"공산당의 항공기가 시안에 나타났을 때, 나는 바로 일본 육군성에 침투해 있는 우리 측 요원에게 지시를 내렸다. 소련 대사관에 허위 정보를 흘리라는 내용이었는데, 그 직후부터 수시로 소련의 정보부서 담당관이 공식, 비공식적으로 계속 연락을 해오고 있다는 소식이야. 그럴듯한 거짓 정보를 듣고 몸이 달았다는 증거지!"

"그 거짓 정보라는 게 어떤 것인지……."

"장학량과 양호성의 배후에 일본 육군성이 있다는 거짓 정보를 흘렸다. 옌안 지도부도 속고 있다는 거짓 정보와 함께 말이야. 일본이 장학량과 양호성을 지원해서 우리 사령관을 제거한 후에 과거 10년 전과 같은, 새로운 친일 군벌 시대를 책동하고 있다는 정보가 소련 측에 들어가자, 소련에서 우리의 미끼를 덥석 물었지. 장개석 사령관의 사망 후에 있을 일본의 세부 계획안에는 공산당 궤멸 작전과 러시아의 동아시아 영토 공략을 위한 장기 정책안까지, 제법 구체적인 내용을 그럴듯하게 만들어 넘겨주었었다. 일본 육군성의 자료인 것처럼 말이야. 당연히 소련 측에서는 그 정보 때문에 긴박한 움직임이 감지되었고 말이야. 내 생각에는 이미 7할 이상의 성과가 이루어졌다고 본다. 스탈린은 지금 오히려 우리 사령관의 안위를 걱정해야 하는 상황에 놓이게 된 것이지."

국민당 정부 정보과에서는 이번 사건을 타개하기 위해 지난 40년 동안 계속 이어져 왔던 일본과 소련의 갈등을 교묘하게 이용한 셈이다. 일본과 미국, 그리고 소련과 독일, 영국, 프랑스 등의 주요 국가 정보기관들은 시안에서 일어난 이번 사태를 숨죽이며 지켜보고 있다. 그리고 막후에서는 치열한 정보전이 벌어지고 있다.

이런 복잡한 국가 간, 이념 간, 세력 간의 이해관계를 제

     해동의 새벽

대로 파악하지 못하고 전 세계를 발칵 뒤집어 놓을 엄청난 사건을 일으킨 장학량은 지금 오히려 인질로 잡혀 있는 장개석보다 더 조급해지고 속이 타들어 가는 상황에 부닥쳐 있다.

지난 1911년 쑨원과 함께한 신해혁명부터 시작해서 불과 수백 명의 동지를 이끌고 시작했던 장개석의 혁명 여정에서 중요한 고비를 만날 때마다 내렸던 그의 선택은 자신이 가진 것 모두를 던지는 극약처방과 같은 승부수였다. 지난 1927년과 1931년에 있었던 '자진하야'라는 승부수에 이어서, 이번의 시안 폭격은 어찌 보면 무모해 보일 수도 있었던 위험한 결정이었다.

그러나 그는 이 '무모한 결단'으로 현재 적에게 억류된 상태에서도 350만 군대를 완벽하게 지휘하고 있는 셈이다. 첫 시안 폭격 명령도 그의 지휘였고, 오늘부터 중단된 시안의 폭격 중지 역시도 장학량의 간청으로 장제스가 내린 명령이었다. 장학량이 장제스에게 '지금의 폭격은 시안 민중에게 심한 고통을 안겨 주고 있으니 민간인 피해를 줄이기 위해 중지해 주십사' 요청했고, 그는 속으로 '장학량 네놈이 다치고 죽을까 봐 두려운 마음으로 부탁하는 것이겠지'라고 코웃음을 치며 그 요청을 받아주었다.

서쪽 하늘로 태양이 저물고, 장개석의 폭격중단 조치를 알리가 없는 시안의 모든 민가에서는 초저녁부터 모든 등화관제가 시작된다. 고요한 겨울밤, 수천수만의 별빛들이 새하얀 눈밭 위로 쏟아져 내린다.

어느덧 성탄절이 사흘 앞으로 다가왔다. 민상국 일행이 안전가옥으로 쓰고 있는 흙담집 대문 마당에 검은색 올즈모빌 승용차가 시동을 건 채 서 있다. 운전석에는 20대 중반의 시안 현지 정보원이 앉아 있다. 잠시 뒤, 민상국 대령과 장군 중위가 경기관총 두 정과 탄환 상자를 차량 내부 바닥에 싣고 차량을 출발시킨다. 세 사람이 탑승한 승용차가 시안 시가지를 가로질러 지나간다. 상점 대부분은 문을 닫았고, 대형건물은 폭격에 무너져 흉물스럽게 방치되어 있다. 간간이 총을 둘러메고 이곳저곳을 혼자서 배회하는 동북군 복장의 탈영병이 보인다. 모두 굶주린 노숙자 몰골들이다. 민간인 복장을 하고 삼삼오오 몰려다니며 부서진 빈 상점에 들어가 먹을거리를 찾는 이들도 보이는데, 이들도 으레 총 한 자루씩은 들고 있다. 이들은 아마도 서북군 탈영 병사들로 보이는데, 며칠 전 자신들이 저질렀던 약탈과 강간 등의 만행 때문에 민간으로부터의 보복이 두려워서 군복을 벗어 던진 지 오래다. 이들이 들고 있는 소총의 탄창에는 총알이 하나도 없다. 간단한 총기 손질도 귀찮았는지, 총신에는 진흙 등이

    해동의 새벽

말라붙어 볼썽사납다.

시가지를 지나 공항으로 통하는 외길에는 100m 간격으로 바리케이드가 세워져 있다. 바리케이드 양옆의 논밭 언저리에 만들어진 임시 참호에서는 경계근무 교대를 마친 병사들이 불을 피워 밥을 지어 먹는 모습들이 보인다. 비교적 말끔한 차림에 모두 소풍이라도 나온 것처럼 웃고 떠들며 지낸다. 시가지에서 만난 동북군, 서북군과 비교되는 모습이다. 전날 점검한 결과 참호별로 식량은 각 한 달 치를 더 장만해 두었다고 한다. 이틀 전, 국민정부 군사위원회 고등고문단 일행의 방문이 있을 때 트럭 편으로 보급품을 잔뜩 싣고 와 현지 경호여단 소속 병력에 충분한 식량을 지급해 주었단다.

바리케이드 전방에서 차량이 속도를 줄이자 보초를 서고 있던 병사들이 이들을 알아보고 재빠르게 장애물을 치워 준다. 동시에 초병이 다가와 이들의 차량을 검색한다. 좀 더 꼼꼼한 경비를 지시받은 다음 초소에서는 비록 민상국이 타고 있는 차량이라고 해도 일단 멈추고, 탑승자를 차에서 내리게 한 뒤 내부를 확인하는 과정을 거친다. 심지어 마지막 초소에서는 탑승자 각각 한 명씩 초소 안으로 들어가 출입자 명부에 이름을 써넣도록 경비 수칙을 정했다. 출입 권한을 가진 사람이 혹시 모를 인질 상태가 되어 있는 것은 아닌지 확인하는 절차이다.

시안 공항 외곽 철조망을 따라 이어진 작은 도로를 지나 활주로와 만나는 지점의 철책 앞에 민상국이 탄 차량이 도착한다. 꼼꼼하게 신분 확인 절차를 끝내자 공항 내부 활주로에 진입할 수 있는 출입문이 열린다.

공항 청사와 공항 부지가 맞닿은 내부 출입구 앞으로 차량이 도착하자 운전자는 그대로 차에서 대기하고 민상국 상교와 장군 중위가 차에서 내린다. 잠시 뒤, 이들이 들어온 출입문과 도로를 따라 여러 대의 승용차와 트럭이 줄지어 들어온다. 모두 곧 이곳에 도착 예정인 장개석의 부인 송미령 여사 일행을 맞이하러 나온 사람들이다. 줄지어 주차된 차량에서 양복 차림의 민간인들과 군복을 갖춰 입은 장성급 지휘관들이 내린다. 이 장교들은 장학량과 양호성 측 장성들이다. 구김 하나 찾을 수 없는 군복 위에 금색 바탕의 장관 계급장이 빛을 발한다.

얼마 뒤, 요란한 소리를 내며 대형 수송기 한 대가 활주로에 내리고, 트랩을 통하여 장제스 사령관의 부인 송미령과 처남 송자문(宋瓷文, 쑹쯔원), 그리고 이 두 사람을 수행하는 이지공 중교가 차례로 내린다. 처남 송자문은 국민정부의 재정을 책임져 온 인물이다. 하버드대학 출신으로 국민정부의 초기부터 세수 증대에 상당한 실력을 발휘했고 미국과의 관계에서도 중요한 역할을 해오고 있는 인물이다. 상당히 큰 액수의 미국으로부터의 차관조차 자신의 개인 계좌를 통해 받을 정도로 국가의 재무 운영에 관하여는 막강한 권한을 행사해 왔는데, 장개석의 권력 유지를 위한 자금은 언제나 처남의 주머니에서 충당되었다고 할 수 있다. 송자문은 1933년도부터 중국 중앙은행 총재를 맡은 공선희(孔禪熙, 쿵상시)와는 처남 매부지간이기도 하다.

공항에서 간단한 인사를 마친 이들이 올라탄 차량은 곧바로 장개석이 연금되어 있는 동북군 사단장 고배오의 저택을 향해 달린다.

송미령 여사는 동북군 참모의 차량에, 송자문은 서북군 사단장의 차량에, 그리고 이지공 중교는 민상국의 차량에 나눠 타고 이동하고 있다. 장군 중위는 공항에 남아서 수송기에 싣고 온 각종 보급품들을 트럭에 옮겨 싣고 국민당군 호위여단 임시 막사로 갈 예정이다.

공항에서 민상국과 함께 차량에 탑승한 이지공 중교라는 자는 한마디 말도 꺼내지 않고 있다. 무표정한 인상에 더해 나이조차도 가늠하기 힘든 얼굴이다. 야전군인 88사단 소속임을 알리는 군부대 표식과 그의 하얗고 깨끗한 손과 얼굴 피부는 왠지 어울리지 않는다.

잠시 후, 상당한 규모를 자랑하는 고배오 사단장의 대저택에 차량이 도착하고, 정원을 지나 현관 입구 경사로에서 내린 송미령과 송자문, 그리고 이지공이 이들과 동행한 장성들과 함께 건물 안으로 들어간다. 민상국은 현관에 남아 편한 자세로 선 채 저택 내부를 둘러본다.

넓은 집안 곳곳에 배치된, 장개석을 억류하기 위해 동원된 병사들은 소총을 손에 들고 이곳저곳을 돌아다닌다. 동료와 마주치면 웃으며 잡담을 나누기도 한다. 민상국에게 경례는 커녕 눈길조차 주지 않는다. 군복에는 서북초비사령부의 부대 마크가 붙어 있고, 모자에는 민상국과 같은 청천백일 문양이 새겨져 있지만, 장교에 대한 예우라고는 도대체 찾아볼 수가 없다. 이들 모두 개인적으로 고용된 장학량의 사병(私兵)처럼 행동하고 있다.

약 20분이 지나고, 2층 창문을 통해 사령관의 흥분한 듯한 목소리가 들려온다. 물건이 깨지는 소리가 나고, 이번에는 좀 더 또렷한 고함소리가 들려온다.

"지시한…… 명령대로…… 돌아가!"

사령관의 목소리에 노기가 서려 있다. 잠시 조용해졌다가 또 큰 소리가 들려온다.

"왜 내가 시킨 대로 하지 않나? 모조리 쓸어버려!"

"당신!…… 미국……."

이번엔 여성의 음성이 제법 크게 들려오는 것으로 보아 여

 해동의 새벽

사와 그가 언쟁을 벌이는 듯하다.

잠시 소란스럽던 곳에서 여러 명의 음성이 뒤섞여 들리더니 1층 현관을 통해 이지공 중교가 바깥으로 나온다.

"왕싱하오 상교님, 담배 피우십니까?"

말투가 거만하다.

"예! 여기……."

민상국이 상의 주머니에서 담배와 라이터를 한꺼번에 그에게 건네준다. 이지공이 불붙은 담배의 연기를 깊이 들이마신 뒤, 천천히 내쉬며 민상국에게 묻는다.

"위원장께서 몸과 마음이 많이 상하신 것 같습니다. 필요 없는 고집을 피우시는 것 같은데, 왕싱하오 상교께서 보시기에는 어떠신지. 일단 아무 조건이나 받아들이는 것으로 하고 여길 빠져나가시는 게 급선무인데…… 칼자루를 쥔 장학량과 양호성을 위원장 혼자서 굴복을 시키시려는 것 같아서 안타깝습니다."

"글쎄……요……. 제가 알 수 없는 영역이라서…… 필요한 고집인지 필요 없는 고집인지는 제가 잘 모르겠습니다."

말 그대로 이 문제는 민상국이 판단할 수 없다. 정치 영역의 일에 영관급 장교의 의견을 묻는 것도, 듣는 것도 적절한 일이 아니라고 생각한다. 그러면서 갑자기 생기는 의문점은, 88사단 소속 중교가 사령관을 '위원장'이라고 호칭하는 것이 왠지 어색하다. 새로 개편된 군 편제에서 총사령관이란 직책이 문서에는 없지만 그래도 군인들은 장개석을 '사령관'이라 부른다. 그런데 이자는 정치인들이나 최소 사단장급 이상의 인물들이 그를 부를 때 쓰는 '위원장'이라는 호칭을 쓰고 있다.

이지공이 담배를 손에 든 채 이곳저곳으로 시선을 옮겨가며 주위를 눈여겨본다. 무표정한 얼굴이 이때는 매우 날카롭고 차가운 인상으로 바뀐다.

그가 다시 시선을 민상국 쪽을 향해 돌리더니 묻는다.

"이 건물 뒤 담 너머에는 뭐가 있습니까?"

"작은 개울이 있습니다. 개울이라고 하지만, 담벼락과 맞닿은 부분은 제법 깊은 해자(垓字) 역할을 하게 만들어 두었습니다."

"왕 상교님께서는 이 집에 여러 번 와보셨습니까?"

"아닙니다. 오늘 방문이 처음입니다."

민상국의 대답에 이지공이 고개를 갸우뚱한다. 처음 이 집에 와봤다는 사람이 뒷담 너머의 지형지물을 잘 알고 있다는 사실이 의심을 불러오게 한다.

불필요한 의심이 때로는 일의 효율성을 떨어뜨리는 경우가 있다. 민상국이 이를 우려해 얼른 말을 덧붙인다.

"사령관께서 이곳 시안에 오시기 하루 전날 내가 직접 브

 해동의 새벽

레게 정찰기를 타고 저공비행으로 이곳의 지형지물을 관찰했습니다. 그때 주요 가옥들도 특이점을 기록해 두었기에 대강의 지형을 숙지하고 있습니다.”

이 정도 설명하면 해자의 존재를 민상국이 알고 있는 것이 의심을 살 일은 아니라 여길 것이다.

민상국도 궁금했던 점들을 이지공에게 묻는다.

“88사단 소속 팽다오 상교라고…… 잘 지내고 있는지…… 저와는 막역한 사이였습니다만…….”

사실 88사단에 팽다오 상교라는 사람은 존재하지 않는다. 그저 이지공이 어떤 사람인지 궁금했을 뿐이다. 이지공 중교가 민상국의 질문에 아무런 반응을 보이지 않는다. 심지어 질문하는 중간에 시선마저 돌려버렸다. 민상국보다 한 계급이 낮은 걸 고려하면 다소 무례한 행동이다. 이때, 대문 쪽에서 부산스러운 움직임과 사람들의 다급한 목소리들이 들려온다. 장학량이 차량을 바깥에 세워두고, 군복차림으로 마당을 가로질러 성큼성큼 현관 쪽으로 다가온다. 두 사람이 만난 지 2년이나 지났음에도 그가 민상국을 알아본다. 경례를 붙이고 서 있는 민상국 앞에서 경례를 받은 후 반갑게 아는 체를 해준다.

“왕싱하오 중교, 아! 이젠 상교가 됐구먼. 잘 지냈는가?”

“예!”

민상국과 간단한 인사를 마치고 현관 쪽으로 한 걸음 몸을 움직이던 장학량이 뭔가에 움찔하며 다시 걸음을 멈추고 이지공 중교를 힐끗 바라본다. 마찬가지 이지공 중교도 장쉐량을 빤히 바라보며 서 있다. 시선이 마주쳤음에도 이지공이 경례를 붙이지 않는다. 옆에서 지켜보던 민상국이 괜스레 민망해진다. 그의 계속되는 실례가 도를 지나친 것 같아서 불쾌한 마음마저 든다. 물론 장학량의 지금 신분은 반란자의 우두머리지만, 민상국이나 이지공, 둘 다 반란군의 진영에 안전을 보장받고 들어와 있기에 최소한의 군 서열은 지켜 주는 것이 원칙이다. 무엇보다, 장학량은 장개석의 최측근이다.

이지공과 잠시 눈을 맞췄던 장학량이 고개를 갸웃하고는 현관 안으로 들어서고, 너덧 명의 사단장급 장성들이 계속해서 도착하여 현관 앞을 지나 건물 안으로 들어간다. 이들이 지날 때마다 민상국은 거수경례를 하는 데 반해, 이지공은 편한 자세로 담배를 꼬나문 채 지나가는 이들을 바라만 보고 있다.

더 이상한 것은 이지공과 눈이 마주친 동북군과 서북군의 장성급 장교들의 행동이다. 한결같이 이지공 앞을 스쳐 지나간 후, 뭔가 신기한 물건이라도 본 것처럼 멈칫하고 뒤를 다시 한번 돌아보는 것이다. 단순히 영관급 장교가 자신

  해동의 새벽

들에게 경례하지 않는다고 해서 나타내는 행동이 아닌 것은 확실하다.

장학량과 양호성을 위시한 장성급 군인들이 건물로 들어가고 얼마 뒤, 장개석 사령관의 처남인 송자문이 현관을 통해 바깥으로 나와 이지공과 함께 연못가를 거닌다. 두 사람이 심각하게 손짓까지 섞어 가며 대화를 한다. 이들을 유심히 바라보던 민상국이 담배 한 개비를 입에 물고 라이터를 켜는 순간, 문득 한 이름이 그의 뇌리를 스친다.

'대립(戴笠, 다이리)이다! 군통의 대립이 시안에 온 것이다!'

국민당 정부의 군사위원회 조사통계국 책임자였던 인간 도살자 대립은 국민당 내부에서 가장 잔인한 집행자로 알려졌다. 상당한 규모의 암살단을 조직해 운영하면서 납치와 살인을 서슴지 않았다. 그가 운영하는 비밀기관인 군통은 합법과 불법을 수시로 넘나들며 정적들을 제거해 왔다. 그는 심지어 정치범 수용소를 개인적으로 운영할 정도로 무소불위의 폭력적 권력을 행사했다.

'이자가, 자신에게 원한 맺힌 수많은 사람이 득시글거리는 이 사지(死地)에 무슨 배짱으로 들어왔을까!'

민상국이 담배 한 개비를 더 꺼내 불을 붙인다. 담배를 든 그의 손끝이 파르르 떨린다.

〈3권에 계속〉

【2.26(후쇼오, 不祥) 사건】

▷ 대한민국 육군 박정희 소장이 5·16군사 쿠데타를 준비하
며 참고하였다고 알려진, 1936년 2월 일본 도쿄에서 일본
군 황도파와 통제파 사이의 무력 충돌로 확대된 반란사건.
이 사건을 기점으로 일본은 극단적 군국주의 국가로 치닫
게 된다.

이 사건을 주도한 황도파들은 '사악한 일본 제국 정부의
중신들이 천황을 등에 업고 군의 무력을 이용해 독자적 세
력을 구축해 세계 평화를 위협하고, 일본 민생을 피폐하게
한다'고 정의하였다. 당시 일본 군부세력은 자신들의 이득을
취하는 데 급급할 뿐 일본 제국을 올바른 길로 인도하는 데
는 무관심하였다.

일본은 당시 대내적으로는 수년 동안 냉해가 지속되면서

 해동의 새벽

일본 동북 지방을 비롯하여 심각한 흉년이 거듭되는 상황이었다. 이 같은 현실에서 농민들의 삶은 재앙적으로 치닫고 있었는데 군인들의 상당수가 농민 집안 출신이었던 배경 탓에 일본 군부는 청년 장교들을 중심으로 변혁에 대한 갈망이 터져 나오고 있었다.

대외적으로는 1931년에 일어난 만주사변 등 팽창주의 정책으로 미국 및 영국과의 관계 악화 등으로 혼란과 갈등이 초래되었다.

이 사건을 주동한 청년 장교들의 사상적 배경에는 기타 잇키(北一輝)라는 유명한 사상가이자 정치가가 있었다. 혁명적 낭만주의자로 평가받는 그는 현실에 분개하던 일본 청년들에게 《일본개조법안대강》을 비롯한 여러 저작들로 큰 영향을 미쳤다. 그는 일본혁명의 주요 기반은 혁명적 사상을 가진 젊은 군인이 될 수밖에 없다고 보았고, 변혁에 목말라하던 그들에게 나라를 파국으로 몰고 가고 있는 부패한 정치인과 재벌들을 타도하고, 국가를 새로이 건설할 수 있는 자들은 오로지 순수한 청년 장교들이라는 확신을 심어 주었다.

이들은 근위보병, 야전중포병을 주축 병력으로 삼고, 처단할 주요 인물목록을 작성한 뒤, 1936년 2월 26일 새벽 5시에 수도 도쿄의 주요 정부 기관을 점거했다. 새벽 5시 10

분, 반란군 300여 명이 수상 관저에 침입해 오카다 게이스케(岡田啓介) 당시 내각총리대신의 살해를 목표로 삼았다. 그러나 총리 본인은 쿠데타 소식을 듣자마자 매부였던 마츠오 덴조와 옷을 바꿔 입고 급히 다른 곳으로 피신해 있었기에 얼굴이 비슷한 데다 복장까지 총리 복장으로 갈아입은 마츠오 덴조가 살해되었다.

다른 병력 약 100명은 새벽 5시 5분 다카하시 고레키요(高橋是淸) 대장대신(전 총리) 사저를 기습하여 응전한 경찰을 제압하고, 총을 쏜 후 군도로 다카하시를 찔러 살해했다. 단순히 총에 쏘이고 칼 맞은 정도가 아니라 장기가 헤집어질 정도로 끔찍하게 살해당했다.

같은 시각, 전 조선 총독이자 총리를 역임한 사이토 마코토(齋藤實)는 사저에 있었는데 새벽 5시 5분 반란군 150명가량이 와서 그의 몸에 47발을 발사하여 살해했다. 사이토의 아내 사이토 하루코도 반란군의 총검에 상처를 입었으나 목숨은 건졌다.

새벽 6시, 병력 약 서른 명이 와타나베 조타로(渡辺錠太郎) 육군 교육 총감 자택을 침입했는데, 와타나베는 이들에 순순히 당하지 않고 딸을 피난시킨 다음 권총으로 직접 응전하다 기관총에 수 발이나 맞고 죽었다.

이 과정에서 이들의 강력한 조력자로 여겨졌던 천황은 쿠데타를 지지하는 종친과 신하의 주청에도 아랑곳하지 않고 쿠데타군에게 원대로 복귀하라고 명령하였다. 스즈키 간타로를 비롯하여 그가 신임하는 주요 중신들이 쿠데타군에게 살해당하거나 중상을 입은 것이 결정적으로 천황의 노여움을 초래했다고 후세는 평한다.

'쇼와 유신'을 부르짖으며 궐기하고, 천황의 결정을 기다렸던 청년 장교들에게 천황의 복귀명령은 큰 충격이었다. 이들을 진압하는 데 육군 병력뿐 아니라 일본 제국 해군 역시 움직였는데, 살해당한 이들 중 해군 대장 출신 원로인 사이토 마코토도 있었으므로 해군은 더욱 반란군에게 분개했다.

2·26 사건의 주동자들은 살해 대상과 장소만 정했을 뿐 궐기 이후의 행보에 대해서는 어떠한 통일된 계획이 없었다. 또한, 명확한 협조자를 포섭해 두지도 못했다. 그저 의협심에만 기댄 점이 일을 망친 것이다. 특히 하사관과 병사들은 무슨 일이 일어나는지도 모르고, 장교들에게 끌려온 터라 불안해했다.

결국, 이들 중 2월 29일 오후 2시 무렵 병사들과 하사관들이 먼저 투항하고, 오후 5시에는 상황이 완전히 정리되었다. 주동자들 중 노나카 시로 대위는 2월 29일 당일, 고노 히사시 대위는 3월 6일 자결했으며, 나머지 20여 명의 전·현직 장교들은 체포되어 파면과 동시에 재판에 넘겨졌다.

이 사건을 일으킨 황도파가 스스로 파멸하면서 도조 히데키가 이끄는 통제파가 육군을 완전히 장악한 탓에 결과적으로 군부의 권력은 누구도 막을 수 없을 만큼 강해졌다. 이 사건이 수습된 직후 총리로 취임한 히로타 고키는 처음에는 군부를 견제하려 노력했으나, 결국 군부의 압력에 굴복하여 군비를 증액하고 일본을 극단적 군국주의 국가로 가게 하는 데 동력을 제공하게 된다.

【대장정(大長征)】

▷ 1934년 10월, 국민혁명군의 초공 작전을 견디지 못한 중국공산당이 기존의 근거지였던 장시성을 떠나 약 1년에 걸쳐 약 9,600km에 달하는 엄청난 거리를 도보 행군만으로 중국 서북부 산시성까지 근거지를 이동한 사건

대장정은, 역사 이래 인류가 군사 목적으로 행한 기동으로는 최대 기록이다. 10만에 육박했던 출발 인원 중 산시성에 도착했을 때 살아남은 인원은 6,000명에 불과했다. 처음 출발한 사람 중에 끝까지 완주한 숫자는 3,000명 아래다. 종착지에서의 6,000명 규모는 장정 도중 계속해서 강제징집, 납

치 등의 방법으로 병력을 보충했기에 가능하였다.

1934년 10월 10일 중앙 홍군은 일단 국민당의 포위망을 뚫기 위한 돌파 작전에 나선다는 방침을 확정하고 인원들을 집결시켰다. 10월 13일부터 전투 부대들이 야간을 틈타 철수 길에 올랐고 병기창, 피복창, 인쇄창, 의무 부대, 병참 부대 등은 10월 14일까지 루이진 인근의 관전에 모두 집결했다. 마오쩌둥, 주더, 저우언라이 등의 총사령부 요인들도 이날 관전에 도착했다. 15일 홍군은 루이진을 완전히 떴다. 16일에 집결을 마친 홍군은 17일에 본격적인 대장정을 시작하였다.

이때 홍군의 입장에서는 아무것도 정해진 것이 없었다. 코민테른과 연락하는 것도 불가능했고 다른 소비에트 지구와 연락하는 것도 불가능했다. 그저 국민당이 설치해 둔 촘촘한 참호를 돌파하면 무슨 수가 생길 것으로 생각하며 탈출 길에 오를 뿐이었다.

홍군은 원래 호남 서부로 올라가 다른 공산 병력과 합류할 생각이었지만, 국민당의 방어가 단단했기 때문에 마오쩌둥이 귀주로 방향을 틀자고 제안했다. 12월 12일 열린 회의에서 저우언라이는 마오쩌둥의 의견을 지지했다.

귀주에 진입한 홍군은 1934년 12월 14일 산세가 험한 여평을 점령했다. 부대의 피해는 극심했다. 예비 사단은 75%

까지 피해를 보았다. 이미 10만 명의 군세는 3만 명으로 격
감한 후였다. 홍군은 국민당군의 강력한 저항을 돌파하고
1935년 1월 3일 오강을 도하하여 1월 7일 귀주에서 두 번째
로 큰 상업 도시인 준의(쭌이)를 점령하고 2주간의 휴식을
취하게 되었다. 1935년 1월 9일 마오쩌둥과 보구를 비롯한
당 지도부가 준의로 입성했다. 마오쩌둥, 뤄푸, 왕자샹 등은
군벌의 저택들을 징발하고 짐을 푼 다음 중요 회의를 준비
했다. 그리고 귀주 군구 사령관 바이후이장의 집 2층 방에
서 중국공산당 중앙정치국 확대회의, 그 유명한 '쭌이 회의'
가 개최되었다. 그 회의에서 마오쩌둥은 정치국 상무위원으
로 임명되고 저우언라이는 완전히 마오쩌둥 그룹에 편입되
었다.

2월이 되자 마오 세력은 정치국원 겸 중앙위원회 서기를
유지했던 보구에게 총서기 자리를 내줄 것을 요구했다. 3월
4일 전적 사령부가 설치되어 주더가 사령관에, 마오쩌둥이
전적 정치위원에 임명되었다. 주더는 중앙 홍군 총사령관에
유임되었고 저우언라이도 총정치위원으로 유임되었으나 3
월 5일 전투 준비가 완료된 부대는 전적 사령부 소속으로 전
환되면서 마오쩌둥이 완전하게 군권마저 장악하게 되었다.

중국공산당과 사가들은 홍군이 대장정 와중에서도 쭌이
주민들에게 피해를 주지 않았다고 미화했지만, 이는 신화에

불과했다. 당시 번성했던 상업도시 쭌이는 홍군의 철저한 약탈로 그들이 떠날 무렵에는 폐허로 전락한 상태였다.

계속 행군을 거듭한 그들은 1934년 6월 6일 사천성에 겨우 도달할 수 있었는데, 이때 살아남은 홍군은 1~2만 명에 불과했다. 그러나 홍군의 약탈로 근처의 식량이 고갈되고 현지인들의 저항이 격렬해지면서 홍군은 다시 대장정에 오를 수밖에 없었다. 장궈타오의 반대에도 불구하고 일단 목적지는 사천, 감숙, 섬서의 경계 지역이었다. 홍군은 이동하면서 가축과 곡식을 징발했으나 주민들이 무기를 들고 저항하고 홍군을 습격하자 징발조를 더 보내기도 어려워졌다.

길고 긴 행군 중 어느 날, 홍군은 넓고 아름다운 평원에 도착했는데 이 평원은 겉보기는 아름다웠으나 물기 가득한 습지로 이루어진 대초지가 펼쳐져 전진하기에 최악의 환경이었다. 굶주림과 질병이 홍군을 덮쳤고 쥐를 잡아먹고 대변에서 낱알을 골라내는 6일 동안의 고생 끝에 겨우 습지를 나올 수 있었다. 이 습지를 통과하는 데만 500명의 병사들이 사망했다. 그 순간 국민당 49사단이 홍군을 덮쳤는데 이들은 꼬박 이틀 동안 격전을 벌였다. 홍군은 5,000명이나 되는 사상자를 냈다.

9월 중순, 감숙성 데부현 어제에서 열린 정치국 확대회의에서 군사위원회를 재편성하고 펑더화이를 사령관, 린뱌오를 부사령관, 마오쩌둥을 정치위원으로 임명했다. 그리고 이들은 행군을 계속하여 10월 중순, 홍군 제1지대가 섬서 북쪽 접경지대를 돌파해 우치진에 다다랐다.

1935년 10월 22일 마오쩌둥은 우치진에서 중국공산당 중앙정치국 회의를 소집, 대장정이 끝났음을 선포했다. 그간 홍군은 열한 개의 성(省)을 가로질러 9,600km를 행군하면서 만년설로 뒤덮인 네 개의 험준한 산맥과 스물네 개의 큰 강을 건넜다. 그 과정에서 이들은 혹독한 추위와 풍토병, 고산병과 싸워야 했다. 행군길마다 병사들의 시체가 줄을 이었고 살아남은 사람들도 동상과 발진, 티푸스로 고생했다.

대장정 과정에서 그의 정적인 장궈타오는 독자적으로 남하했다가 성도 평야로 진출하였다. 하지만 수만에 달하던 장궈타오 부대는 국민정부가 파견한 쉐에가 지휘하는 토벌군에게 크게 패전하였다. 산악지대로 달아난 장궈타오는 티베트로 달아나 소비에트구를 선포하였으나 대세가 완전히 기울어졌다고 판단한 류보청 등이 감숙으로 북상하자고 주장하여 감숙, 영하를 돌아 섬서로 향했다. 11월 장궈타오는 주더를 대동하고 결별 이후 처음 마오쩌둥을 만나 원군을 요청했으나 마오쩌둥은 이미 힘을 잃은 그를 환대하면서도 원군 요청은 거절했고 장궈타오는 정원에서 마부팡 부대에 패배하여 완전히 파멸했고, 한때 마오쩌둥의 4배에 달했

　　　　　　　　　　　　　　　　　　　　해동의 새벽

던 휘하 병력을 모조리 잃어버렸다. 12월 그는 옌안으로 들어가 마오쩌둥과 합류했다. 그곳에서 중앙혁명군사위원회 부주석 겸 총정치위원이 되었으나 이미 그의 정치적 입지는 무너진 상태였다.

장궈타오는 옌안에서도 상징적인 당 고위직을 지켰으나, 마오쩌둥이 쭌이 회의 이후 당에서 절대권을 확립함에 따라 실권은 거의 없었다. 중일전쟁이 발발하고 국공합작이 재개되면서 국민당의 포위가 풀려서 공산당 인사들은 국민당 영역인 시안에 오갈 수 있었는데, 그는 1938년 아내에게도 알리지 않고 시안을 방문했다가 국민당 정부에 투항하였다.

지금까지 설명한 '대장정'은 중국공산당에서 매우 중요하게 다루는 사건이며 공산당은 자신들의 정통성이 이곳에서 나온다고 자부한다. 대장정을 기점으로 보구, 낙보, 왕밍 등 공산당을 영도하던 실력자들이 완전히 몰락하였고, 가장 유력한 군사적 실력자인 장궈타오도 몰락하여, 결국 마오쩌둥이 중국공산당의 최고 권좌에 오르게 된다.

1. 부의(薄儀, 푸이): 청 왕조 마지막 황제로서 만주국 건국 시 일본
   으로부터 집정(執政)으로 추대된다.

2. 아시아 열차: 대륙 특급 아시아 열차는 1934년 11월에 다롄과
   신징(지금의 장춘으로 만주국의 수도였음) 구간에서 운행을 시작했
   다. 전 객차에 에어컨 시설이 되어 있었고 특별하게 꾸며진 고
   급 식당칸과 전망칸 차량은 호화로움의 극치였다. 당시 일본의
   특급열차 쓰마베(제비)가 시속 67km, 조선의 히카리(빛)가 시속
   49km임에 비해 만철의 아시아 호는 최고시속 130km였다.

3. 만주 지역과 중국 내륙 등지에서 활약했던 조선인 무장 독립단
   체는 해당 지역의 크고 작은 군벌들로부터 자금과 무기 지원을
   받아 왔다. 일본은 그런 중국과 만주 내 군벌들을 마적단이라고
   불렀고, 실제 중국 내 각종 무장세력들은 강도, 마약 밀매, 납치
   등 마적질을 주 수입원으로 삼기도 했다.

4. 하인리히 히믈러: 히틀러의 심복으로 친위대와 비밀경찰인 게슈
   타포를 지휘하여 악명을 떨쳤다. 패전 후 연합군의 포로가 되었
   지만 자살했다.

5. 중국공산당이 대장정 직후부터 국공내전 승리 때까지 본거지로
   삼은 섬서성의 도시. 공산당이 이곳에 완전히 자리 잡은 시점은
   1937년이나, 대장정 직후인 1936년부터 옌안은 공산당 본거지

로 사람들의 머릿속에 각인되어 있었다.

6. 장국도(張國燾, 장궈타오)는 초기 공산 진영의 중요 인물이다. 모택동과 함께 1921년 중국공산당의 제1차 전당대회에 참가한 13명 중 한 명이다. 모택동의 전술적 안목이나 지도력을 인정하고 그 휘하에 머문 주은래와는 달리, 그는 항상 모택동을 '청강생(마오쩌둥은 베이징대학에서 직원 겸 청강생 신분으로 공부했고, 장궈타오는 정식 입학생이었음)'이라 칭하며 무시했고, 그와 빈번히 의견 충돌을 빚었다. 대장정 중에 집중공세를 당해서 병력이 1/4로 감소한 모택동 군을 습격, 자기 말을 안 듣는 모택동을 처형하고 당을 장악하려는 계획을 세웠으나 무산되었고, 따로 사천성에 해방구를 마련하였다. 모택동보다 세력이 컸던 탓에 국민당군의 집중 공격을 받아 패배한 뒤 살아남은 간부들만 데리고 허겁지겁 마오쩌둥의 뒤를 따라 옌안으로 피신하였다. 옌안에서도 계속 모택동의 견제를 받게 되자 1938년 중국공산당을 탈퇴하고 중국 국민당에 투항했다가 중화인민공화국 성립 직전에 영국령 홍콩으로 도망쳤고, 말년에는 캐나다로 망명하였다.

7. 본명은 왕자오밍(汪兆銘, 왕조명). 18세 때 광동성 1, 2차 과거시험을 동시에 수석 합격하며 문장가로서 명성을 날렸다. 일본과 프랑스에서 공부하였고, 쑨원의 임시정부에게서 관직 제안, 위안스카이의 북양 정부에게선 고등 고문으로 초빙하겠다는 제안,

광동의 세력가들로부터는 광동 도독이 되어 달라는 권유를 받았
지만 고사하였다. 이후 국민혁명 기간 중 중국 국민당 좌파 계
열의 수장이었으며 나중엔 쑨원의 정치적 후계자로 지명되었다.
장제스의 라이벌이었던 그는 내부 권력다툼에서 밀려났다가 중
일전쟁 중 친일 괴뢰국인 중화민국 난징 국민정부의 지도자가
되어 중국 근대사에 있어 걸출한 영웅신분에서 매국노의 대명사
로 전락하고 만다.

8. 권번(券番): 일제강점기 시절 기생들의 조합. 일본은 전통적으로
막부시대 때부터 국가에서 유흥업소 업주들의 횡포 방지와 접대
부의 성병 등 유행병 관리를 위해 조합을 결성케 하고 체계적 관
리를 하였다.

9. 뉴잉글랜드(New England): 미국 북동부지역의 코네티컷주, 매사
추세츠주, 로드아일랜드주, 버몬트주, 뉴햄프셔주, 메인주, 이
렇게 여섯 개 주의 총칭이다. '양키덤(Yankeedom)'이라 불리는
이 지역 미국인들은 미국연방정부 정치에서 주류를 형성하고
있다.

10. 호즈미 신로쿠로(穗積眞六郎): 일본 명문가 출신의 실존 인물이
다. 1913년 도쿄제국대학 정치학과를 나와 이듬해 고등문관시
험에 합격 후 조선으로 발령받았다. 1932년엔 조선의 모든 산
업을 관장하는 식산국장(장관)에 올라 1941년까지 조선의 산업

투자를 이끌었다. 일본 패망 시까지 그는 사람들로부터 '식산국
의 호즈미'로 불렸다. 그의 부친은 도쿄제국대학 법과대학장을
지냈다.

11. 매일신보: 한글로 발행하는 조선총독부 기관지였다. 조선일보
와 동아일보 등의 민족지와 구별하여 총독부 산하에서 발행되
던 유일한 우리말 관영 신문이었다. 해방 후에는 서울신문으로
그 명맥이 이어진다.

12. 신징(신경, 新京): 만주국의 수도. 지금의 창춘(長春)이다.

13. 동아일보 사주인 김성수와 경성방직 사주인 김연수는 친형제
간이다. 그러나 김성수가 자손이 없던 백부의 양자로 입적되어
두 사람은 호적상으로는 사촌 간이 되어 있다. 두 친형제가 나
누어 경영하던 경성방직과 중앙고보, 보성전문 등은 동아일보
계열로 분류되었다.

14. 기시 노부스케(岸信介): 2차대전 패전 후 일본의 수상을 역임한
다. 아베 신조 전 총리의 외조부이기도 하다.

15. 아이카와 요시스케(鮎川儀介): 1928년 구하라광업 인수를 시작
으로 사업을 확장하여 일본광업, 히다치전력, 닛산자동차, 일
본화학공업 등 1936년 당시 77개 계열사를 거느린 닛산그룹의
창업자

16. 방고래: 한식 온돌 구조에서 불을 지폈을 때 불과 연기가 온돌 방바닥 구들장 아래로 지나가게 만든 통로

17. 장치산업: 생산수단을 인력이나 자연이 아닌 대규모 설비를 이용해서 제품을 생산하는 산업. 대표적으로 자동차, 선박, 제철, 석유화학 등의 산업이 이에 속한다.

18. 조선인의 일본 육군사관학교 입학 기록에 의하면 1913년부터 약 20년간 네 명의 입학 기록이 있다. 제29기에 영친왕 이은, 조대호, 그리고 제30기 엄주명, 제42기 이건 공(公) 등의 조선인 왕족과 귀족 자제들이 입학한 기록이 있으나 이는 오히려 몇몇 예외적 현상이라 할 수 있다.

19. 세키가하라 전투: 세키가하라는 일본 중부지방의 지명이다. 임진왜란이 도요토미 히데요시의 사망으로 막을 내리고 곧이어 일본에서는 도요토미 가문과 도쿠가와 가문의 권력 싸움이 시작됐다. 임진왜란 종전 2년 후, 1600년 10월 일본 중부지방 세키가하라 전투에서 도쿠가와 쪽이 승리함으로써 전세가 완전히 기울었고, 전투가 끝난 3년 뒤부터 263년간의 도쿠가와 막부시대가 열리게 된다.

20. 다궁바오(大公報): 중국에서 가장 오래된 신문 중 하나로, 1902년 톈진의 프랑스 조계에서 창간되었다. 장제스 정권 시절 가

장 영향력 있는 언론사였다. 1949년 장제스가 패배한 뒤 대륙
에서 철수해 지금은 홍콩에 있다.

21. 중산함 사건: 1926년 3월 20일, 장제스가 평소 자주 이용하던
국민당 해군 소속 중산함을 나포하여 장제스를 납치하려는 계
획을 미리 알아채고, 정적을 체포한 뒤 소련 고문단을 무장 해
제시킨 사건

22. 허잉친(何應欽, 하응흠): 중화민국의 군인, 정치가. 장제스의 최
측근 출신으로 중화민국 육군 총사령관의 자리에까지 올랐다.

23. 식민지 시절, 열차의 상·하행선의 기준은 일본 도쿄를 중심으
로 삼았다. 따라서 당시에는 경성에서 부산 방향을 상행선이라
불렀다.

24. 총독부 관방국: 총독 비서실 기능을 하고 있다. 비서실장 격인
관방국장은 장관급이고, 중좌급 무관은 고등 판사나 고등 검사
급 대우를 받는다.

25. 조선 출신 일본 육군 장교(소위 이상)는 강점기 36년 동안 만주
군 포함 약 쉰 명 정도가 존재했었지만, 조선인 해군 장교의 존
재는 정확한 기록을 찾아볼 수 없다.

26. 이치가야(市谷): 일본 동경의 지명 중 하나. 일본 육군성이 황궁
근처 이치가야 언덕에 자리 잡고 있었기에 당시 일본 군인들은

육군성을 '이치가야'라 불렀다.

27. 후쇼오(不祥) 사건: 2·26 사건으로 알려진 1936년 2월에 일어
     난 쿠데타 미수사건. 일본의 군국주의를 가속화시킨 사건이
     다. 작품에서, 이 사건이 한창일 때 김익현 부부가 도쿄를 방
     문했었다.

28. 쇼카이세키(チアンチエシー): 장개석의 일본어 독음

29. 동북역치: 장제스의 북벌에 대항하여 싸우던 만주 지역 군벌인
     장쉐량이 1928년 12월, 장제스와 계속 싸울 것을 주장하던 자
     기편 주요 측근들을 하루아침에 살해한 후 장제스에게 투항한
     사건

30. 최근 공개된 각종 기밀문서에 의하면 모스크바의 코민테른 집
     행위원장 드미트로프가 중국공산당에 장제스의 안전한 석방을
     지시한 전보를 12월 16일에 이미 보냈던 것으로 기록되어 있
     다. 본 작품에서는 극적 구성을 위해 불가피하게 사실과 다른
     날짜를 수록했음을 독자 여러분께 알리며 양해를 구한다.

제1부
해동의 새벽 ㊥

개정판 1쇄 발행 2025년 11월 14일
개정판 2쇄 발행 2025년 11월 24일
지은이 김훈영

펴낸이 김양수
책임편집 이정은
교정교열 연유나

펴낸곳 휴앤스토리
　　　　출판등록 제2016-000014
　　　　주소 경기도 고양시 일산서구 중앙로 1456 서현프라자 604호
　　　　전화 031) 906-5006
　　　　팩스 031) 906-5079
　　　　홈페이지 www.booksam.kr
　　　　이메일 okbook1234@naver.com
　　　　블로그 blog.naver.com/okbook1234
　　　　페이스북 facebook.com/booksam.kr
　　　　인스타그램 @okbook_

ISBN　　　　979-11-93857-29-8 (04800)
　　　　　　　979-11-93857-27-4 (SET)

＊ 이 책은 저작권법에 의해 보호를 받는 저작물이므로 무단전재와 무단복제를 금지하며,
　이 책 내용의 전부 또는 일부를 이용하려면 반드시 저작권자와 휴앤스토리의 서면동의
　를 받아야 합니다.

＊ 책값은 뒤표지에 있습니다.

＊ 파손된 책은 구입처에서 교환해 드립니다.

＊ 이 도서의 판매 수익금 일부를 한국심장재단에 기부합니다.

휴앤스토리, 맑은샘 브랜드와 함께하는 출판사입니다.